D0860819

EL ARCA DE AGUA

E. L. DOCTOROW

EL ARCA
DE AGUA

Traducción de Julieta Lionetti

miscelánea

Título original: *The Waterworks*

Copyright © 1994 by E.L. Doctorow

Primera edición: febrero de 2014

© de la traducción: Julieta Lionetti
Licencia otorgada por Grup Editorial 62, S.L.U., El Aleph, 2002
Peu de La Creu 4, 08001 Barcelona

© de esta edición: Roca Editorial de Libros, S. L.
Av. Marquès de l'Argentera 17, pral.
08003 Barcelona
www.miscelaneaeditores.com
info@miscelaneaeditores.com

Impreso por LIBERDÚPLEX, S.L.U.
Crta. BV-2249, km 7,4, Pol. Ind. Torrentfondo
Sant Llorenç d'Hortons (Barcelona)

ISBN: 978-84-9918-716-7
Depósito legal: B-29.102-2013
Código IBIC: FA

A I. Doctorow y Philip Blair Rice

1. Battery Park, punta sur de Manhattan, centro de la vida portuaria.
2. La taberna Black Horse, en Water Street, lugar de rufianes.
3. Printing House Square, sede del *Telegram*.
4. El barrio de las linternas rojas en torno a Greene Street, donde se alojaba Martin Pemberton.
5. Dead Man's Curve, sobre Broadway, donde apareció el fantasmal ómnibus blanco.
6. Mulberry Street: el despacho del capitán Donne en los cuarteles de la Policía municipal.
7. La monumental arca de agua de Nueva York, en la calle Cuarenta y dos y la Quinta avenida.
8. En torno a Central Park se afincaban los nuevos ricos y los conspiradores del Tweed Ring.
9. El Hogar de los Niños Vagabundos, en la calle Noventa y tres y la Primera avenida.
10. El Asilo de Criminales Insanos, en la isla de Blackwell.
11. Camino a Ravenwood, residencia de los Pemberton en Piermont.
12. Camino al embalse del río Croton y al invernáculo del doctor Sartorius.

NUEVA YORK HACIA 1870,
SEGÚN UN GRABADO DE LA ÉPOCA

1

Nadie tomaba al pie de la letra lo que Martin Pemberton decía; era demasiado melodramático y atormentado para hablar con claridad. Atraía a las mujeres gracias a esta condición; lo creían algo así como un poeta, aunque en realidad no era sino un crítico, un crítico de su vida y de su época. Por eso, cuando empezó a murmurar por ahí que su padre seguía vivo, quienes lo oímos, y recordábamos a su padre, entendimos que hablaba de la persistencia del mal en general.

En aquellos días el *Telegram* dependía, en gran medida, del trabajo de periodistas independientes. Siempre había sido hábil para distinguir a un buen colaborador y tenía un puñado de ellos a mi disposición. Martin Pemberton era, de lejos, el mejor, aunque jamás se lo habría dicho. Lo trataba como a todos los demás. Porque se esperaba de mí, era zumbón; porque me citaran en las tabernas, era gracioso y, porque estaba en mi naturaleza, era bastante imparcial… aunque también tenía un gran interés por el idioma y quería que cada uno de ellos escribiera para mi aprobación… aprobación que, si alguna vez llegaba, sonaba mordaz.

Desde luego, nada de todo esto daba resultados con Martin Pemberton. Era un joven melancólico y atolondrado y no cabía duda de que consideraba sus propios pensamientos mejor compañía que la gente. Ante el menor de los estímulos, abría y cerraba sus ojos grises espasmódicamente. Arqueaba las cejas y luego las contraía en un gesto ceñudo; por unos instantes, se habría dicho que en lugar de mirar el mundo lo estaba perforando. Adolecía de un exceso de lucidez: parecía estar tanto más allá, en ciertos aspectos, que inmediatamente uno se sentía desfallecer en su presencia y experimentaba su propia vacuidad e impostura. La mayoría de los periodistas independientes son criaturas nerviosas y pusilánimes... llevan una existencia tan insignificante, después de todo... pero Martin era arrogante: sabía que escribía muy bien y jamás condescendió a mi juicio. Solo eso habría bastado para que sobresaliese.

Era menudo, le empezaba a ralear el pelo y su rostro de facciones huesudas estaba siempre bien afeitado. Recorría la ciudad a zancadas, con el paso un poco rígido de alguien de mayor estatura. Solía bajar por Broadway, con su sobretodo del ejército de la Unión desabrochado, lo cual hacía que flameara a sus espaldas como una capa. Martin pertenecía a esa generación de la posguerra que veía corrosivas piezas de arte o de moda en el material militar. Él y sus amigos eran pequeños enclaves de ironía en la sociedad. Una vez me dijo que la guerra no había sido entre la Unión y los rebeldes sino entre dos estados confederados y, por lo tanto, una de las dos confederaciones debía ganar. Soy un hombre incapaz de concebir a nadie más que Abe Lincoln como presidente, así que pueden imaginarse cómo me cayó un comentario de ese tenor. Sin embargo, me intrigaba la visión del mundo que escondía. Yo mismo no era exactamente complaciente con nuestra moderna civilización industrial.

El mejor amigo de Martin era un artista: un joven corpulento y robusto llamado Harry Wheelwright. Cuando no importunaba a las viudas ricas para que le encargasen un retrato,

Wheelwright dibujaba a los veteranos de guerra que encontraba en las calles... con la atención centrada en sus deformaciones. Yo juzgaba sus dibujos como el equivalente de las indiscretas pero inspiradas recensiones y críticas culturales de Martin. Y, como viejo lobo de prensa, aguzaba las orejas. El alma de la ciudad fue siempre mi tema y era un alma turbulenta, que se agitaba y retorcía sobre sí misma, que se daba nuevas formas, que se recogía para luego abrirse nuevamente como una nube alcanzada por el viento. Estos jóvenes pertenecían a una generación recelosa, sin ilusiones... revolucionarios, si se quiere... aunque quizá demasiado vulnerables como para conseguir algo. La desafiante sujeción de Martin a su propia época era obvia... pero no se sabía hasta cuándo sería capaz de soportarla.

No solía interesarme por los antecedentes de mis colaboradores, pero, en este caso, era imposible desconocerlos. Martin provenía de la opulencia. Su padre era el difunto y archiconocido Augustus Pemberton, que había hecho lo necesario para avergonzar y mortificar a su descendencia durante generaciones pues, como proveedor del ejército del Norte, había amasado una fortuna durante la guerra con botas que se caían a pedazos, mantas que se disolvían en la lluvia, carpas que se desgarraban por las abrazaderas y telas de uniforme que desteñían. A todo esto lo habíamos denominado «baratijas». Pero las baratijas no eran el peor de los pecados del viejo Pemberton. Lo más significativo de su fortuna venía del flete de barcos negreros. Pensarán que el tráfico de esclavos estaba confinado a los puertos sureños, pero Augustus Pemberton lo hacía desde Nueva York... aun después de que hubiese estallado la guerra, tan tarde como en 1862. Se había asociado con unos portugueses, pues los portugueses eran los especialistas del tráfico. Fletaban los barcos a África desde aquí mismo, desde Fulton Street, y los traían de vuelta a través del océano con destino a Cuba, donde vendían la carga a las plantaciones de azúcar. Los barcos se echaban a pique a causa del persistente hedor que se negaba a desaparecer. Pero las ganancias eran tan pingües que podían comprar uno nuevo. Y después, otro más. Pues bien, este era el padre de Martin. Entenderán por qué su hijo pudo elegir, como penitencia, la existencia desvalida del periodista independiente. Martin había estado al corriente de las actividades del viejo y, a temprana edad, se las arregló para que lo desheredara... La manera en que lo logró, la explicaré más adelante. Ahora señalaré que, para fletar barcos negreros desde Nueva York, Augustus Pemberton tenía que haberse metido en el bolsillo a los guardias del puerto. Las bodegas de un barco negrero estaban hechas para hacinar la mayor cantidad posible de seres humanos, a duras penas se estaba de pie... era imposible hacerse a bordo de un barco negrero y no darse por enterado. Por eso, no sorprendió a nadie que, cuando Augustus Pemberton murió después de una larga enfermedad, en 1869, y lo sepultaron en la iglesia episcopal de Saint James, en Laight Street, los dignatarios más importantes de la ciudad se hicieran ver durante las exequias, capitaneados por el mismísimo Boss Tweed y los miembros del Ring —el fiscal de tasas y el alcalde—, acompañados por varios jueces y una docena de ladrones de Wall Street...Tampoco sorprendió a nadie que fuera honrado con importantes obituarios en todos los periódicos, incluido el *Telegram*. ¡Ay de mi Manhattan! Las grandes estelas de piedra del puente de Brooklyn comenzaban a alzarse en ambas márgenes del río. Barcazas, paquebotes y buques de carga tomaban puerto a todas horas del día. Los muelles crujían bajo el peso de los cajones, de los barriles y de las balas que contenían todos los bienes de este mundo. Podría jurar que, desde cualquier esquina, me era audible la canción del telégrafo que viajaba por los cables. Hacia el fin del día mercantil, en la

Bolsa, el jaleo de los teletipos llenaba el aire como si fuesen los grillos de un crepúsculo estival. Era la posguerra. Allí donde no encuentren a la humanidad encadenada a la Historia, están en el Paraíso, en el Paraíso inconsecuente.

No me pretendo un profeta, pero recuerdo lo que sentí algunos años antes, cuando murió el presidente Lincoln. Habrán de tenerme confianza cuando les digo que esto, como todo lo demás que les cuento, es fundamental para el relato. Marcharon con su catafalco por Broadway hasta el depósito del ferrocarril y, por semanas y semanas, los restos de la muselina fúnebre aletearon hechos jirones en las ventanas de las casas que estaban en la ruta del cortejo. La tintura negra cubría los frentes de los edificios, la tintura negra manchaba las marquesinas de las tiendas, de los restaurantes. La ciudad estaba perversamente quieta. No éramos nosotros mismos. Los veteranos que pedían limosna delante de los almacenes A. T. Stewart vieron una lluvia de monedas descargada en sus latas.

Pero yo conocía mi ciudad, y esperé que pasara lo que tenía que pasar. Después de todo, no había voces moduladas. Las palabras se gritaban, salían volando como perdigones desde los dos cilindros de las rotativas. Había cubierto los disturbios cuando el precio del barril de harina subió de siete dólares a veinte. Seguí a las bandas armadas de asesinos, que combatieron con el ejército en las calles y prendieron fuego al orfanato de niños negros, después de que se ordenara el reclutamiento de soldados. Había visto motines de conspiradores y sublevaciones de policías y estaba en la Octava avenida cuando los irlandeses católicos atacaron a sus compatriotas protestantes mientras estos desfilaban. Soy un defensor de la democracia, pero les digo que, en esta ciudad, he vivido épocas que me hicieron anhelar la paz sofocante de los reyes... esa ecuanimidad que tiene su origen en la genuflexión reverencial ante la luz cegadora de la autoridad real.

Por todo esto, supe que algún propósito dominante se encubría en la muerte del señor Lincoln, pero ¿cuál era? Alguna desalmada ecuación social debía abrirse paso desde la tumba de aquel hombre, para erguirse otra vez. Pero no me anticipé... llegaría una tarde húmeda y lluviosa de la mano de mi joven colaborador que, de pie en mi despacho, los hombros cubiertos por aquel sobretodo de la Unión que parecía más pesado que una capa de musgo, esperaba que yo leyera su artículo. No sé por qué siempre parecía llover cuando Martin andaba cerca. Pero aquel día... aquel día estaba hecho un desastre. Los pantalones, desgarrados y embadurnados; el rostro pálido, arañado y con cardenales. La tinta de su original se había desleído; en las páginas había manchas de barro y la portada estaba cruzada por la impronta de una mano, que parecía hecha con algo así como sangre. Pero era otra recensión desdeñosa, escrita con brillo y demasiado buena para los lectores del *Telegram*.

—A algún pobre diablo le llevó un año de su vida escribir esto —le dije.

—Y yo perdí un día de la mía leyéndolo.

—Deberíamos decirlo en una entrevista complementaria. La *intelligentsia* de esta gran ciudad le estará agradecida por haberle ahorrado la lectura de otra novela de Pierce Graham.

—No hay *intelligentsia* en esta ciudad —dijo Martin Pemberton—. Es una ciudad de clérigos y periodistas.

Avanzó hasta detrás de mi escritorio y miró por la ventana. Mi despacho daba al Printing House Square. La lluvia bajaba como una riada sobre el cristal y hacía que todo lo que había afuera, los cardúmenes de paraguas, los carruajes, los coches infatigables del transporte público, pareciese moverse bajo agua.

—Si quiere una reseña favorable, ¿por qué no me entrega algo decente que leer? —agregó Martin—. Deme algo para la columna de opinión. Le aseguro que mostraré mi aprecio.

—Eso no me lo creo. Usted lo odia todo. La grandeza de sus opiniones es inversamente proporcional al estado de su guardarropa. Cuénteme qué ha pasado, Pemberton. ¿Se cayó bajo un tren? ¿O no debería preguntar?

Obtuve el silencio por toda respuesta. Después, Martin Pemberton dijo, con su voz atildada:

—Está vivo.

—¿Quién está vivo?

—Mi padre, Augustus Pemberton. Está vivo. Vive.

Arranqué esta escena de la corriente de momentos críticos que forman la jornada en un periódico. Unos segundos más tarde, Martin Pemberton se había marchado con un albarán en la mano; su original estaba en la bandeja que lo llevaría a la sala de composición y yo me encargaba de cerrar la edición. No me culpo. La suya había sido una respuesta oblicua a mi pregunta… como si cualquier cosa que hubiese sucedido solo cobrara sentido para él en la medida en que evocara un juicio moral. Interpreté lo que había dicho como una metáfora, una forma poética de caracterizar la ciudad miserable que ninguno de los dos amaba, pero que ninguno de los dos podía abandonar.

2

Esto habrá sucedido en algún momento del mes de abril de 1871. Después, vi a Martin Pemberton una vez más y luego se evaporó. Antes de su desaparición, informó al menos a otras dos personas de que Augustus Pemberton seguía vivo: Emily Tisdale y Charles Grimshaw, el párroco de Saint James que había hecho el panegírico fúnebre del viejo. Por supuesto, yo todavía no lo sabía. La señorita Tisdale era la prometida de Martin, aunque me parecía inverosímil que estuviera dispuesto a abandonar las tormentas desordenadas de su alma por el buen puerto del matrimonio. No me equivocaba demasiado: era obvio que Martin y la señorita Tisdale pasaban por un periodo de dificultades y que el compromiso, si así se lo podía llamar, era por demás dudoso.

En cierta medida, tanto ella como el doctor Grimshaw conjeturaron, tal como lo hice yo, que Martin no había lanzado aquella afirmación para que se la tomara al pie de la letra. La señorita Tisdale estaba tan acostumbrada a las exageraciones de su prometido que se limitó a añadir este precedente alarmante a los demás miedos que albergaba por el futuro de aquel vínculo. Grimshaw iba un poco más lejos y estimaba que la cordura de Martin estaba en peligro. Yo pensaba, por el contrario, que Augustus Pemberton no había sido sino un hombre representativo. Si pueden imaginarse cómo era la vida en nuestra ciudad... Los Augustus Pemberton que había entre nosotros estaban sostenidos por toda una cultura.

Ahora hemos entrado en el reino de la vida pública... el más barato y vulgar de los reinos, el reino de las noticias de prensa. Mi reino.

Les recuerdo que William Marcy Tweed dominaba la ciudad como nadie lo había hecho antes. Era el mesías de los políticos municipales, el no va más de la democracia tal como ellos la concebían. Tenía sus propios jueces en los tribunales estatales; su propio alcalde, Oakey Hall, en el City Hall, y hasta su propio gobernador, en Albany. Tenía un abogado llamado Sweeny, que ejercía de chambelán de la ciudad y controlaba a los jueces, y también tenía a Dick Connolly como fiscal de tasas, para que manipulara los libros. Este era el Ring. Además, acaso otras diez mil personas dependían de la largueza de Tweed. Les daba trabajo a los inmigrantes y, a su turno, los inmigrantes llenaban las urnas en provecho de él.

Tweed formaba parte de los consejos de los bancos; tenía intereses en la planta de gas, en una compañía de ómnibus y en otra de tranvías; era dueño de las prensas que imprimían las comunicaciones municipales y de la cantera que suministraba el mármol de los edificios públicos.

Quien hiciera negocios con la ciudad —cada contratista, cada carpintero, cada deshollinador, cada proveedor, cada fabricante— debía entregar entre el quince y el cincuenta por ciento del precio de sus servicios al Ring. Quienes quisieran un trabajo, desde el portero de escuela hasta el comisario de policía, debían pagar por adelantado una cuota de admisión y luego, de por vida, entregar un porcentaje de sus salarios a Boss Tweed.

Sé lo que piensan los de la nueva generación. Tienen sus coches, sus teléfonos, sus luces eléctricas... y cuando juzgan a Boss Tweed lo hacen con simpatía, como un fraude maravilloso, como un pillo legendario de la vieja Nueva York. Pero lo que él llevó a cabo fue homicida en el estricto sentido actual del término. Abiertamente homicida. ¿Pueden entender su inmenso poder, el miedo que inspiraba? ¿Pueden imaginar lo que significa vivir en una ciudad de ladrones, estridente en el disimulo, en una ciudad asolada, en una sociedad solo nominal? ¿Qué pensaría Martin Pemberton niño cuando, sorbo a sorbo, aprendía los orígenes de la riqueza de su padre, excepto que su padre había sido engendrado por el plano mismo de la ciudad? Cuando andaba por ahí diciendo que su padre, Augustus, seguía vivo, no quería significar otra cosa. Quería decir que lo había visto a bordo de un coche del transporte público, en Broadway. Porque caí en el malentendido, encontré una verdad mayor, aunque no me daría cuenta de ello hasta que todo hubiese acabado. Fue uno de esos momentos intuitivos de revelación que quedan suspendidos en nuestra conciencia, hasta que volvemos a ellos provistos de las herramientas ordinarias del conocimiento.

Todo esto es una digresión, supongo. Pero es importante que sepan quién cuenta la historia. Pasé mi vida en los periódicos, que son las fábricas de la historia colectiva de todos nosotros. Conocí a Boss Tweed personalmente, lo vigilé durante años. Despedí a más de un redactor a quien había sobornado. A los que no podía corromper, los intimidaba. Todos sabían lo que se traía entre manos, pero nadie podía tocarlo. Cuando entraba en un restaurante con su séquito, se podía sentir su fuerza, literalmente... como una compresión del aire. Era un cabrón corpulento y sanguíneo que pesaba unos ciento treinta kilos. Calvo y de barba rojiza, tenía un atractivo brillo malicioso en sus ojos azules. Pagaba las copas y pagaba las cenas. Pero, en los raros momentos en que no había una mano que estrechar o un brindis que celebrar, su mirada caía muerta y aparecía la ferocidad de su alma.

Tienen derecho a creer que viven en los tiempos modernos, aquí y ahora, pero esta es la ilusión necesaria a cada época. Nosotros no actuábamos como si fuéramos un antecedente de tiempos venideros. No había nada singular ni pintoresco en nosotros. Les aseguro que Nueva York después de la guerra era más creativa, más deletérea, más original de lo que es hoy. Nuestras rotativas sacaban a la calle quince, veinte mil periódicos al precio de uno o dos centavos. Enormes máquinas de vapor daban energía a los molinos y a las fábricas. Las calles se alumbraban por las noches con farolas de gas. Llevábamos tres cuartos de siglo en la Revolución industrial.

Como nación, nos entregábamos al exceso. Exceso en todo: en el placer, en la ostentación, en el afán interminable, en la muerte. Los niños vagabundos dormían en las calles. La de trapero era una profesión. Una clase notoriamente satisfecha, cuya riqueza era tan nueva como débil su intelecto, destellaba sobre un fondo de miseria generalizada. Fuera, en los límites de la ciudad, a lo largo del río Hudson, o en Washington Heights, o en las islas del East River, detrás de muros de piedra y de altas cercas, se erguían nuestras instituciones de caridad: los orfanatos, las casas de locos, los asilos de pobres, las escuelas de sordomudos y las misiones para magdalenas. Formaban una especie de Ringstrasse alrededor de nuestra civilización venerable.

Walt Whitman era, entre otras cosas, el bardo de la ciudad y no era del todo desconocido. Andaba por ahí vestido como un marinero, con un gabán y una gorra tejida. Era un celebrante, un hacedor de ditirambos y, en mi opinión, un poco tonto, a juzgar por las cosas que eligió como objeto de su canto. Pero tiene estos versos confesionales sobre su ciudad, menos poéticos que de costumbre, como si se hubiese detenido a tomar aliento antes de comenzar el siguiente ditirambo.

> *Somehow I have been stunned. Stand back!*
> *Give me a little time beyond my cuffed head*
> *and slumbers and dreams and gaping...* *

La Guerra de Secesión nos hizo ricos. Cuando terminó, no había nada que detuviera el progreso... ni ideas clásicas en ruinas, ni supersticiones que retardaran el ardor civil y republicano. No había mucho por destruir o trastornar, como sí lo había en las culturas europeas de ciudades romanas y cofradías medievales. Se demolieron unas pocas granjas holandesas, los pueblos se unieron a las ciudades, las ciudades se dividieron en distritos electorales y, de pronto, bloques y aparejos construían las mansiones de mármol y granito de la Quinta avenida y policías fornidos vadeaban el tráfico atascado de Broadway a golpe de grupa, mientras desenganchaban las ruedas de los carruajes y maldecían el desconsiderado embrollo producido por los coches, los ómnibus, los carros, los carrocines, que eran nuestros medios de transporte durante el afanoso día.

Durante años, nuestros edificios más altos fueron las torres de incendio. Había fuegos todo el rato; quemábamos por hábito. Las centrales de bomberos telegrafiaban las indicaciones del lugar y los voluntarios acudían al galope. Cuando salía el sol, todo era de color azul: la luz de nuestros días era una

---

* No sé cómo pero me habéis aturdido. ¡Deteneos! / Dadme algo de tiempo además de una cabeza zurrada, / además de los sopores y los sueños y el panfilismo. (*N. de la T.*)

suspensión de azul. Por la noche, los cañones llameantes de las chimeneas de las fundiciones, instaladas a lo largo del río, derramaban sus antorchas sobre los muelles y los cobertizos como si se tratase de simiente. Locomotoras cenicientas atravesaban las calles. Con carbón funcionaban los barcos y los ferris. Con carbón se encendían las cocinas y las estufas de nuestras casas y, en las mañanas serenas de invierno, fumaradas negras se elevaban desde las chimeneas con las formas trémulas de los ciudadanos de una necrópolis.

Era la vieja ciudad que, con naturalidad, se disponía a crecer: las viejas tabernas, los tugurios, las cuadras, las cervecerías, los auditorios. La vida vieja, el pasado. Y era acerbo el aire que respirábamos: nos levantábamos por la mañana y abríamos las ventanas de par en par, inhalábamos nuestra ración del sulfuroso elemento y nuestra sangre hervía de agitada ambición. Casi un millón de personas llamaba a Nueva York su hogar, cada cual atendiendo a sus propias necesidades en un ambiente de alegre depravación. En ningún otro lugar del mundo había una aceleración de energías comparable. Una mansión aparecía en medio del campo. Al día siguiente, se encontraba en medio de una calle urbana a la que atravesaban coches y caballos.

3

En algún sentido, es lamentable que me haya visto tan mezclado en lo que llamaré, por ahora, el asunto Pemberton. En tanto hombre de prensa, uno trata de estar lo más cerca posible de las cosas, pero no hasta el punto del compromiso personal. Si el periodismo fuese una filosofía y no un oficio, sostendría que no hay orden en el universo, que no hay sentido discernible sin... el periódico diario. Y así resulta que nosotros, pobres miserables, tenemos una tarea monumental: moldear el caos en titulares que se organizan en oraciones que, a su vez, deben ajustarse a las columnas de una página de noticias impresas. Si hay que ver las cosas tal como son y además cumplir con la hora de cierre, es mejor que no nos enredemos.

El *Telegram* era un periódico vespertino. Entre las dos y las dos y media de la tarde, la edición estaba compuesta. La tirada estaba lista hacia las cuatro. A las cinco, iba al Callaghan's, que quedaba a la vuelta de la esquina, me instalaba en la gran barra de roble con mi jarra de cerveza y le compraba un ejemplar al niño que hacía el pregón. Mi mayor placer... leer mi propio periódico como si no lo hubiese construido yo mismo. Evocaba los sentimientos de un lector corriente que recibía las noticias, mis noticias, inferidas como la creación a priori de un poder superior… la objetividad inmanente de una tipografía caída del cielo.

¿Qué más tenía que me asegurase un universo estable? ¿La barra de roble del Callaghan's? Sobre mi cabeza había un techo de chapa corrugada; detrás de mí, las mesas sencillas y las sillas sin barniz; debajo de mis pies, el serrín limpio que cubría el suelo de baldosas hexagonales. Pero el propio Callaghan, un hombre florido que resollaba ásperamente, era un desafortunado propietario de sus bienes y más de una vez, a lo largo de los años, de la ventana había colgado un requerimiento judicial. Y no había más sobre el sólido roble. ¿El niño de los periódicos, entonces? ¿El que voceaba su pregón en la puerta? Pero mentiría si dijese que era siempre el mismo. Los niños de los periódicos vivían vidas pendencieras. Luchaban por sus esquinas con uñas y dientes y cachiporras; eran arteros, cínicos y brutales los unos con los otros. Sobornaban para conseguir sus ejemplares más temprano. Trepaban a los porches y llamaban a las puertas, se empujaban en las paradas del ómnibus, se precipitaban entre los carruajes y, si uno les prestaba la menor atención, se encontraba con un ejemplar en la mano y una pequeña palma extendida bajo la barbilla antes de haber pronunciado palabra. En el ambiente se decía que serían los estadistas, los banqueros y los magnates ferroviarios del mañana. Pero ningún editor quería reconocer que su influyente condición se transportaba sobre los hombros pequeños y desgarbados de un niño de ocho años. Si alguno de estos golfillos se convirtió en estadista o en banquero, nunca se dio a conocer conmigo. Muchos de ellos morían de enfermedades venéreas y pulmonares. Los que sobrevivieron, lo hicieron para expresar las flaquezas de su clase.

Habría podido pensar en Martin Pemberton, el empobrecido hijo de un padre al que había repudiado, o que lo había repudiado a él: había llegado a apreciar su opinión, siempre imprudente… ¡eso sí era seguro y estable! Una tarde, en el Callaghan's, mientras leía mi página de cultura y la juzgaba aburrida e insustancial, me pregunté dónde se había metido últimamente el tal Pemberton, porque hacía varias semanas que no lo veía. Casi en ese mismo instante, o al menos así me lo parece ahora, un mensajero atravesó la puerta con un paquete que enviaba mi editor. Mi editor tenía la costumbre de andar enviando por ahí cosas que, en su opinión, yo debía conocer. Esta vez eran dos. La primera era el último número de aquel órgano de la cultura de los señoritos de Nueva Inglaterra, el *Atlantic Monthly*, en el cual había señalado un artículo firmado nada menos que por Oliver Wendell Holmes. Holmes denostaba a ciertos críticos ignorantes de Nueva York que no tenían el suficiente respeto por el genio literario de sus compañeros de trinomia: James Russell Lowell, Henry Wadsworth Longfellow y Thomas Wentworth Higginson. Aunque no daba las señas de identidad de los ofensores quedaba claro, por sus alusiones, que Martin Pemberton se encontraba entre ellos: un poco antes, ese mismo año, yo había dado a las prensas un artículo de Martin en el que afirmaba que aquellos hombres, Holmes incluido, tenían apellidos demasiado largos para la obra que exhibían.

Pues bien, esto ya era causa de regocijo, pero también lo era el resto: una carta firmada nada menos que por Pierce Graham, el autor de la novela que Martin Pemberton había criticado tan minuciosamente… y cuya reseña yo había publicado con tanta precipitación… aquel lluvioso día de abril.

El nombre de Pierce Graham no les será familiar; tuvo una breve notoriedad en el mundo literario, fundada en su búsqueda de temas en los territorios todavía no incorporados a la Unión, yendo y viniendo entre puestos de frontera y campamentos mineros, cuando no andaba cazando indios con la caballería. Era un hombre deportivo, un buen bebedor con cierta predilección por desnudarse hasta la cintura en las tabernas y acometer peleas en las que había recompensa. El señor Graham, que escribía desde Chicago, advertía que si no aparecía una rectificación en el *Telegram*, nos demandaría por difamación y, para arreglar bien las cosas, vendría a Nueva York y reduciría a cenizas al autor de la recensión.

¡Qué gran día para el *Telegram*! Nunca antes, al menos en mi recuerdo, habíamos logrado ofender a ambos extremos del espectro literario: los de sangre azul y los rústicos rubicundos; los patricios y los plebeyos. Martin escribía sus artículos y la gente hablaba de ellos. Yo no tenía memoria de que ninguna otra cosa publicada por nuestro periódico hubiese encolerizado a nadie.

Por supuesto, Martin Pemberton nunca se habría retractado de nada de lo que había escrito, ni yo de lo publicado... al menos mientras estuviese a cargo de la redacción. Levanté la vista. Callaghan, en la contemplación de aquella comunión de hombres buenos sentados en sus taburetes, sonreía beatíficamente al otro lado de la barra. En cambio, yo veía mesas y sillas a un lado, una lámpara colgante que iluminaba el serrín, a Callaghan que sostenía la campana y, rodeado de una multitud de hombres vociferantes, imaginé a mi colaborador que, desnudo hasta la cintura y exhibiendo sus costillas como el mejor de sus atributos, levantaba un puño y luego el otro al compás de sus ojos grises, que se abrían espasmódicamente ante la visión del idiota petulante que brincaba delante de él. La visión era tan ridícula que me reí a carcajadas.

—Oye, Callaghan —llamé—, otra copa. Y una para ti.

A la mañana siguiente envié una nota a la pensión donde vivía Pemberton, en Greene Street, en la que le pedía que se diera una vuelta por la redacción. No apareció ni respondió por carta así que, un par de días más tarde, me llegué hasta allí después del trabajo.

Greene Street debía su fama a las prostitutas... una calle de linternas rojas. Encontré la dirección: una pequeña casa de listones de madera, que se alzaba un poco más atrás de la línea formada por los edificios de los talleres de reparación de maquinaria que la flanqueaban por ambos lados. Necesitaba reformas. La escalera que llevaba a la puerta principal, de cemento y sin barandilla, tenía el aspecto característico de las reformas neoyorquinas hechas de mala gana. Una vieja encorvada, que había visto mejores días en el negocio de la prostitución y lucía unos pezones que le colgaban hasta la cintura por debajo de la blusa y una pipa clavada en la quijada, contestó a la puerta y señaló hacia el piso superior con un gesto mínimo y desdeñoso de la cabeza, como si la persona por quien yo preguntaba no mereciese mayor atención de nadie.

Martin entre las suripantas... podía imaginarlo, en su cuarto del ático, articulando sus desdenes sobre el papel mientras, bajo su ventana, sus vecinas vagaban toda la noche, solas o en parejas, y llamaban con gritos lascivos a los caballeros que se acercaban. Dentro de la casa, el olor rancio de col hervida casi pudo conmigo, y se fue haciendo más penetrante a medida que subía la escalera. No había rellano, los peldaños terminaban en una puerta de hoja sencilla. Mi carta, sin abrir, cruzaba el umbral. La puerta cedió a mi toque.

El hijo de Augustus Pemberton vivía en un ático escueto, invadido por el olor intolerable de la cocina ajena. Traté de abrir la ventana... había dos; dispuestas muy cerca del suelo, se alzaban hasta la altura de la cintura y ambas estaban cerradas herméticamente. La cama de estilo marinero, sin cabecera pero con un cajón por zócalo, colocada de costado en un hueco, estaba sin hacer. Algunas prendas colgaban de unas pinzas. Había un par de botas llenas de barro arrojadas en un rincón. Pilas de libros por todas partes… un manuscrito esparcido sobre un escritorio. En el brasero, clavados por sus esquinas en un cono de cenizas frías, había tres sobres azules sin abrir… en la penumbra, parecían tres velas lejanas en alta mar.

Esta era una vida de confinamiento, despreocupada de las cosas del mundo. Martin era ascético, es cierto, pero sin la nitidez y el orden del asceta. Nada de lo que vi había sido llevado hasta la gloria afectada de la indigencia. El lugar era, meramente, un desastre. Sin embargo, vi algo de su elegancia en ese cuarto. Vi la carga de un espíritu educado. Y también vi que alguien lo amaba… me di cuenta de que había llegado hasta allí sin admitir el magnetismo que ejercía sobre mí aquel maldito colaborador. Allí estaba yo, dispuesto a darle un puesto fijo en el periódico y un salario del que vivir… pero ¡dónde se había metido! Era incapaz de echar una mirada furtiva a sus escritos. Volví abajo y salí fuera, al aire respirable, y encontré a la vieja tirando su basura en un cubo de latón. Me dijo que Pemberton le debía tres semanas de alquiler y que si no aparecía al día siguiente estaba dispuesta a sacar sus pertenencias a la calle.

—¿No lo ha visto en todo ese tiempo?

—Ni visto, ni oído.

—¿Ha pasado lo mismo alguna otra vez?

—¿Y qué…? Si ya pasó, ¿tengo que sentarme a esperar que pase otra vez? Una vez es suficiente, ¿o no? Vivo de esta casa, es mi sostén… y vaya negocio, con una hipoteca pendiente y el comisario siempre escondido entre las sombras.

Presumió de que sus cuartos eran muy requeridos, que podía alquilar aquel antro por el doble de lo que cobraba a Martin. ¡Y él tan engreído! Luego, revivió en ella la astucia comercial y, con un ojo entrecerrado y apuntándome con su pipa como si fuese una pistola, me preguntó si, por el bien de la reputación del joven caballero, no quería asumir yo sus obligaciones.

Por supuesto que habría debido asumirlas, al menos para asegurarme de que la habitación no sería perturbada. Pero aquella mujer era ofensiva. Me había hecho subir a sabiendas de que Martin no estaba. No sentía ninguna simpatía por ella. Y, por ese entonces, mi premonición no era algo desarrollado. Se manifestaba como una levísima sombra en mi propio intelecto... que aquel joven malhumorado, de costumbre desesperado de la sociedad en que vivía, nos hubiese arrojado, tanto a mí como al *Telegram*, al infierno municipal. Da una medida del poderoso efecto que su personalidad crítica tenía sobre mí el que, en cierta forma, interpretara el abandono que había hecho de aquel cuarto como un comentario sobre mí y mi periódico.

Por tanto, me retiré en un estado de inquietud. Era una pequeña satisfacción saber que, si yo no podía encontrarlo, tampoco lo haría un borracho de Chicago, si es que llegaba el caso.

Ahora, mi percepción de Martin era que la soledad en la que vivía, ya lo trajera golpeado y ensangrentado desde la lluvia, ya se anunciara en opiniones despectivas, era inviolable. Aquella misma noche me descubrí pensando en la observación que había hecho sobre su propio padre en el transcurso de nuestra última conversación. Volví a oírla, en su voz atildada... que su padre seguía vivo, que seguía entre nosotros... y aunque la inflexión no cambió, ya no estaba tan seguro de oírla de la misma manera.

Martin no dejaba que nadie depositara sus esperanzas en él, pero tampoco pasaba inadvertido. Pueden ver lo contradictorio de mis sentimientos... la mitad pertenecía al periodista; la otra mitad, al director adjunto... la vigilia de uno ante este joven extraño y sus visiones... revocada por el sentimiento del otro… de que ese mismo joven debía establecerse cómodamente en el mundo de la prensa. Yo creía en la ambición… ¿qué le impedía a él creer? Y al mismo tiempo pienso que, en mi fuero interior, debía de saber que, si había personas de una singularidad tan intensa como para atraer sobre sí un destino aciago, mi colaborador era una de ellas.

4

Creo haber mencionado que vi a Martin Pemberton una vez más antes de que desapareciera... aunque en aquella ocasión no tuve la suerte de hablar con él. Ustedes entienden, por supuesto, que un periodista independiente depende de varios empleadores. En el caso de Martin, los encargos que tenía para el *Telegram* eran, probablemente, lo mejor que podía esperar. Más a menudo debía rebajarse a trabajar para la prensa chismosa... el *Tatler* o la *Gazette*... de los que conseguía un par de dólares a cambio de llenar una columna con los vanos pasatiempos sociales de los nuevos ricos, clase que lo había contado entre sus miembros. Esto debía de herir su sensibilidad mucho más que las malas novelas cuyas reseñas yo le encomendaba.

De cualquier forma, unas pocas semanas después de que me entregara aquella recensión húmeda y manchada de sangre, lo vi en un baile, en el hotel Saint Nicholas. Debo decirlo... yo detestaba los bailes. En temporada, casi todas las noches había uno... nacido, probablemente, de la ilimitada necesidad que tenían los nuevos arribistas de congraciarse con los arribistas viejos. Mi editor, Joseph Landry, creía que su obligación era adherirse... y luego, la obligación de sus desafortunados empleados era representarlo en ellos. Así fue que llegué, malhumorado y murmurando, a lo que creo recordar como la fiesta anual de la Asociación de Fomento del Progreso de Nueva York. Me parece que para sacar algún provecho de una mala situación invité a mi hermana Maddie, una solterona que trabajaba como maestra de escuela y no tenía muchas oportunidades de salir.

Estoy seguro de que se trataba de la Sociedad de Fomento porque, detrás de los cordones policiales, incandescente bajo la luz de gas, una brillante asamblea callejera de borrachos, patanes y arpías hacía observaciones insultantes, algunas de ellas muy graciosas, acerca de todas y cada una de las parejas que bajaban de sus carruajes y entraban al hotel. ¡Risotadas gloriosas, befas y abucheos de la gente por la que los Fomentadores se sacrificaban! Tomé a Maddie por el hombro y la guié a través de las puertas mientras, para mis adentros, sentía que yo pertenecía al otro lado del cordón y sabía que, si me lanzaban una piedra que derribara mi sombrero de copa, lo tenía bien merecido.

No se acordarán del viejo Saint Nicholas, en Broadway. Era casi el mejor de la ciudad. Tuvo los primeros ascensores. Y su sala de baile tenía la longitud de una manzana.

Imagínense el estruendo que ascendía de la conversación de cincuenta o sesenta mesas… algo parecido a un volcán tropical, sumado al estrépito de los platos y las detonaciones de los corchos que aterrizaban como piedras a nuestros pies. Una orquesta de cámara tocaba bajo el arco de mármol, en uno de los extremos del salón. Los violinistas rascaban las cuerdas, la arpista movía sus manos en cascada, pero nadie podía oír una sola nota; si hubiesen sido lunáticos de un asilo, nadie habría notado la diferencia. Nuestros compañeros de mesa eran otros redactores y jefes de página del *Telegram*, gente a la que veía cada día y con quienes no tenía deseos de hablar. Como los buenos periodistas de cualquier parte, ellos sabían lo que era importante y se lanzaron sobre la comida. El menú, inevitablemente, incluía ostras frescas; toda Nueva York se volvía loca por las ostras: se servían en los hoteles, en los «bares de ostras», en las tabernas; había carretillas que las vendían por las calles... maravillosas ostras frescas en abundancia, frías, enteras, vivas... y bañadas en una salsa agria de color rojo. Si éramos una nación, las ostras eran nuestro plato nacional... Y paletilla de cordero que, uno podía estar seguro de ello, no sería servida tal como uno entiende el término sino, más exactamente, arrojada sobre el plato. El olor del sumiller, que no se había lavado, teñía el aroma del vino que escanciaba. Poco importaba. Los periodistas eran una isla de asimilación silenciosa en medio del estruendo.

Entonces tuve la ocasión de ver a Pemberton, que lucía una corbata fatigada y una camisa raída, moviéndose entre las mesas. Como les digo, los periódicos serios no dedicaban más de un párrafo a un asunto como este, pero los semanarios los convertían en acontecimientos decisivos. En el calor sofocante del salón de baile, mi colaborador parecía enfermo, marchito, casi verdoso. ¿Debía llamar su atención o era más amable de mi parte no hacerlo?

Pero después, Martin apareció en una mesa contigua, a mis espaldas, donde se sentaba una mujer frisona que lucía un vestido extravagante sobre el cual mi hermana, Maddie, ya me había hablado con estupefacción. Oí que Pemberton se presentaba y pedía a esta mujer que describiese su atuendo para información de sus lectores.

—Es mi satén rosado —profirió la mujer—. El damasquino, que usted puede apreciar, es de terciopelo blanco; tiene tres volantes, con alforzas y alforcitas en cuidada gradación, una por encima de la otra, y cada volante lleva una terminación de blonda.

Era la precisión con la cual nuestras damas comentaban aquellos temas.

—Su... satén... rosado —musitó Pemberton.

—La cola va orlada de piel de llama y aljófar que, como ve, sube por toda la falda. El aljófar, digo. Y también aquí, alrededor de las mangas plisadas. Todo, absolutamente todo, la bata, la falda y la cola, está forrado de seda blanca.

—Sí, claro, la cola de llama, gracias —dijo Pemberton que, en un intento por deshacerse de la compañía, se alejaba caminando hacia atrás.

Sentí una sacudida. La mujer se había puesto en pie abruptamente y su silla había chocado con la mía.

—Mi mantón es de encaje de Bruselas. Mi abanico, de jade esmaltado. Mi pañuelo, de D'Alençon y esta piedra —dijo, mientras izaba desde el hueco de sus pechos un colgante con una lágrima de diamante— me la ha regalado mi querido esposo, el señor Ortley, para que la luzca en esta ocasión. —Acto seguido señaló hacia el otro extremo de la mesa, en dirección a un caballero de mostachos que sonreía, radiante—. Sin embargo, como la piedra es de tantísimos quilates, supongo que será mejor que no la mencione. ¿Le deletreo cómo se escribe Ortley?

Pemberton me vio, se sonrojó, me lanzó una mirada hostil y se regaló con una copa de champán, que recogió de la bandeja de un camarero que pasaba por ahí. No pude evitar la risa. Admito que casi me gratificaba ver cuán vulnerable era en esta vida. Por fortuna, la señora Ortley se distrajo con la aparición del barítono de la noche. Estallaron los aplausos. Los camareros bajaron las luces. Le dije a Maddie que salía a fumar y seguí a Pemberton, que había desaparecido en la galería de arcos que rodeaba el salón de baile.

A la sombra de una palmera de tiesto, me detuve para encender mi cigarro... y le oí decir:

—¿Y quién tiene la osadía de rechazar la inmortalidad?

La respuesta llegó de una silueta robusta en la que reconocí a uno de sus amigos, el artista Harry Wheelwright.

—Esa vaca imbécil que está allá. La señora Van Reijn. La de azul.

—Pinta a mi señora Ortley con su atuendo —dijo Martin—. Te convertirás en nuestro Goya.

—Podría pintar este maldito salón de baile al completo y ser nuestro Brueghel —contestó Harry Wheelwright.

Se detuvieron a contemplar la escena. El barítono cantaba lieder. Los lieder eran una predilección obligatoria de los Fomentadores... ¿Era el Erlkönig de Schubert? «*Du liebes Kind, komm, geh mit mir! Gar schöne Spiele spiel ich mit dir...*» («Tú, niño amado, ven, ven conmigo. Tan bellos juegos jugaré contigo...»).

—Al diablo con el arte —dijo Harry—. Vamos a buscar una taberna como Dios manda.

Mientras se alejaban, Martin dijo:

—Creo que estoy perdiendo la razón.

—No es para menos.

—¿Has hablado con alguien?

—¿Por qué iba a hacerlo? No quiero volver a pensar en ello. Es asunto terminado. Tienes suerte de que todavía hable contigo.

Durante este último diálogo, el tono había bajado hasta un susurro conspiratorio. Después ya no fue audible.

De no haber tenido que llevar a casa a Maddie, los habría seguido hasta su taberna. Y hasta sus dos estilos de borrachera: Martin era de los que se embrutecen con alcohol y se tornan melancólicos con una única intención premeditada, mientras que Harry era de los voluptuosos... asertivo en sus apetitos, pero con una fácil disposición a pasar de la risa al llanto y a los sentimientos profundos, según lo pidiera la ocasión. Wheelwright podía ser más pendenciero y jactancioso, así como era más fornido que mi esmirriado amigo, pero Martin tenía una voluntad más firme. Todo esto se me haría evidente más tarde. En aquel momento, solo sentí esa súbita percepción de lo ignoto que lo convierte en… algo concretamente ignorado… como si de la oscuridad solo discerniésemos la erguida calidad de la penumbra que nos atrae hacia ella. Nada más. En las semanas que siguieron, apenas si me di cuenta de que no veía a Pemberton en la redacción. Advertía que los libros que yo quería que reseñara se transformaban en un pequeño montón… y, algunos días más tarde, noté que el montón había crecido. En la vida urbana moderna es posible tener una revelación y, en el siguiente instante, entregarse a otra cosa. Cristo hubiese podido venir a Nueva York y yo, de todas formas, habría tenido que cerrar la edición de mi periódico.

Así fue como, por la gracia del *Atlantic* y de Pierce Graham, me había interesado por la suerte de mi colaborador. No sabía por qué se había marchado y tenía cierta impaciencia por descubrirlo. Debía de haber una explicación simple, o tal vez una docena, aunque no lograba persuadirme de ello. El camino más obvio era encontrar el paradero del amigo con el que compartía sus secretos, Harry Wheelwright. Pero rechacé aquella idea. Conocía a Harry y no confiaba en él. Era bebedor, mujeriego y marrullero. Bajo la mata despeinada de su pelo ensortijado había unos ojos inyectados, unos mofletes, una nariz y una boca carnosas y una papada que hablaban de alguien que se las arreglaba muy bien en materia de gratificaciones. Pero le gustaba presentarse como un mártir del Arte. Había estudiado pintura en Yale. Enseguida se hizo cierto nombre grabando escenas de la guerra para la revista *Harper's Weekly*. Tomaba los rápidos bocetos enviados por los artistas que estaban en el frente y con ellos hacía sus puntas secas en el estudio de la calle Catorce. Esto no era un crimen de por sí. Pero cuando la gente admiraba sus grabados en la creencia de que los había realizado bajo fuego, no les decía... que el único fuego bajo el cual se había encontrado jamás era el de sus acreedores. Le encantaba burlarse de la gente, a este Harry; mentía por deporte. Como los Wheelwright habían predicado desde sus púlpitos fríos cien años antes de la Revolución, yo no podía dejar de pensar que su pose de superioridad irónica hacia quienes contribuían a su sustento no estuviera, en última instancia, corrompida por el esnobismo de su linaje de Nueva Inglaterra.

En cambio, la disidencia fría de mi colaborador era sincera, pura y profundamente generacional. Había integridad en Martin. A veces, sus ojos tenían una expresión herida que, al mismo tiempo, parecía llena de esperanzas en que el mundo pudiera, de pronto, satisfacer las ilusiones que había depositado en él. Razoné que si yo estaba realmente preocupado por él, no podía menos que respetar su integridad y considerar de nuevo lo que había dicho sobre su padre. Seguiría, en privado, la pista de lo que ya sabía, de lo que él me había contado, con el debido respeto por las normas de la profesión que ambos compartíamos. Para decirles la verdad, aparte de cualquier otra consideración, me olía una buena historia. Y cuando ese es el caso, no se empieza por acudir a alguien que podría tener interés en que uno nunca acceda a ella. Por eso decidí no hablar con Harry a estas alturas y, en cambio, probar la hipótesis original. Cuando se quiere saber si alguien sigue vivo, ¿qué se hace? Se va a la morgue, está claro.

5

Las grandes rotativas habían aparecido alrededor de 1845 y, desde entonces, la cantidad de noticias que un periódico podía imprimir y el número de periódicos que competían entre sí sugirieron la necesidad de una historia propia, por así decirlo, de un registro de la memoria de nuestro trabajo. De esta manera tendríamos a nuestra disposición la biblioteca de nuestras invenciones pasadas y no nos veríamos obligados a sacar siempre nuestras palabras de la nada. Al principio, en el *Telegram*, esta tarea se encomendó a un hombre mayor cuyo talento era colocar una edición encima de la otra, bien alisada, en los amplios cajones de roble de un armario que mantenía inmaculadamente pulido en el sótano. Solo a partir de la guerra, cuando fue obvio para el editor que las recopilaciones de las noticias del frente publicadas por el periódico podían convertirse en libros con buenas perspectivas comerciales, comenzaron a organizarse seriamente los catálogos con remisiones. Ahora teníamos tres o cuatro jóvenes sentados allí, con tijeras y botes de goma de pegar, que nunca llevaban un atraso mayor a uno o dos meses —después de todo, eran quince los periódicos de Nueva York que cada día caían sobre sus mesas— y yo podía consultar uno de los cajones del archivo en la confianza de encontrar una carpeta con la etiqueta «Pemberton, Augustus».

Había llamado nuestra atención, por primera vez, cuando lo emplazaron a testificar ante la subcomisión que investigaba los enriquecimientos ilícitos durante la guerra, que dependía de la comisión del Senado que controlaba al Ejército y la Marina. El suelto estaba fechado en Washington, en abril de 1864. No había nada posterior a aquel artículo: por qué se lo había llamado en calidad de testigo, cuál había sido el resultado de su testimonio y si, de hecho, la subcomisión se había vuelto a reunir por algún motivo, no iba a saberlo por mi querido *Telegram*.

Un breve, fechado en Nueva York, permitía vislumbrar otros aspectos de los negocios de Pemberton: un tal Eustace Simmons, exsubintendente de las oficinas de la Prefectura Naval de South Street, había sido arrestado en el distrito sur de la ciudad, junto con dos portugueses, bajo la imputación de haber violado las leyes del tráfico de esclavos. Su empleador había pagado la fianza: el famoso comerciante don Augustus Pemberton.

En este caso, sí había un seguimiento de la noticia, fechado seis meses más tarde: la causa contra el señor Eustace Simmons y sus dos socios portugueses por violación de las leyes del tráfico de esclavos se había sobreseído por falta de pruebas.

La irritación de nuestro reportero ante el fallo era evidente. Describía las instrucciones como desusadamente informales, si se tomaba en cuenta la gravedad de los cargos. El acusado Simmons no se había mostrado muy preocupado antes de la decisión del juez, ni muy satisfecho después y, aunque los caballeros portugueses se habían abrazado mutuamente, el señor Simmons se había mostrado imperturbable, con una sonrisa desdeñosa como toda indicación de sus emociones… Un hombre anguloso y poco afable, con el rostro picado de viruelas… que apenas si había saludado a sus abogados con un movimiento de cabeza antes de seguir con cierta indolencia a su patrón, Augustus Pemberton, quien ya se retiraba del tribunal con paso arrogante y apresurado a atender, presumiblemente, el próximo asunto de un día corriente de negocios.

Bien, acaso yo embellezca un poco las cosas. Pero mi impresión de los sentimientos del reportero es correcta. Por aquel entonces, no nos parecía demasiado necesario asumir un tono objetivo en nuestras crónicas. Éramos más honestos y más sinceros y no beatificábamos tanto la objetividad, que es, en definitiva, una manera de enunciar una opinión sin dejárselo saber al lector.

Simmons era subintendente de la Oficina de Prefectura Naval cuando la Compañía Mercantil Augustus Pemberton lo contrató. Los guardias del puerto hacían los reconocimientos de a bordo para comprobar el estado de las naves, inspeccionaban los buques de carga en los muelles y, en general, regulaban el tráfico marítimo en las márgenes de ambos ríos. Era una oficina municipal, por supuesto, y una fuente de ingresos seguros para el Tweed Ring. Además de disfrutar de un empleo estable y provechoso, Simmons habrá sacado su tajada, lo cual significaba que la oferta de Augustus Pemberton habría sido muy atractiva para que cayese en la tentación de dejarlo.

Diré aquí que el tal Simmons era un sujeto pernicioso que estuvo con Augustus Pemberton hasta el fin, aunque ahora pisamos terreno pantanoso. Ocasionalmente, tendré que contarles las cosas en un orden diferente a como fui sabiéndolas. Pero fue de boca de la joven viuda de Pemberton, Sarah, su segunda mujer y la madrastra de Martin, que oí hasta qué punto Eustace Simmons vivía en el centro de la devoción de aquel hombre, mucho más que su primera o su segunda mujer... Simmons no solo era consciente de ello sino que lo ponía de manifiesto ante Sarah.

—Ninguna mujer se habría sentido a gusto en presencia del señor Simmons —me contó Sarah Pemberton cuando ya me había ganado su confianza. Se ruborizaba un poco cuando trataba el asunto—. No era por lo que decía; en realidad, nunca decía nada fuera de lugar. Pero había una inflexión en su voz que a mí me resultaba insolente La palabra no me parece lo bastante fuerte. Me hacía sentir… baladí. Creo que, en general, las mujeres no entraban en su consideración.

Me contó esto cuando la desaparición de Martin dejó de ser un hecho aislado y se agregó a otros, no menos perturbadores. Si bien yo carecía de cualquier imagen del padre y de su factótum, poseía una nítida fotografía moral de ambos a través de la relación que los había unido y porque la elección de un álter ego es sugestiva. Que un mal mayor los sostenía se me hacía aparente por la cantidad y la calidad de los dignatarios que asistieron a las exequias de Augustus y, si he de ser sincero, por el matiz obsequioso de la información del *Telegram*.

Pues bien, en letras de molde sobre aquel papel, el señor Augustus Pemberton, mercader y patriota, había muerto a la edad de sesenta y nueve años a causa de una afección de la sangre, en el mes de septiembre de 1870, y sus restos mortales habían sido acompañados a su último descanso desde la iglesia episcopal de Saint James. Celebramos el que hubiese llegado a América como un pobre inglés sin educación, que se hubiese empleado como sirviente doméstico con un contrato que lo obligaba por siete años. Lo admiramos porque nunca había encubierto aquellos orígenes humildes. En sus últimos años, ya como miembro del Club de los Registradores, donde solía almorzar con frecuencia, sentado a la mesa de los principales, el tema de conversación más importante era el ejemplo servido por su vida a la realización del ideal americano. Dios mío, qué pelmazo habrá sido, aparte de todo lo demás.

Un obituario no es lugar donde ponderar que, en el servicio doméstico, uno se habitúa a valorar los objetos y aprende todos los refinamientos del gusto y el estilo a los que puede aspirar. Pero yo podía imaginarme la educación sentimental de Augustus en lo referente a dinero y propiedad. Al finalizar su contrato, se convirtió en aprendiz de cochero y, más tarde, compró el negocio del hombre que lo había empleado. A su turno, lo vendió e invirtió las ganancias en una empresa de alimentación que proveía las bodegas de los barcos; de esta manera creaba su propio modelo de lealtad, cuyo objeto no eran las empresas en sí sino el arte de comprarlas y venderlas. Estas prácticas y otras inversiones le dieron, cuando estaba en la tardía treintena, cierta prominencia entre los mercaderes de la ciudad. No se hacía mención del tráfico de esclavos, por supuesto.

Solo se decía que había sido brillante en la intermediación y que, desde muy temprano, había aplicado sus principios a los bienes abstractos: obligaciones, acciones, letras de cambio y bonos del Estado. Llegó a obtener una plaza en la Bolsa de Nueva York, en ausencia de su adversario. Describimos al viejo sinvergüenza como una especie de yanqui frugal con los pies sobre la tierra. No presumía de su lugar en la vida comercial de la ciudad con sedes ostentosas, ni tampoco tenía una larga lista de empleados en plantilla. Habría jurado que no los tenía. «Está todo aquí —era su famoso versículo, dicho mientras se apuntaba la cabeza con el índice—. Mi mente es mi oficina, mi almacén y mi libro de contabilidad.»

Descarto que jamás haya leído a Tom Paine, por supuesto, quien decía «mi mente es mi iglesia».

Pero allí donde, tan tarde como en 1870, el deísmo causaba escándalo y era juzgado como una idolatría, si esa misma ideología dejaba unos dividendos de varios millones, se convertía en un ejemplo para todos nosotros.

Según su panegirista, el doctor Charles Grimshaw, la gloria había alcanzado a Augustus Pemberton durante la Guerra de Secesión, cuando puso sus talentos al servicio de su país y proveyó al ejército de la Unión con pertrechos que encargaba y hacía venir desde antros tan lejanos como Pekín, en China. Es de sospechar que, por su papel de mendicantes, los clérigos desarrollan las mismas simpatías que los políticos por las clases acomodadas. Alguien del entorno del señor Lincoln no fue menos indulgente: sentado, en nuestra morgue, me invadió el desamparo de un huérfano cuando leí que Augustus Pemberton formaba parte de un selecto grupo de comerciantes a quienes la nación había agradecido sus servicios, en el curso de una comida ofrecida por el presidente en la Casa Blanca, en 1864.

6

Conocía a Charles Grimshaw y, si he de ser justo con él, diré que fue uno de los pastores abolicionistas cuando, allá por 1850, esta era una ciudad que apoyaba a los negreros y vio alejarse una buena parte de su congregación por esta causa. Pero en aquel entonces, Grimshaw estaba en su apogeo y, aunque nunca fue un gran orador ni una eminencia moral comparable a nuestros predicadores de renombre, gozaba del respeto de sus pares y de la cálida devoción de sus feligreses más acomodados. Por los tiempos de la muerte de Augustus Pemberton, tanto el párroco como la iglesia habían conocido mejores días. La gente bien había huido en desbandada hacia el norte, a las calles más anchas y los vecindarios más soleados que quedaban más allá de la calle Treinta y cuatro… y aún más lejos, pasando el arca de agua de la calle Cuarenta y dos. Los edificios comerciales habían reemplazado a las casas de familia y donde una vez las torres de Saint James descollaban sobre la ciudad, ahora permanecían en sombras la mitad del día. La dignidad solemne de sus bloques de arenisca rojiza se había vuelto pintoresca; en el pequeño cementerio parroquial, las lápidas se inclinaban, más y más oblicuas, en su milimétrica caída a través de las edades… Así fue que las augustas exequias exaltaron el recuerdo de sus glorias y, durante un par de horas, Saint James fue restituida a su elegante honorabilidad eclesiástica.

Yo habría razonado que había una cantidad suficiente de pobres como para llenar los reclinatorios. Pero, tal como me explicó el reverendo con su voz vacilante y aguda, en general los pobres no tenían una buena disposición hacia el credo anglicano. La mayoría de los inmigrantes más recientes, por ejemplo, eran irlandeses y alemanes católicos. Pero el catolicismo no era el problema.

—Han estado aquí más tiempo que nosotros —dijo.

Aquí en la Tierra, supuse yo que quería decir. No, lo que hacía que empuñase el crucifijo y se paseease con preocupación por su despacho eran los proselitistas de los suburbios: los adventistas y los milleristas, los shakers y los cuáqueros, los swedenborgianos, los perfeccionistas y los mormones...

—Son infinitos; vienen desde los arrabales y desfilan por Broadway con sus pancartas escatológicas al hombro. Abordan a la gente en las cervecerías, interrumpen la circulación frente a la ópera. Suben a los ferris. ¿Sabe que ayer mismo tuve que echar a uno que se había detenido frente a nuestra puerta a predicar...? Frente a la iglesia de Cristo, ¡qué tal! Se tornan cínicos cuando hablan en nombre de Dios. Que el Señor me perdone pero ¿necesito dudar de la sinceridad de esta gente para decir que, muy a pesar de todas sus invocaciones del nombre de Jesús, simple y llanamente no son cristianos?

Tenía la más clara de las pieles, el tal reverendo Grimshaw, la tez de una mujer hermosa... delgada como el papel y muy blanca y seca... y unas facciones delicadas y armoniosas, con una nariz que era apenas suficiente para sostener los impertinentes... y unos ojos de pájaro, todavía brillantes, vigorosos y alertas... y una rala cabellera ondulada color de plata que dejaba ver su coronilla rubicunda. Siempre bien afeitado y aseado y menudo; todo en él, desde los pequeños pies que lo paseaban de aquí para allá hasta las orejas diminutas, guardaba la debida proporción. Su estatura era de las que hacen lucir bien la ropa, aun los collarines eclesiásticos y los lustrosos manteletes negros.

Ahora confesaré, si es esta la palabra correcta, que yo mismo soy un presbiteriano descarriado. La enunciación fue la culpable, decididamente; esas palabras desgastadas, andrajosas, santurronas, que de tan abusadas ya no denotan para mí sino la pobreza de espíritu, nunca la riqueza. Mi propia opinión sobre los predicadores callejeros que venían de los arrabales era... ¿y por qué no? Si has de reivindicar a Dios, acepta la privación. Desguarecido, Él podía ser aún más verdadero, propiedad de los maníacos barbados portadores de pancartas escatológicas. ¿Por qué era pertinente dirigirse a Él en la iglesia mientras fuera, en los albañales, hablar de Él al mismo tiempo que los carros trasegaban y los caballos dejaban caer sus boñigos era una clara locura? También diré que nuestras propias iglesias, sin discriminaciones de credos —no puedo hablar con igual autoridad de nuestras sinagogas y nuestras mezquitas, pero también las incluyo—, construidas tanto en estilo gótico como en románico, revestidas de mosaico oriental como de ladrillo visto, todas huelen igual en el interior. Creo que es el olor de los cirios, o quizás el de la rectitud, o esa acritud que proviene del calor de los cuerpos congregados que condensan, año tras año sobre la piedra fría, sus tufos glandulares de piedad. No sé qué es, pero también estaba allí, en el despacho de Grimshaw, con sus estanterías rebosantes de misales... aquel hedor de santidad.

Como ya habrán sospechado, no hice ninguna confidencia sobre estos pareceres. Grimshaw, diligente, me había recibido al atardecer del mismo día en que yo le había enviado mi nota.

Fui paciente durante su sermón fulminador. Cuando hubo terminado y volvió a su silla y estuvo tranquilo, dejé caer el nombre de Martin. No mencioné los miedos que sentía por él... solo que un día me había dicho que su padre seguía vivo.

—Ah, sí —contestó Grimshaw—. Esa parece ser una de sus preocupaciones.

—¿Lo censura?

—Déjeme decirle algo: Martin Pemberton es una de esas almas atormentadas que aún no han vuelto sus ojos al cielo, donde su Salvador las espera con los brazos abiertos.

—¿Cuándo vio a Martin?

—Casi tira abajo la puerta de la rectoría una noche.

—¿Cuándo fue eso?

—Durante aquellos aguaceros. En abril. Era la última persona que esperaba ver en la rectoría. Empujó a mi ama de llaves y entró sin anunciarse. Su aspecto era... descuidado, Dios nos perdone. Un abrigo maloliente sobre los hombros, el traje embarrado y desgarrado. Un feo cardenal le cubría la mitad de la cara. Y aun así, se sentó sin más en la silla en la que se sienta usted ahora, sin dar ninguna explicación pero escudriñándome, ceñudo, como si él fuese un general del ejército y yo... algo que sus soldados hubieran capturado durante la batalla. Dijo: «He visto algo que le describiré, doctor Grimshaw, y después le preguntaré lo que necesito saber, y después usted creerá que he perdido el juicio, se lo prometo». Esto fue lo que dijo. Pues bien, irrumpió mientras yo leía una monografía a propósito de ciertos textos cuneiformes sumerios, descifrados recientemente, en los que se da cuenta del mismo Diluvio descrito en el Génesis... huelga decirlo... fue como si me hubiesen arrancado de cuajo de los sumerios.

Fue entonces cuando el reverendo me lanzó una mirada indicativa de que yo, como hombre de prensa, no dejaría escapar una noticia tan interesante. Por lisonja, dije que ignoraba su condición de erudito en temas bíblicos.

—Oh, por favor, en ninguno de los sentidos del término —respondió, con una sonrisa de modestia—. Pero mantengo correspondencia con quienes sí lo son. El estudio académico de las Escrituras y de la vida de Nuestro Señor es, en estos días y especialmente en Europa, muy apasionante. Este texto sumerio es significativo. Si considera que a sus lectores puede interesarles saber algo acerca de esto, para mí no sería una molestia…

—¿Qué había visto?

—¿Visto?

—Martin. Le contó que había visto algo.

Otra vez arrancado de cuajo de los sumerios. El reverendo se aclaró la voz y se serenó.

—Sí. He aprendido con los años que hay… almas necesitadas de la Palabra… que a menudo se erizan o presumen de superioridad. Este fue el caso de Martin, por supuesto. Le era insoportable preguntarme algo sin antes haberme escarnecido. ¿Qué dijo? «Lo asocio con la muerte, reverendo, no solo porque usted es el panegirista de mi familia, sino porque es el oficiante de un culto de la muerte.» ¿Le resulta concebible? «Su Jesús es todo muerte y agonía, aunque usted le atribuya vida eterna. Cada comunión participa primariamente de su muerte y su imagen rectora, aun esa que pende sobre su hábito, es la imagen de su muerte dolorosa, angustiosa, perpetua. Así es que he venido al lugar apropiado… Dígame, ¿es verdad que los mismísimos romanos prohibieron más tarde las crucifixiones, en algún *anno domini*, porque eran tan crueles que servían para crear leyendas?»

»Bien, acaso le sorprenda, pero semejante cristología no me es desconocida. La fe lo oye todo, señor McIlvaine, la fe permanece incólume frente a estos desafíos, la fe verdadera intima pasmosamente con las más fantásticas abominaciones… Además, no se viene a la casa de Dios a blasfemar a menos que se esté algo trastornado. Creo que yo estaba dispuesto a aceptar que Martin había perdido el juicio aun antes de oír la pregunta que iba a hacerme.

»Después de una larga pausa en la que no levantó los ojos del suelo, dijo:

»—Bueno, que así sea. Lo siento. Le he ofendido. La cabeza me da vueltas. Supongo que le hablaría de cualquier cosa excepto de… lo que me ha traído por aquí.

»—¿Y qué te trae por aquí, Martin? —le pregunté.

»Se inclinó hacia delante, me clavó una mirada escrutadora y dijo, en un tono que no pude decidir si era serio o jocoso:

»—Reverendo, ¿sería capaz de jurar que mi padre está muerto?

»—¿Qué? —pregunté. No sabía qué quería decir. Me alarmaba. No me gustaban ni su aspecto ni su tono.

»—Es bastante sencillo. Estamos vivos o muertos, una de dos. Le pido que clasifique a mi padre. —Como seguí observándolo sin saber qué contestar, alzó sus brazos al cielo con un gesto exasperado—. Oh, Dios mío, ilumínalo… Doctor Grimshaw, ¿entiende inglés? ¡Contésteme! Mi padre, Augustus Pemberton, ¿ha muerto? ¿Juraría por su Dios que es cierto?

»—Mi estimado joven, esto es indecoroso. Fui amigo de tu padre, fui su pastor. Le di la extremaunción e imploré a Nuestro Señor Jesucristo para que lo recibiera en su misericordia.

»—Muy bien, pero ¿está muerto? Soy consciente de que yo no lo vi muerto.

»—Exiges un consuelo extravagante. Tal vez recuerdes las exequias…

»—Ese recurso no ha lugar en este tribunal. Quiero su testimonio bajo juramento, reverendo Grimshaw.

»Le dije, con la sensación de estar hablando con un loco, que era así, en efecto. Que su padre era un difunto. Dio un hondo suspiro.

»—Bien. ¿Ha visto?, no era tan difícil. Ahora que lo ha dicho, le contaré algo que ha sucedido y entonces usted me dirá lo que tenga que decirme y ya no pensaremos más en el asunto. Y yo podré conciliar el sueño.

»Se paseaba a grandes zancadas por la habitación mientras contaba su cuento... Era extraordinario. Iba y venía y hablaba tanto para mí como para sí mismo. Lo describía todo en términos tan vívidos, tan vívidos, que me parecía estar allí con él... Aquella misma mañana, antes de la lluvia, Martin bajaba por Broadway, camino al Printing House Square. Camino al *Telegram*, por supuesto. ¡A verlo a usted! En el bolsillo llevaba un texto, la recensión de un libro. ¿Martin es un buen escritor? ¿Escribe tan bien como habla?

—Es el mejor de los que trabajan para mí —contesté, sin faltar a la verdad.

—Eso ya es algo. Al menos puedo decir de él que vive de su ingenio. Nunca se arrepintió de aquel acto que, por tanto, le costó la nada desdeñable herencia que le correspondía. Se ha hecho cargo.

Uno tendería a pensar que un hombre dedicado a dar sermones durante toda su vida habría aprendido a ceñirse a un argumento. Pues bien, como él decía, y como yo les contaré ahora... aquella mañana, bajo un cielo cerrado por la lluvia, mi colaborador venía a verme con su última reseña en el bolsillo. Bajaba por Broadway. Broadway, la arteria comercial más importante, era un caos, como siempre. Los cocheros hacían restallar las riendas y los tiros se espantaban, con ese paso arrítmico que adquieren las caballerías cuando no hay espacio abierto por delante. Una música rasa y discordante de cascos batiendo el empedrado. Los gritos de los mayorales, los bocinazos de los tranvías y el murmullo de los engranajes sobre los raíles. El traqueteo de las ruedas y el tamborileo de las tablas de los carruajes innumerables, de los coches del transporte público, de los carros, de las carretas.

En la intersección de Broadway y Prince Street, por el carril opuesto, por el que va hacia el norte, subía uno de aquellos ómnibus blancos con el consabido paisaje pintado sobre las puertas. Las diligencias urbanas, nuestros ómnibus, eran los vehículos más corrientes. Pero en la calle penumbrosa, esta parecía un ascua extraña y ardiente. Martin quedó paralizado ante su paso. El pasaje estaba formado solo por viejos, vestidos con abrigos negros y sombreros de copa. Sus cabezas asentían al unísono cada vez que el vehículo se detenía, se ponía en marcha y volvía a detenerse en medio del tráfico atascado.

Excepto allí, la impaciencia característica de Nueva York se manifestaba en todas partes: gritos, maldiciones. Un policía tuvo que bajar a la calzada para desenmarañar los vehículos. Pero los viejos seguían sentados en un estado de introspección estoica, uniformes en su indiferencia por el ritmo al que avanzaban, por el ruido, hasta por la ciudad que atravesaban.

Trato de restituir la exacta percepción que Martin Pemberton tuvo de estos hechos. Entiendan que han sido filtrados por el cerebro del doctor Grimshaw y han pasado tantos años en el mío… El tráfico de viandantes casi aplasta a Martin. La gente se agolpa en los cruces y luego se derrama sobre las calles. Martin se aferra a una farola. En ese instante, la luz de un relámpago se refleja en los amplios escaparates del frente de hierro fundido de una tienda, al otro lado de la avenida. Le sigue el estallido de un trueno. Los caballos se encabritan y, desde que caen las primeras gotas, todos corren en busca de refugio. Oye el apremiante aleteo de las palomas que vuelan en círculos por encima de los tejados. Un niño vocea los titulares de los periódicos. Un mutilado de guerra del ejército del Norte, vestido con los malolientes restos de un uniforme, le tiende un bote de latón bajo la barbilla.

Con paso rápido, Martin cruza la calle y comienza a seguir el ómnibus. Se pregunta qué hay en esos viejos vestidos de negro que lo aparta de sus ocupaciones. Vuelve a entreverlos, sentados en el coche deslucido. Del ala de su sombrero, la lluvia cae copiosamente. Ve como si mirara a través de una cortina: no es que sean tan viejos, se dice, sino que están enfermos. Tienen el mismo aspecto demacrado, consumido y doliente que tenía su padre cuando enfermó mortalmente. Sí, ¡eso es lo que resulta tan familiar! Son viejos, o están lo bastante enfermos como para parecerlo, y son espectrales en su negligencia del mundo. Deben de formar parte de un funeral, pero no hay crespones negros en el coche. Tiene la rara impresión de que si están de duelo, es por ellos mismos.

Está oscuro y llueve a cántaros. La visión, a través de las ventanillas, se hace más y más difícil. Se siente reacio a correr a la par del coche, aunque podría hacerlo con facilidad; prefiere quedarse atrás porque teme que puedan verlo… aunque está convencido de que estos extraños pasajeros no ven… podrían mirar por la ventana, encararse con él, y sus miradas lo atravesarían, ciegas.

Donde Broadway tuerce, a la altura de la calle Diez, frente a la iglesia de la Gracia, el tráfico fluye mejor y el ómnibus de los viejos gana velocidad. Ahora, Martin corre para no perderlo. Los caballos ya trotan. Sabe que, en Dead Man's Curve y luego en Union Square, donde la calle se ensancha, habrá perdido la carrera. Se precipita a la calzada, se agarra de las manillas de la puerta trasera y se cuelga hasta que alcanza el pescante.

Se le vuela el sombrero. El cielo es un rescoldo incandescente de color verde. La lluvia arrecia. Union Square queda atrás, como un borrón: el monumento ecuestre, unos árboles, un montón de gente recortada en la tormenta. No sin reservas, aprensivo, el aliento contenido, husmea por la ventanilla trasera de la diligencia... y ve, en este carro fantasmal cargado de viejos... unas espaldas encorvadas en las que cree reconocer los hombros de su padre... y en el augusto cuello marchito, aquel quiste tan familiar, esa estructura suave, blanca, en forma de huevo que, desde la infancia, siempre lo ha turbado.

Un instante después, está de rodillas en la calle: han tirado de los frenos y luego han lanzado los caballos a la carrera, castigándolos con el látigo, como si el cochero se lo hubiese sacudido de encima deliberadamente. Oye un grito, logra ponerse en pie y evita apenas que lo pisoteen. Tambaleante, alcanza la acera; le sangra la nariz; tiene heridas en las manos; la ropa, empapada y hecha jirones; pero nada de esto le importa cuando, bajo la lluvia, sigue con la mirada el ómnibus que se desvanece rumbo al norte mientras él susurra, con todo el amor aniquilado que jamás haya sentido reanimado en ese instante de credulidad absoluta: «Padre, padre».

—Padre, padre —gritó el doctor Grimshaw en su tenor agudo. El relato lo había dejado sin aliento.

7

Al menos ahora sabía por qué mi colaborador había aparecido en la redacción con su artículo manchado de sangre. En mi propio interés de profesional de la información, no iba a permitirme un solo pensamiento sobre su angustia. La dejé a un lado, como algo que podía dramatizar cualquier dato que yo recogiese, o falsearlo, o incluso inclinarlo hacia sus filones espectrales... De hecho, esta no había sido la única... ¿cómo deberíamos llamarla?... visión.

La primera había tenido lugar un mes antes, en marzo, durante una copiosa nevada, y Martin se la había referido a su prometida, Emily Tisdale, aunque el contexto era tan conflictivo que impedía que ella creyese en la sujeción del relato a la realidad.

Pero ya volveré sobre este asunto.

Cuando Grimshaw terminó su exposición, nos quedamos sentados en silencio por un rato, mientras él recobraba la compostura. Luego le pregunté cuál había sido su reacción frente a la historia de Martin.

—¿Le dijo lo que él creía que usted debía decirle?

—Supongo que sí, que sí lo hice. Sentía una compasión inmensa, por supuesto... se lo diré francamente, nunca me ha gustado Martin. La actitud que había adoptado hacia su padre me parecía injusta. Siempre había sido adverso, agresivo... siempre. Con todos. Que viniese a golpear las puertas de Saint James... habrá sido un rapto de desesperación. Es evidente que la aparición de su padre era un tormento de su espíritu. Un acontecimiento fantasmal convocado por sus propios remordimientos. Bien podían ser los primeros tanteos en la oscuridad en busca del perdón. No soy un alienista, pero tampoco soy ajeno a los poderes curativos de la catequesis. Aquí había una misión que cumplir; había una oportunidad para Cristo: de lo contrario, ¿por qué el joven había venido a mí?

»Empecé por preguntarle si recordaba algún detalle sobre el ómnibus.

»—Solo que era una de esas diligencias blancas que pertenecen al transporte municipal —me contestó.

»Le dije que resultaba bastante curioso que un ómnibus tuviese una sola clase de pasajeros. Todos se sirven del transporte público; la varia humanidad, en todas sus condiciones, sube a estos coches.

»—Tiene razón, por supuesto —dijo. Rio—. Entonces, ¿no fue más que un sueño? —Se pasó la mano por la frente despellejada—. Sí, he oído hablar de sueños que hacen sangre.

»—No has soñado —dije—. Es probable que una logia o una asociación científica haya alquilado el coche. Esto explicaría la hermandad de ancianos. Y tu caída fue real, lo veo.

»—Le estoy muy agradecido. —El color volvió a sus mejillas; me escuchaba con un talante jovial.

»—Y en cuanto a los ancianos, son iguales a los ancianos de cualquier parte —dije—. Se duermen cada dos por tres; puedo asegurarte que hasta se duermen durante el más elocuente de los sermones.

»—¡Otro punto bien resuelto! —Frunció el ceño y se frotó las sienes—. Solo que mi padre queda fuera del cuadro.

»—Tu padre, o la imagen de tu padre vislumbrada en la oscuridad a través de una cortina de lluvia… Solo puedo decirte que, según la doctrina cristiana, la resurrección es tan absolutamente excepcional que, hasta hoy, ha tenido lugar una sola vez en la historia. —Ya ve: pensé que un poco de ligereza no estaba de más. Pensé que apreciaría la broma pero, perverso como siempre, Martin se levantó de su silla y me miró con solemnidad.

»—Le pido mil disculpas, reverendo; usted no es tan tonto como el resto de los de su profesión. Me había inquietado el que pudiese formar parte de esos pastores que asisten en secreto a sesiones de espiritismo. Pero no, ¿verdad que no?

»—No, puedo asegurártelo —contesté.

»Asintió.

»—Me alegro mucho. Tendríamos que tener una charla, algún día. No creerá que he visto un fantasma, ¿o sí lo cree?

»—Un fantasma, no —dije, sosteniéndole la mirada—. Creo que, para encontrar una explicación a lo que viste, tendríamos que hurgar en tu propia historia.

»Y aquí fue cuando montó en cólera.

»—Hurgar en mi cabeza, ¿a eso se refiere? ¿En mi pobre espíritu afligido? ¿Es allí donde debemos hurgar? —Apoyó ambas manos sobre mi escritorio, se inclinó hasta casi rozarme la cara y me clavó los ojos, insolente… el más grosero, el más pugnaz de los gestos, el gesto de un bravucón, de un chulo callejero—. Mire, reverendo, mire si así lo desea. Y déjeme saber qué ha encontrado allí.

»Y, diciendo esto, abrió la puerta con violencia y se marchó.

Nos trajeron té. El reverendo Grimshaw lo sirvió y, cuando me acercó la taza por encima del escritorio, esta tintineó sobre el platillo antes de posarse delante de mí. No cuestioné su relato. Tenía la precisión recriminatoria de la víctima. La frecuentación de Martin producía estos estallidos de temperamento, como si él transportase la tormenta consigo, dondequiera que fuese. Más que cruel, había sometido al viejo sacerdote a una especie de escaramuza. Quería la certeza de que todo el episodio había sido una alucinación… «Usted dirá lo que tenga que decir y luego yo podré conciliar el sueño…» y cuando esta le fue debidamente dada, se volvió contra el reverendo.

Pero yo también me preguntaba si cabía la posibilidad de que Martin no le hubiese creído… que el propósito real de su visita hubiese sido descubrir en los ojos del anciano hasta qué punto era un mentiroso. Grimshaw había hecho el panegírico fúnebre de su padre. Los contrafuertes de cada uno de los muros de Saint James eran dinero de Augustus Pemberton. Las viejas familias lo habían abandonado, pero el antiguo sirviente doméstico había permanecido fiel. La visión que había tenido Martin era clara… y se había presentado en medio de la más común de las escenas cotidianas de Nueva York, con todos sus ruidos y sus atolondramientos. Augustus Pemberton estaba entre los vivos. Era el viejo vislumbrado dos veces a bordo de un ómnibus municipal que atravesaba las calles de Manhattan. Yo todavía no sabía nada de la segunda visión, me enteraría más tarde, pero aun así era posible comprender que, aunque la insania fuese la explicación más deseable al alcance de mi colaborador… porque, a fin de cuentas, lo único que resultaba peor que darlo por loco era reconocer que no lo era… nada de lo que Grimshaw había dicho podía alterar la realidad de lo vivido y, cuando el pastor sugirió que la respuesta estaba en una imagen que el mismo Martin habría proyectado, la oportunidad de Cristo y el poder curativo de la catequesis se habían perdido.

Tenía que ver, más de lo que Grimshaw imaginaba, con aquellos entusiastas portadores de pancartas que vagaban por las calles y se apropiaban del pórtico de su iglesia para ejercer sus ministerios. Un profeta milenarista habría entendido la visión que Martin Pemberton había tenido del ómnibus blanco, y le habría impuesto las manos, y lo habría obligado a postrarse de hinojos sobre el pavimento de la ciudad de Nueva York, y habría proferido sus alabanzas al Señor, cuya gracia había descendido sobre este joven en la capacidad de ver a Satanás y de reconocer el mal, aunque este se presentara en la más amada e insidiosa de las formas… y no habría dado demasiado lejos de la diana. Pero en su rectoría, detrás de sus muros, con su campanario condenado por las sombras de los edificios comerciales, Charles Grimshaw anhelaba la verificación histórica de la palabra de las Escrituras. Estaba en lo cierto cuando pensó que el relato sumerio del Diluvio, en la epopeya de Gilgamesh, era un material interesante para el *Telegram*. Solíamos incluir cuñas como esa bastante a menudo… todos lo hacían: «La señora Elwood, viajera inglesa, informó de que, estando una madrugada a orillas del mar Rojo a la altura de Kosseir, vio que el sol se elevaba sobre el agua, no con su aspecto habitual, sino con la forma de una columna tremolante». Lo incluimos al pie de la primera página… como una confirmación del pilar de fuego que, por cuarenta años, iluminó a los israelitas en el desierto. Pero esto iba destinado a los creyentes imperfectos, que eran nuestros lectores. ¿Entendía Grimshaw que buscar las pruebas de las antiguas afirmaciones podía conducir al desastre, al espejismo… al error?

Yo no tenía nada en contra del buen reverendo, excepto que se había desgastado, como todos lo hacemos, y que su religión había dejado de tener cualquier autoridad… salvo como organizadora de sus días y su conducta y como archivo sistemático de sus percepciones. Por entonces, en los años setenta, la frenología estaba en su apogeo y, por supuesto, era un sinsentido, pero juzgada como sistema de organización de las percepciones no era peor. Había tres temperamentos básicos que se podían deducir de las configuraciones de los cráneos: Martin, de complexión delgada pero de frente alta y despejada, entraba en la categoría de Temperamento Mental, y el mismo Grimshaw era un ejemplo más débil de lo mismo; los otros dos temperamentos eran el Volitivo, que describía los huesos largos, el rostro llano y el pensamiento lógico y confiable de nuestro difunto presidente y quizá mi propia obstinación escocesa e irlandesa, y el Sanguíneo, que correspondía a los apetitos carnales y mundanos, a la vulgaridad de alguien como Harry Wheelwright. Desde luego, estos eran los tipos puros, en tanto la mayoría de la gente participaba en más de uno, de manera impura, y hasta había ciertas dudas en cuanto a si el género de las mujeres necesitaba una lectura de cráneos propia y singular...

Era una absoluta tontería, sin ningún valor científico, pero era una convención, uno de esos pozos ciegos del pensamiento, como la astrología o la organización del tiempo en seis días y un Sabbath. Aquí va otra cuña: en 1871, los arqueólogos encontraron un osario sagrado en una cueva del monte Circeo, en las costas del Tirreno, y desenterraron la calavera de un Neandertal, sepultado bajo un círculo de piedras junto con huesos de venado, de caballo, de hiena y de oso... el cráneo estaba rebanado desde el maxilar hasta el arco superciliar y formaba un cuenco del cual se bebía. Así supimos, al fin, cuán viejo era Dios... tan viejo... como el culto a los muertos de la gente del Paleolítico medio; era anterior a la última glaciación.

Después de que Martin saliera como un torbellino de la rectoría, Grimshaw cogió su pluma y escribió una carta a la viuda de Pemberton, a su residencia sobre el río Hudson, en Piermont, Nueva York, en la que le hacía saber su opinión acerca de la debilidad mental de su hijastro quien, tal vez por remordimiento, había conjurado una aparición alucinatoria. Sugería que podía recibirla cuando visitara Manhattan la próxima vez o que, al revés, se sentiría honrado de desplazarse hasta Ravenwood... que así se llamaba la residencia... pero, en cualquier caso, podía estar segura de que el ministro de Cristo estaba a su disposición, como siempre lo había estado para la familia Pemberton. Esta línea de acción era razonable pero, a todas luces, fue la única que siguió. Había visto a Martin la misma tarde lluviosa que yo, y más o menos con el mismo aspecto desgarrado y sanguinolento. Pero no había hecho ningún esfuerzo por verlo de nuevo. Entonces, ¿cuál era la naturaleza de su fe y el grado de su preocupación? Sarah Pemberton no había contestado a su carta, algo que yo habría considerado enigmático pero que a él no pareció sorprenderle, ya que no lo impulsó a renovar su empeño. ¿Se había desgastado hasta... la mera condición seglar? ¿Tanto así que la grosería y la ironía condescendiente de aquel joven insultante quedaban más allá de su perdón? ¿O había allí una lealtad avasallante hacia el padre, cuyo cobijo yo no podía imaginar, pero que me trajo la imagen de un perro aullando por su amo perdido?

Era de noche cuando abandoné la rectoría. Grimshaw me acompañó hasta la salida y se quedó un rato conmigo en el pequeño cementerio. Bajo la luz del alumbrado, las viejas lápidas proyectaban sus sombras. Alrededor de ellas, las hierbas crecían altas, descuidadas.

—¿Cuál es la tumba del señor Pemberton?

—Oh, él no está aquí. Y no habría sido en el camposanto sino en el mausoleo reservado a las personas principales. Se lo ofrecí, pero lo rechazó. No se creía digno.

—¿Augustus Pemberton dijo semejante cosa?

Grimshaw sonrió, satisfecho, con la misma sonrisa temerosa y transigente que lo había asistido en cada una de las formas del gozo y del sufrimiento que se sucedían, de día y de noche, en todos los años de su ministerio.

—Quienes no lo conocieron se sorprenden cuando oyen hablar de la humildad de Augustus. Le puedo garantizar que no siempre fue... ¿cómo podría decir...? en sus procederes... todo lo desinteresado que cabía ser. Pero ahí lo tiene. No, por su propia voluntad está enterrado en Fordham, en el cementerio de Woodlawn.

Bueno, era un lugar bastante elegante, pensé para mis adentros. El más aristocrático de nuestros camposantos, el territorio consagrado del privilegio. Al parecer, el doctor Grimshaw no estaba dispuesto a preguntarse por qué el hombre que había mantenido sus vínculos con la parroquia de Saint James en su larga vida, la había abandonado por toda la duración de su aún más larga muerte.

8

Emily Tisdale consintió mi visita porque sabía que yo era uno de los empleadores de Martin y estaba persuadida de que podía tener noticias de él, aunque no fuesen directas, y acaso le indicaría su paradero. Como, de hecho, yo tenía depositadas las mismas esperanzas en ella, me tomó apenas unos instantes comprender que la joven sentada frente a mí —con sus inteligentes ojos pardos agrandados por su receptividad hacia las nuevas que yo pudiera traer y la cabeza ligeramente ladeada, en previsión de que fuesen infaustas— no sabía más sobre Martin que la autora de aquellas cartas sin abrir que, en sus sobres azules, se habían clavado por sus esquinas en las cenizas del brasero de Greene Street.

La visité un domingo por la tarde. La habitación en la que me recibió tenía los techos altos y estaba amueblada con butacas cómodas y sofás; sobre los suelos de tablas bien lustradas, unas alfombras deliciosamente gastadas. No había ostentación allí. La brisa hacía que las cortinas rozaran el alféizar y escoltaba, a través de la gran ventana abierta, los sonidos de algún carruaje ocasional y los gritos de los niños en sus juegos. Las casas de Lafayette Place estaban armoniosamente compuestas para acompañarse las unas a las otras, todas en el estilo neoclásico de los yanquis, al que llamábamos federal, y con un pequeño solar delante, cercado por una verja baja de hierro forjado. Los pilares de las entradas no se parapetaban sobre una escalinata, sino que surgían sin más de la calle. Era una parte de la vieja ciudad que todavía no había dado paso al progreso, aunque lo haría pocos años más tarde.

La señorita Tisdale era menuda pero decidida, de modales francos y nada afectados. Aunque no era una belleza, llamaba la atención por los pómulos altos, la tez clara y los ojos ligeramente almendrados y, también, por su voz melodiosa que tendía a quebrarse en el punto más alto de las frases. No parecía interesada en las estrategias usuales de las apariencias femeninas. Lucía un vestido sencillo de color gris oscuro, de corte nítido, con un cuello blanco. Del cuello colgaba un camafeo que recorría las más mínimas distancias cada vez que su pecho subía o bajaba, como una barca en el mar. Llevaba el pelo castaño partido al medio y recogido en la nuca por un broche. Estaba sentada en una butaca de respaldo recto, con las manos recogidas sobre el regazo. Me resultó muy cautivadora. Y, por eso mismo y aunque parezca bastante extraño, sentí que estaba entrometiéndome en la vida privada de Martin Pemberton hasta un punto que él habría juzgado intolerable. Después de todo, Emily Tisdale era suya. ¿O no? Conmigo, ella había ampliado el círculo de inquietud alrededor de Martin, que hasta ese momento solo la incluía a ella… y así fue como, muy rápido, me hizo su confidente.

—Las cosas no van muy bien entre nosotros. La última vez que lo vi, Martin dijo: «Vivo con esta carga de tu continua espera. Siempre lo mismo: Emily que espera. ¿No ves el infierno al que te enfrentas? Una de dos: o yo estoy loco y tienen que encerrarme, o las generaciones de los Pemberton están destinadas a la perdición.». Toda aquella paradoja wagneriana, inflamada… que los Pemberton eran una familia condenada, salida de no sé qué infierno espantoso al que estaban sentenciados a volver… ¿Cómo se responde a eso?

—Había visto a su padre —dije.

—Sí, había visto al difunto señor Pemberton viajando en un ómnibus de los que atraviesan la ciudad de muelle a muelle.

—Querrá decir que lo vio en Broadway —la corregí.

—No, no fue en Broadway. Fue en la calle Cuarenta y dos, cuando él caminaba cerca del arca de agua. Nevaba.

—¿Nevaba? ¿Cuándo ocurrió esto?

—En marzo. Durante la última gran tormenta de nieve.

Para cuando él le hizo la confidencia, la nieve se había derretido y Nueva York había entrado en la primavera; de esto uno se daba cuenta porque en los puestos de flores de Washington Market aparecían a la venta el alazor y la dedalera y los gladiolos y, también, porque la gente de buen tono comenzaba a entrenar sus caballos de trote en las pistas de Harlem. Cuando el clima se hacía más moderado, la gente retomaba la costumbre de hacer visitas, y así ocurrió con Martin, que visitó a Emily en su casa para decirle que podía perder toda esperanza de que alguna vez la pidiese en matrimonio porque… al menos esto fue lo que ella entendió de sus argumentos… Augustus Pemberton andaba suelto entre los vivos.

Ahora les diré que este primer incidente me pareció mucho más ominoso, más inquietante, que el otro. No sé con exactitud por qué. Carecía del horrible detalle del quiste en el cuello del viejo… A la sombra de los muros de la presa, Martin camina en dirección al este por la calle Cuarenta y dos, inclinado hacia delante para romper el viento, embozado en el cuello de su abrigo. Entre las ráfagas de nieve que soplan sobre la calle, emerge un coche blanco. Se vuelve a mirarlo. Los caballos van al galope y aunque el cochero, envuelto en un abrigo de pieles, los castiga con el látigo para que alcancen mayor velocidad, su paso es silencioso y augusto. El coche se interna en una nebulosa de nieve arremolinada... Y Martin ve, recortado en el marco de la ventanilla, como si se tratase de un aguafuerte, el rostro de su padre, Augustus, que en ese mismo instante se vuelve para echarle una mirada ausente. Un segundo después, el carruaje entero es tragado por la tormenta.

Entonces, sintió un escalofrío. Las botas estaban escarchadas. El sobretodo del ejército de la Unión parecía absorber el aire húmedo. Los copos de nieve tenían un olor metálico, como salidos de una máquina; Martin alzó la vista, vio el cielo opaco, blanquecino, escamoso y lo imaginó... como un proceso industrial. Eso fue lo que contó a la señorita Tisdale.

Emily suspiró y se enderezó en la silla.

Saben que soy un viejo solterón y la verdad sobre los de mi casta es que nos enamoramos con gran facilidad. Y, por supuesto, en silencio y con resignación, hasta que se nos pasa. Creo que me enamoré de Emily ese mismo día. Me hizo concebir una teoría... la idea de que un protestantismo exótico prosperaba de manera inadvertida en América. Quiero decir, que si había voluptuosidad en la virtud, si había una promesa de paraíso carnal en la lealtad casta y constante, estaba allí, en esa muchacha acongojada.

Me descubrí indignado por el tratamiento que recibía a manos de mi colaborador. Me miró con agudeza. Estaba cursando en la Escuela Normal de Señoritas, en la calle Sesenta y ocho, con el propósito de convertirse en maestra de niños en las escuelas públicas.

—Mi padre está bastante escandalizado. En su opinión, la profesión de maestra es para las mujeres de la clase obrera... ¡algo muy poco conveniente para la hija del fundador de las Fraguas Tisdale! Estoy estudiando historia antigua, geografía y latín. Habría podido elegir francés, porque ya sé un poco, pero siento predilección por el latín. El año próximo tomaré las clases de Ética que imparte el profesor Hunter. Lo único malo es que tenemos un examen semanal de gramática y, horror de los horrores, otro de aritmética. Los niños se lo pasarán en grande cuando les enseñe aritmética.

En ese momento apareció su padre y Emily nos presentó. El señor Tisdale era bastante mayor; su cabeza estaba orlada de cabellos blancos y mantenía una mano ahuecada detrás de la oreja con el objeto de oír mejor. Era un viejo yanqui seco y correoso, de esos que viven una eternidad. Como es costumbre entre los ancianos, me informó puntualmente de todo lo que debía saber sobre su vida. En tono estridente, me confió que nunca había vuelto a casarse desde que la madre de Emily muriera de parto, pero se había dedicado con devoción a la educación de la niña. Emily me lanzó una mirada de disculpa.

—Ella es la luz de mis días, el consuelo de mi vida, mi orgullo —continuó su padre, como si Emily no estuviese en la habitación—, pero como es mortal no puedo reclamar la perfección para ella. Ya tiene veinticuatro años y, si se me permite decirlo, es más terca que una mula.

Era una alusión a una propuesta de matrimonio que Emily había rechazado. Y siguió:

—Estaría de acuerdo conmigo, caballero, si le revelase el nombre de la familia del pretendiente.

Su hija se las arregló para excusarnos, no sin elegancia pero con firmeza, sugiriendo que a mí me gustaría conocer el jardín. La seguí a través de un corredor hasta la parte trasera de la casa, donde había un amplio estudio cuyas puertas vidrieras conducían a una terraza de granito. Nos apoyamos en la balaustrada.

Lo que ella había llamado «el jardín» era, en realidad, un

parque privado que, escondido tras las casas, se extendía a lo ancho de toda la manzana de Lafayette Place. Un sendero de grava serpenteaba entre los macizos de flores y ofrecía, a los lados, bancos de hierro forjado protegidos por la sombra de los árboles. El lugar era delicioso y apacible: había relojes de sol sobre pedestales y pequeñas fuentes en las que se bañaban los pájaros y un muro desconchado que la hiedra había conquistado tiempo atrás. Aquí y allá, en el muro, había unos nichos rematados por un arco de medio punto en los que se veía el busto, ciego y erosionado, de un romano,

—En la puerta de al lado, en el número diez, vivían los Pemberton cuando la madre de Martin todavía estaba viva. Entrábamos y salíamos a la carrera de ambas casas, no hacíamos distinciones entre una y otra. Este jardín era el sitio de nuestros juegos —dijo Emily.

Así que era este el sitio de los principios paradisíacos. Podía mirar hacia el jardín y verlos, a Emily y a su Martin: aquellas almas tiernas impelidas al vuelo; aquellas voces que, constantes como las de los pájaros, llenaban el jardín desde el amanecer hasta que caía la tarde… y pensaba en la condición insuperable de la infancia, cuando se vive el amor sin saber su nombre. El amor que viene luego, ¿puede ser más poderoso? ¿Hay alguien que, en la madurez, no sienta nostalgia por aquel?

—Temo por mi amigo —me confesó—. ¿Qué importa dónde ubique el ómnibus que transporta a su padre… dentro de su cabeza o fuera, en el mundo… si su tormento es el mismo? Le ruego que me haga saber si él le escribe, o si vuelve por la redacción en busca de trabajo. ¿Lo hará?

—Al instante.

—Martin siempre ha sido despreocupado de su bienestar. No es mi intención sugerir que es uno de esos que se dejarían arrollar por un tren. No es distraído. Pero las ideas lo absorben.

Sus convicciones se le imponen y es como si tomaran vida propia… mientras otra gente solo tiene… meras opiniones. Por eso es arrogante y descomedido. Siempre lo ha sido. No era más modesto cuando niño. Se daba cuenta de todo y lo señalaba. A menudo eran cosas graciosas. Cuando éramos críos, Martin era un magnífico mimo en su sátira de los adultos: imitaba a la cocinera, su acento irlandés, la manera que tenía de secarse las manos en el delantal, asiéndolo por el dobladillo… y al agente de policía que hacía guardia en nuestra calle: caminaba con los pies apuntando hacia fuera y sujetaba el bastón como una espada que colgase de su cinturón y alzaba la barbilla al cielo para impedir que la gorra se le deslizara sobre los ojos.

Ahora, mientras hablaba de su Martin, era feliz y, por unos instantes, fue capaz de tomarlo como tema de conversación de una manera despreocupada… como la gente suele hacer en el dolor.

—De niño, Martin era malicioso. Satirizaba al señor Pemberton, lo convertía en un animal de una especie u otra… Tenía gracia. Claro que todo esto terminó a medida que fue creciendo y se volvió más melancólico… excepto cuando, ya en la universidad, vino a verme con una carta que lo desheredaba… ¡y ni siquiera en esas circunstancias había olvidado sus burlas! A mí me pareció una catástrofe, pero allí estaba él, leyendo la carta con el tono gruñón de su padre, reproduciendo las dificultades que habría tenido con aquel texto que, obviamente, había escrito un abogado… se divertía mucho cuando repetía las palabras difíciles, con las cejas arqueadas de furia y el labio inferior abultado como el morro de un bulldog.

Bien, reproduzco una conversación que tuvo lugar muchos años atrás… deben estar avisados de que, a lo largo de todo lo que les cuento, represento asuntos a los que, en apariencia, solo yo he sobrevivido. Pero estoy honestamente convencido de que fue en esta ocasión cuando entendí que mi malhumorado y regio colaborador no se había alejado por su propia voluntad de su casa y su trabajo… ni de Emily… que era, a pesar de todas las cartas que él había echado al brasero, la compañera deliciosa e inevitable de sus desdichas, esa a la que se abandona para volver a ella, quien lo conocía, su alma gemela. Y consideré que si la autoridad municipal estuviese en conocimiento de tales circunstancias, podría justificar que Martin Pemberton fuese declarado desaparecido legalmente.

9

Mucho después de que todo hubiese terminado, oí una versión ligeramente diferente de la experiencia de Martin bajo las sombras de los muros del arca de agua... según él mismo la había relatado a Harry Wheelwright y este, a su vez, cuando ya todo había pasado, a mí. Martin no estaba demasiado sorprendido por la visión del coche. Pensó que era una alucinación convocada por los sucesos de la noche anterior. Tenía razones para pensar que él la había conjurado; era temprano por la mañana y no estaba del todo sobrio... pues había pasado la noche en un tugurio del barrio malo, con una joven doméstica de alma servicial... Así que... este es un asunto delicado... mientras ella se arrodillaba frente a él y él le sostenía la cabeza y sentía el trabajo de aquellos músculos maxilares y las succiones de aquellas mejillas, reconoció en sí mismo la presencia suprema de su padre; la crueldad del padre surgía en una sonrisa en la penumbra como su propia bestia hereditaria que irrumpía a la existencia... y lo que sintió no fue placer sino la inclinación brutal de un hombre al que había maldecido como a ningún otro.

Las dudas surgieron más tarde. Se convenció de que el coche y sus pasajeros eran tan reales como lo parecían. De la misma manera que todos nosotros tratamos con los síntomas de la enfermedad, tomándolos a veces a la ligera, a veces con gravedad, así Martin entró en el ciclo de su tormento, yendo de la mente al mundo y vuelta otra vez... aunque con mayor impulso, creo imaginar... más parecido a un motor electromagnético en sus frenéticos cambios de opinión.

Les diré aquí que yo estaba dispuesto a creer en cualquier visión abstrusa si hacía su aparición en el arca de agua del embalse del Croton. Que ya no existe, por supuesto. Allí se alza nuestra biblioteca pública. Pero en aquellos días, sus muros macizos cubiertos de hiedra descollaban en un barrio que el silencio volvía monumental... Las pocas mansiones de piedra arenisca y mármol que había al otro lado de la calle, a lo largo de la Quinta avenida, se mantenían al margen del ruidoso comercio que se desarrollaba en el sur. Nuestro señor Tweed vivía allí, una manzana más al norte, entregado al mismo silencio. Había algo contra natura en aquella arca. Los muros de contención, de cal y canto, construidos con una ligera inclinación, tenían un espesor de ocho metros y alcanzaban una altura de quince. El estilo era egipcio. Unas torres trapezoidales mitigaban los ángulos de las esquinas y unas puertas imponentes, dignas de un templo, dividían en dos cada una de las fachadas de los largos muros. Uno entraba, subía una escalera hasta llegar a un parapeto y salía al cielo. Desde aquella elevación, la ciudad en expansión parecía retroceder ante una no-ciudad: una extensión cuadrada de agua negra que, en realidad, era la geométrica ausencia de ciudad.

Les aseguro que este era un sentimiento muy personal. Los neoyorquinos adoraban su arca de agua. Se paseaban del brazo a lo largo del parapeto y sus espíritus se aplacaban. Si en verano deseaban un poco de brisa, soplaría allí. Ráfagas de viento ondulaban las aguas. Los niños botaban sus corbetas de juguete. El Central Park, bastante más al norte, todavía no se había terminado: solo lodo y pozos y alcantarillas de tierra amontonada por las palas y lo poco que tenía de parque estaba en los ojos de quienes lo habían concebido. Así resultaba que el arca de agua era lo más bucólico que teníamos a mano.

Pero soy sensible a la arquitectura. Puede revelar, sin quererlo, la monstruosidad de la cultura. Como expresión complementaria de los ideales de organización de la vida humana, puede convocar el horror. Y, de pronto, pasa algo que se ajusta muy bien a ella y que acaso se origine en su maligna influencia.

Varios años antes de que Martin caminase a la sombra de sus muros, un chico se ahogó fuera de sus costas empedradas, en el muro oeste del embalse. Yo estaba allí, del lado de la Quinta avenida... estaba allí con la única mujer a quien alguna vez pensé, seriamente, proponerle matrimonio. Se llamaba Fanny Tolliver y tenía una gloriosa mata de pelo del color de la avellana; era una mujer generosa y honrada que se divertía mucho conmigo, pero en pocos meses sucumbió a una enfermedad cardíaca... No estaba del todo claro lo que había sucedido; oí gritos; la gente corría. El sol se había diseminado sobre la superficie del agua. Y entonces, cuando caminamos hacia allí por el parapeto, la escena se clarificó... Un hombre sacó al niño de las aguas cogiéndolo por los pies... un hombre, decidí de una vez para siempre, barbado... y este hombre barbado lo envolvió en su abrigo y corrió con él hacia nosotros, corrió escaleras abajo hasta alcanzar la calle donde, asomándome al muro cubierto de hiedra, pude ver que llamaba un coche de alquiler que, trepidante sobre el empedrado, bajó por la avenida llevándose al hombre de barba negra con su carga... al hospital, supuse yo. Pero enseguida apareció la madre del niño en el paseo; se mesaba los cabellos, aullaba, se caía, sollozaba. Era su hijo y del hombre que había declarado ser médico, no sabía nada... Fanny se postró de rodillas para consolarla en su desesperación y, en las aguas chispeantes de aquella tarde soleada, vi la barca del niño navegando como un clíper en alta mar: la proa subía y bajaba en las ondas y todavía seguía el curso que él le había impuesto, con la vela hinchada por la brisa suave de junio, y se hamacaba entre los diamantes refractados por el agua y la luz.

La identidad de los que estaban en el paseo, sus nombres, sus direcciones, las circunstancias que los habían reunido, si el niño murió o sobrevivió, si el hombre de la barba negra mataba además de secuestrar... son preguntas para las que no tengo respuesta. Yo informo: esa es mi profesión; yo informo, de la misma manera que una detonación da testimonio de un arma. Le he dado una voz a los acontecimientos de mi tiempo y, desde mis primeros tímidos pinitos de aprendiz de la escritura hasta hoy, he cumplido con mi voto de hacerlo bien y fielmente. Pero aquel domingo en el paseo del arca de agua, mis facultades quedaron en suspenso: no hubo reportaje en el *Telegram* firmado por mí.

Los recuerdos adquieren luminosidad por la repetición a que los somete nuestra memoria, año tras año, y por sus posibles combinaciones... y, también, en la medida en que los trabajamos y los entendemos más y mejor... por eso, lo que uno recuerda como ocurrido y lo que de hecho ocurrió no son nada más, pero tampoco nada menos que... visiones. Debo advertirles, con toda franqueza, que estas son las visiones de un hombre viejo. Entre todas componen una ciudad, un gran puerto y un gran centro industrial del siglo XIX. Desciendo a esta ciudad y encuentro la gente con la que he intimado y por cuyas vidas temo. Les diré lo que veo y lo que oigo. Sus habitantes creen que es Nueva York, pero ustedes están en su derecho de creer otra cosa; pueden pensar que se corresponde a la Nueva York de hoy como lo haría un negativo, con las luces y las sombras invertidas... con las estaciones alteradas... una ciudad gemela vuelta del revés.

La escena de aquel día es indeleble en mi recuerdo, aunque está confinada a la información que les he dado y la memoria no puede recobrar los momentos posteriores; ni qué hicimos, ni qué le ofrecimos a aquella mujer, ni hacia dónde se marchó después. No me deja mejor confesarles ahora que, en aquellos tiempos, yo era el redactor jefe de mi periódico.

Pero ¿hay alguna calle, algún barrio, algún lugar de la ciudad que no sea alguna vez escenario de un desastre si se le da la oportunidad? La ciudad compone desastres. Debe hacerlo. La historia los acumula... lo garantizo. El arca era, en verdad, una maravilla de la ingeniería: desde el dique que, más al norte, embalsaba el río Croton, el agua fluía por conductos a través de Westchester, cruzaba el río Harlem por un acueducto de quince arcos romanos y llegaba a su continente en la Quinta avenida y la calle Cuarenta y dos. Cuando comenzó a funcionar, el peligro de incendios se redujo de manera considerable: se construyeron estaciones de bombeo y los bomberos, que ahora eran empleados municipales, disponían de agua a presión. Era muy necesaria, nuestra presa. Crucial para una ciudad moderna e industrial.

Pero resultó que yo estuve presente el día de la inauguración, un Cuatro de Julio. A nuestro gobierno incorruptible le había tomado años traerla hasta nosotros... es necesario que el dinero corra a raudales antes de que lo haga el agua... años de hombres tocados con sombreros de copa que meditaban sobre los planos y alzaban sus brazos y señalaban y daban órdenes a los ingenieros estólidos que aguardaban su momento de placer... las explosiones, los picos que tallaban un anillo en la pizarra de Manhattan... los grupos de carretas que crujían bajo su carga de cascajos... Años de esta... construcción invertida del templo... Y ahora, aquí está el joven McIlvaine, en los primeros meses de su trabajo como reportero de noticias monumentales. Su rostro magro y sin arrugas reluce... en este momento de su vida no necesita gafas... Es el Día de la Independencia, en 1842. Faltan dos décadas para que estalle la Guerra Civil... Está de pie sobre el talud de un gigantesco cráter cúbico. En sus narices, el olor de la arena mojada, el aire húmedo característico de las obras nuevas. En el terraplén opuesto, alineados en solemnes hileras negras, están los manes de la vida municipal: el alcalde, los exalcaldes, los futuros alcaldes, los concejales, los representantes de esto y de lo otro, los filósofos de la cámara de comercio, los politicastros y otros periodistas tan desgraciados como él. Y después de los discursos altisonantes y extensísimos, de la oratoria de autoadulación, se corta la cinta, se giran las ruedas, se abren las compuertas y el agua tonante se derrama... como si esto no fuese un arca de agua, en absoluto una presa, sino la fuente bautismal para la gigantesca absolución de la que estamos necesitados quienes formamos esta nación.

10

No sé por qué me obligo a darles una noción de la vida cotidiana que giraba alrededor de este asunto, o de mis niveles de conciencia, tan absorbidos como estaban por todas mis obligaciones ordinarias o, incluso, de mi percepción del pulso de una ciudad en expansión que centrifugaba sus energías con furia y en todas direcciones... excepto porque, está claro, todo esto era indicativo y pertinente en la historia que perseguía, de la misma manera que cualquier punto de un compás puede llevar al centro de la Tierra... Supongo que me justificarían si les recitara las doce páginas de nuestro periódico diario durante los varios años de la posguerra, desde las noticias portuarias hasta la información mercantil sobre las cosechas de grano y de algodón, sobre las fortunas ganadas y perdidas en la Bolsa, sobre las últimas maravillas técnicas de nuestros inventores, sobre los juicios de homicidio y los escándalos sociales, o acaso las noticias políticas de Washington y las jaculatorias de nuestras purificaciones de tribus del Oeste. Pero este es un asunto municipal, un asunto municipal... y debo restringirme a las calles, estén pavimentadas con piedras o, como ocurría más al norte, solo delineadas por cuerdas suspendidas sobre lotes de barro. En cualquier caso y de manera inevitable, verán que lo que necesitamos descubrir es exactamente igual a lo que ya sabemos.

En algún momento de aquella primavera, en mayo o a principios de junio, los trabajadores de varias industrias comenzaron a dejar sus puestos de trabajo, de forma espontánea, en apoyo de una jornada de ocho horas. De hecho, la legislatura había convertido esto en ley varios años antes, pero los empleadores de nuestra ciudad simplemente la habían ignorado... y ahora, la paciencia perdida, los empleados de las cervecerías, los mecánicos, los carpinteros, los herreros y los albañiles dejaban sus herramientas, se quitaban los mandiles y se lanzaban a las calles. Hasta los estólidos burgueses suburbanos de la fábrica de pianos Steinway salieron a las calles. Por toda la ciudad, los hombres se reunían en anfiteatros; se hacían discursos; se marchaba por las calles; se formaban piquetes y los escuadrones de la policía salían con la misión de disolver las reuniones, de arrestar a los manifestantes y de romper las cabezas de los oradores que perturbaban la paz y se negaban a cumplir con una jornada de trabajo decente a cambio de un salario decente. Al tercer día, nuestros titulares definían aquella situación como una huelga general. Paseé la mirada por nuestra sala de redacción y desafié a cualquiera de mis reporteros a unirse al jolgorio. En lugar de hacerlo, se derramaron sobre Manhattan y regresaron a transmitir sus partes de guerra. Los trabajadores y la policía se encarnizaban en una batalla que se extendía desde Elizabeth Street hasta las plantas de gas, desde los mataderos de la calle Once hasta los muelles de Water Street. En mi sitio, cerca de la ventana abierta de mi oficina, imaginé que podía oír una especie de canción terrenal en bajo continuo, como si me hubiese asomado a una perspectiva de bosques y de campos, de arroyos borboteantes, de pequeños pájaros que piaban, posados en las perchas.

Nuestro editor dictó un editorial para la primera página a propósito del arraigo que, finalmente, habían logrado las infames ideas comunistas de las internacionales de trabajadores extranjeros en el suelo americano. Otros periódicos publicaron opiniones similares.

Al cabo de unas pocas semanas, la tensión se redujo con una serie de acuerdos simbólicos que, en esencia, dejaban las cosas tal como eran y todo el mundo volvió a su trabajo. He mencionado esto aquí para persuadirlos de mi condición de hombre realista... y de la historicidad vigorosa de esta ciudad... que, entonces como ahora, atravesaba por la misma clase de problemas, que se rebelaba hasta el exceso en algún barrio y luego se aplacaba; una ciudad en la que siempre ha sido posible dar cuenta de las conmociones de sus almas, entregadas a perpetuidad a ese combate nervioso, oral, fatigado pero infatigable, que define a un habitante de Nueva York aunque haya bajado del barco ayer mismo. Esta es mi advertencia, por si están incubando la sospecha de que les propongo convertir en una especie de... hipótesis espiritista aquel ómnibus blanco que, con tanto sentido de la oportunidad, transportaba a Pemberton por las calles en las que se encontraba su hijo. En mi opinión, un fantasma es una extravagancia tan desgastada y aburrida como los caprichos romanizantes de mi amigo Grimshaw. Abomino de semejantes banalidades. Esta crónica es una prolongación de mí mismo... lo que relato es la experiencia de mi propio pensamiento, el testimonio fehaciente de los hechos y también de las afirmaciones, las demandas, las protestas y las plegarias de las almas que represento haber visto y oído... Por lo tanto, es mi vida entera la que se entreteje en las intenciones de la narración, sin que un solo hilo haya quedado fuera para ningún otro uso que pudiese encontrarle. No me arriesgaría tanto en nombre de ninguna convención venerable; Dios nos libre. Este no es un cuento de fantasmas. De hecho, me equivoco cuando uso la palabra cuento... Si tuviese otra palabra que connotase, no ya una composición de origen humano sino alguna pavorosa Expulsión del Paraíso, la usaría aquí.

Pero si están atrincherados en el Locutorio de la Fe, permítanme recordarles que, por nuestro propio arbitrio, los fantasmas no llegan en multitudes. Son solitarios por naturaleza. Segundo, habitan lugares definidos como, por ejemplo, áticos, mazmorras, árboles. Poseen sus propios emplazamientos para llevar a cabo sus apariciones. No se los separa de allí, ni se los recoge, ni se los lleva de paseo por la ciudad en coches municipales.

No, el mundo que despliego aquí ante ustedes, bajo la luz uniforme de la realidad, es el mundo de las noticias impresas, con sus hechos corrientes, ordinarios, cotidianos: naufragios de vapores, combates de boxeo profesional, resultados de carreras, descarrilamientos de trenes y reuniones de asociaciones moralistas en sucesión simultánea con esta historia secreta, que era invisible en esas mismas líneas. Cada día, camino del trabajo, le compraba una flor a una niña llamada Mary, que se instalaba frente al edificio del *Telegram* con una canasta de pimpollos ajados del día anterior colgada del brazo. El asunto Pemberton surgió de un día a día tan ordinario como este… tan ordinario como los niños vagabundos que fluían entre nosotros y alrededor de nosotros, bajo nuestros pies y fuera de los márgenes de nuestra conciencia. Mary Florida, así la llamábamos. Hacía su trabajo con solemnidad y timidez; era una cría con una profusión de pringosos rizos castaños, un delantal raído y las medias caídas sobre unos borceguíes de niño. Se le podía inducir una sonrisa pero, cuando una vez le pregunté dónde vivía y cuál era su apellido, su cara se tornó inexpresiva y desapareció al instante, con una reverencia.

Todos ellos, estas Marys Floridas, estos Jacks y Billys y Rosies, habían perdido sus apellidos, los nombres de sus familias. Vendían periódicos y flores ajadas, hacían la parte del mono con los organilleros o se esclavizaban por contrato a los vendedores ambulantes de ostras y de boniato. Mendigaban… cualquier noche cálida, se congregaban en enjambres en las calles y los callejones de los barrios infames. Sabían a qué hora terminaban las funciones de teatro y cuándo había intervalo en la ópera… Hacían las faenas de limpieza en las tiendas y, cuando el día terminaba, armaban sus camas en el suelo del local. Eran los recaderos del submundo; manipulaban los residuos, transportaban jarras de cerveza vacías a las tabernas y las acarreaban, llenas, de vuelta a las habitaciones de sus guardas, que podían pagarles a su antojo, con una moneda o con un puntapié. Más de un burdel se especializaba en ellos. Muchas veces, aparecían en las salas de urgencia de los hospitales o en los hospicios de las iglesias, tan aturdidos por los maltratos que habían sufrido que no lograban decir nada cuerdo y solo podían encogerse de miedo entre sus harapos y clavar sus miradas de miedo servil sobre las enfermeras más amables o los despenseros de caridad.

Estos golfillos —o ratas callejeras, como los llamábamos— eran tan corrientes e irrelevantes como los adoquines del empedrado. Cuando describí a Martin Pemberton que, envuelto en su sobretodo, andaba a grandes zancadas por Broadway bajo un cielo oscuro y amenazante, habría sido más exacto en la descripción de haber incluido a los tenderos de guardapolvos blancos que desplegaban sus marquesinas; al vendedor de maletas que ponía su tenderete con paraguas frente a la puerta; al milenarista que se movía lentamente entre los compradores, poseedor de la escritura de Dios en panfletos de cinco centavos que intercalaba entre los dedos de la mano; a las palomas asustadizas en su perpetuo revoloteo de las aceras… y a los niños, los niños ubicuos que se abrían paso entre el gentío de viandantes de Broadway, sin ninguna tutela más que la propia, que sacudían una mata de pelo aquí, lanzaban una mirada furtiva allá y, un instante después, se hacían invisibles, como si su elemento no fuese el aire sino las aguas oscuras de un río.

Claro que teníamos misiones y sociedades de beneficencia para la infancia y orfanatos y escuelas de artes y oficios, pero estaban colmados por este excedente de una democracia laboriosa. Por cada niño perdido, por cada niño huido cuyos padres o tutores interponían un recurso, había cientos que desaparecían de sus hogares sin provocar más reacción que un gesto displicente o un insulto. Era el columnista insípido quien clamaba aún por otra comisión que investigara el tema; era el político ingenuo quien proponía a sus colegas una política social para los más jóvenes. En cuanto al público, no tenía más sensibilidad hacia el tópico que la de un hato de ovejas que se reuniera a considerar los pasos a seguir cuando los lobos han convertido en cena a una de ellas.

Así era el mundo por el que viajaba el blanco coche fantasmal. Era un mundo cruel pero ¿somos menos crueles ahora? Las atroces indulgencias de la sociedad cambian según los tiempos, pero se soportan con paciencia considerable, si es que no pasan del todo inadvertidas a sus contemporáneos... Para ciertas sensibilidades religiosas, semejantes niños satisfacían los objetivos inefables de Dios. La gente moderna citaba al señor Darwin y el designio pertenecía a la Naturaleza. Así resultaba que Mary, la niña florista, y los chicos de los periódicos y el resto de los niños menesterosos que vivían entre nosotros no eran sino bajas que la sociedad podía tolerar. A semejanza de la Naturaleza, nuestra ciudad era pródiga y producía la riqueza suficiente como para sufrir grandes pérdidas sin daño evidente. No era más que el costo de hacer negocios mientras, inmisericorde, la selección de las especies avanzaba y Nueva York, como una forma de vida sin precedentes, buscaba a ciegas su perfección.

Nada de esto desentonaba con la desaparición de mi colaborador, Martin Pemberton. Cada día compraba mi pimpollo ajado e iba al trabajo... y mientras componía mi periódico, eligiendo la descripción del mundo que inventaría para mis lectores entre los recortes, los cables y los reportajes de archivo, mientras encargaba tareas y gritaba mis órdenes para tener la noticia que debía tener porque todos los demás la tenían, pero también para tener la noticia que debía tener porque nadie más la tenía... las sombras de mi historia secreta tomaban forma y se disolvían y volvían a formarse para disolverse otra vez, en tanto yo examinaba sus posibles configuraciones.

Todavía era reticente a salir en busca de Harry Wheelwright. Recordaba aquel significativo fragmento de su conversación con Martin que yo había entreoído en el hotel Saint Nicholas. Como amigo y confidente de Martin, era un conspirador reputado. Si sabía dónde estaba mi colaborador, no me lo diría. Si no lo sabía, no podía admitirlo. En ambos casos, simularía maliciosamente tanto el saber como la ignorancia. O, movido por su predilección por la ironía, me haría la confidencia tan solo de aquello que, a su parecer, yo ya sabía. No quería ponerme a merced de un tipo así: no era alguien a quien abordar desarmado, y este era mi caso.

En cambio, me sorprendí pensando en Sarah Pemberton... en que nunca había contestado la carta del doctor Grimshaw. Lo desconocía todo sobre las relaciones que mantenía con su hijastro pero, aunque hubiesen sido las más indiferentes y superficiales, ¿cómo podía ignorar por completo una descripción alarmada de su estado mental? ¿Estaba cortada por el mismo patrón que su marido? ¿Esta familia era una familia de contendientes irreconciliables? Aun así, había que tener en cuenta la grosería hacia un pastor preocupado, hacia un amigo probado de su marido. Aunque Sarah Pemberton y Martin estuvieran completamente alejados el uno del otro, ella habría respondido, aunque solo fuese para confirmarlo.

El mismo reverendo proporcionó la respuesta en una esquela en la que me informaba que ahora se había encontrado con la señora Pemberton, que se alojaba en casa de su cuñada, la señora Thornhill, en la calle Treinta y ocho Este. Así que esta era la respuesta sosa y apaciguadora. Sarah Pemberton y su hijo Noah no estaban residiendo en Ravenwood y su carta, simplemente, se había retrasado en llegar. En cualquier caso, ella se había tomado muy en serio sus observaciones acerca del estado mental de Martin... y había hablado con Emily Tisdale y ahora esperaba, en palabras del reverendo, que yo la visitara «para discutir el asunto».

Pues allí estaba yo, en medio de los acontecimientos, yo que solo me sentía respetable fuera de ellos... pero, para decirles la verdad, halagado por mi inclusión en la conversación privada de la familia, la novia y el pastor. Concerté mi visita para cuando la tarde ya estaba avanzada y la última edición del *Telegram* iba bajo el brazo de los que volvían a casa.

La casa Thornhill, en el número sesenta de la calle Treinta y ocho Este, era una más en una hilera de casas de piedra arenisca, en una acera flanqueada por árboles. El barrio norte preferido por los ricos... de hecho, separado del arca de agua por unas pocas manzanas tranquilas. No sé qué habré esperado de una madrastra, pero Sarah Pemberton era la más encantadora, la más pacífica de las personas; una belleza madura en la tardía treintena, diría que más femenina que la casta e inteligente señorita Tisdale, con una figura más plena, más robusta y una naturaleza inesperadamente plácida en la que sus aflicciones no habían abierto brechas visibles. Tenía unos ojos límpidos, de color azul claro. Llevaba el cabello oscuro partido en el medio y recogido sobre las sienes. La frente, despejada y con una curvatura maravillosa, blanca como el alabastro... parecía la residencia de un alma. Era una mujer serena y elegante, de esas que mantienen el tipo con mínimos cuidados... de una gracia desenvuelta; todo en ella era armónico, desafectado y su voz, un contralto melodioso... Pero la impresión que este conjunto hizo por fin en mí fue extraña, dadas las circunstancias de las que iba a ser enterado.

—¿Té o café? Protestan, pero lo traen.

Supuse que se refería a los sirvientes de la señora Thornhill, cuyas lealtades, era de presumir, no se extendían a los huéspedes de la casa.

La atmósfera era opresiva. Entiendan que era verano, no mucho después del Día de la Independencia… al venir en mi coche de alquiler, había notado que la gente todavía tenía en las ventanas los papeles rojos y azules a través de los cuales brillaban las velas encendidas. La sala estaba amueblada con un sofá de felpa escoltado por mesillas recubiertas de mosaico, unas butacas tapizadas con encaje de aguja que eran demasiado pequeñas para estar sentado con comodidad y algunas pinturas de paisajes europeos, bastante malas. No había ninguna concesión al verano en aquel cuarto.

—La señora Thornhill es muy mayor —dijo Sarah, a modo de explicación—. Es muy sensible a las corrientes de aire y a menudo se queja del frío. —Y agregó, con una sonrisa de modestia—: Usted sabe, las viejas viudas somos así.

Le pregunté cuánto tiempo había pasado desde que viera a su hijastro por última vez.

—Unas pocas semanas… tal vez un mes. Supuse que estaba ocupado. Dice que se gana la vida palabra por palabra. Eso mantendría ocupado a cualquiera, ¿no le parece? Pensé que era usted quien lo mantenía ocupado, señor McIlvaine.

—No, por desgracia.

—Desde mi conversación con el doctor Grimshaw solo puedo desear que Martin esté haciendo lo que siempre ha hecho. Es pronto de genio. Lo hacía cuando niño. Cavila, se enfada. No puedo pensar que le haya pasado nada que no esté bajo su propio control.

—Le contó al reverendo Grimshaw y me contó a mí… —titubeé.

—Que su padre estaba vivo. Lo sé. Mi pobre Martin. Debe considerar que, con la muerte de Augustus, todo quedó sin resolver entre ellos. Augustus murió… sin la reconciliación que habría hecho su muerte más fácil para ambos. El efecto que esto ha tenido desde entonces sobre Martin se ha manifestado, en varias ocasiones… en una singular forma de remordimiento. Es difícil explicarlo. La vida de esta familia siempre ha sido terrible en su intensidad.

Y a continuación me hizo este relato de la historia familiar.

Antes de que pasara un año de la muerte de su esposa, Augustus Pemberton le había propuesto matrimonio y Sarah había aceptado. Sarah no habló de sí misma, pero me dijo su apellido de soltera: Van Luyden. Los Van Luyden formaban parte de los holandeses de Nueva Ámsterdam, que habían hecho fortuna cultivando tabaco cuando el tabaco de Manhattan se tenía en tanto aprecio como el de Virginia. Después de dos siglos, sin embargo, la fortuna había mermado. En ciertos círculos, el matrimonio de Sarah con Augustus Pemberton se habrá comentado mucho… y lamentado otro tanto… aunque a la unión de una joven adorable con un nuevo rico impertinente, treinta años mayor, no le faltasen precedentes en el Registro Social.

Para su nuevo hogar, Augustus Pemberton hizo construir la finca de Piermont en un promontorio que daba sobre el río Hudson, unos treinta kilómetros al norte de Manhattan, y con grandilocuencia la bautizó Ravenwood, en honor a los cuervos que frecuentaban aquellos parajes.

—Toda su vida, Martin sufrió la naturaleza despótica de su padre —dijo—. Yo misma he llegado a saber algo al respecto al cabo de los años… Su madre era su consuelo. Nuestro matrimonio, celebrado tan pronto después de su muerte, le pareció una traición a su memoria. Perdió a su madre en un momento muy vulnerable de la vida… yo tenía la esperanza de convertirme, con el paso del tiempo, en su suplente.

»Cuando Ravenwood estuvo listo, Augustus vendió la casa de Lafayette Place, donde Martin había nacido y crecido… sin considerar que el chico pudiera hacer nada que no fuera venir con nosotros. Pero Martin se negó. Argüía que perdería a sus compañeros de colegio y, con ellos… la única vida que había conocido. Augustus cedió y le dijo que también le convenía a él. Martin continuó sus estudios como interno de la Latin Grammar School y desde entonces… tenía catorce años… vivieron separados. Tuve que acostumbrarme a esta… familia de varones. Todavía no estoy segura de haberlo logrado.

»Pero Martin poseía un espíritu agudo y un orgullo infantil que… lo privilegiaban en mi afecto. Lo persuadí de venir a Ravenwood durante las vacaciones. Le escribía a menudo y lo importunaba con ropa y libros. Pero mientras todo esto suavizó su opinión sobre mí, en nada ayudó a la mejoría de las relaciones con Augustus.

Sarah Pemberton se ruborizó mientras me contaba el gran cisma final. Por entonces, Martin era estudiante en Columbia. Durante el año introductorio escribió, para el curso de Ética, una tesina sobre las prácticas comerciales de ciertos proveedores privados de la Unión durante la guerra… en la que demostraba que se habían entregado al enriquecimiento, que habían comerciado con artículos de baja calidad y un largo etcétera. A manera de documentación, puso la empresa mercantil de Augustus como el ejemplo más importante. Dios mío, aquello me sobrecogió. Era tan brillante en… la insolencia, ¿no les parece? ¿Hacer de su propia familia un objeto periodístico? Más adelante quise conseguir aquella tesina… pensé que la facultad la habría archivado en alguna parte. Pero sostuvieron que no.

De cualquier modo, según el relato de Sarah Pemberton, Augustus recibió una copia y fue invitado por el autor a hacer una declaración en su defensa que, podía confiar en ello, se incluiría en la redacción final.

—Está claro que la conducta de Martin fue ofensiva, pero yo esperaba que se lo tratara con diplomacia. Me bastó una mirada a mi marido para comprender que estaba equivocada. Jamás lo había visto tan encolerizado. El chico fue llamado a presentarse en Ravenwood y, antes de llegar a la puerta, oyó a su padre condenarlo como a un... idiota novato... que no sabía nada del mundo real sobre el cual se mostraba tan dispuesto a descargar sus juicios tonantes. En efecto, Augustus había prestado testimonio frente a una comisión del Congreso, tal como Martin había escrito... pero no bajo apercibimiento sino, como él mismo decía, haciendo honor a una simple invitación que, como caballero y patriota que era, se había apresurado a aceptar. La comisión decidió, por mayoría, que las acusaciones que pesaban sobre su empresa eran infundadas. De no haber sido este el caso, el fiscal de distrito de Nueva York habría abierto una causa. No hubo causa. Y Martin se las había arreglado para dejar fuera de su tesina de Ética el hecho de que su padre fuera uno de los contratistas a los que el presidente Lincoln ofreció una cena en la Casa Blanca, en reconocimiento por sus servicios a la Unión.

»Martin tenía respuestas pasmosas a estos argumentos. Aseguraba... que Augustus habría sido procesado de no haber pagado sumas sustanciosas tanto a los miembros de la comisión del Congreso como al fiscal de distrito de Nueva York... Y que la cena en la Casa Blanca se había dado mucho antes de que los cargos salieran a la luz, organizada por un presidente que podía ver el mal a distancia, pero era incapaz de reconocerlo cuando reptaba sobre sus espaldas. Ante esto, mi marido se levantó de la silla y se acercó a Martin con tal furia en el rostro que me vi obligada a interponerme entre ellos: era un hombre robusto, con unas espaldas más anchas que las de su hijo.

»Desearía no haber oído nunca las palabras que se soltaron entonces: Martin gritaba que el comercio de baratijas era el menor de los pecados de Augustus y que, de haber tenido más tiempo, habría documentado también sus negocios marítimos de acondicionamiento de... barcos negreros... mientras Augustus, con el puño en alto, le aseguraba que era un miserable... un traidor… un mentiroso… perro fue el menor de sus epítetos… y que si la Universidad de Columbia estaba dispuesta a endosar semejantes libelos en nombre de la educación, no era la clase de universidad que él pagaría a cambio de instrucción, cama y comida.

»Usted sabe, señor McIlvaine, yo venía de un hogar muy… apacible. Fui hija única. Jamás oí una voz de discordia en todos los años que duró el matrimonio de mis difuntos padres. No puedo explicarle hasta qué punto aquella… guerra abierta me aturdió. No sabía nada sobre los negocios de Augustus. Aún hoy, no sé qué era verdad y qué no lo era. Pero Augustus repudió a su hijo… lo repudió y lo desheredó a partir de ese instante y le prometió que nunca vería un centavo del legado del que habría disfrutado. Y Martin contestó: "¡Pues entonces, estoy redimido!". Y salió de la casa como una tromba y anduvo todo el trecho hasta la estación de ferrocarril, porque Augustus me prohibió que pidiera un carruaje para él.

—¿Y así terminó el asunto?

—Así terminó. Excepto que yo engañaba a mi marido y enviaba parte de mi dinero de bolsillo para que Martin pudiera completar sus estudios… y cuando él empezó a escribir en los periódicos, me enviaba sus artículos publicados devez en cuando, también en secreto. Estaba muy orgullosa de él… Tenía la esperanza de que llegaría el momento en que pudiese enseñarle alguno de los artículos a mi marido… Pero Augustus enfermó y, hace dos años, murió… y nunca hubo reconciliación. Es terrible, ¿no le parece? Porque las consecuencias no cesan. Lo irreversible… reverbera.

Supongo que, llegados a este punto, me habré preguntado si lo que Sarah había sabido por su hijastro… si la conmoción que le había producido…, no la había movido a actuar, a tomar alguna determinación propia; qué determinación, no lo sé. Nunca habría sido la confidente de su esposo en materia de negocios, en parte porque no era la clase de persona que hubiese aprobado sus prácticas. Y no obstante, a pesar de las acusaciones de Martin, su vida aparente había continuado como antes, cualesquiera fuesen sus dudas. No había hecho ningún esfuerzo por llegar a un juicio concluyente… como esas mujeres que no tienen más elección que fijar un rumbo a sus vidas, para nunca desviarse de él. ¿O se trataba de algo más semejante a ese estado de irresolución en el que vive la mayoría de nosotros con respecto a sus propios desafíos morales?

La descubrí mirándome desde sus ojos límpidos y hermosos, la más leve de las sonrisas esbozada en el rostro… y ahora, la respuesta a mis preguntas entraba en la sala: un niño de ocho o nueve años, con los cabellos del color de la mies, que era sin duda su hijo y, sin duda, un Pemberton. Un chico guapo y bien proporcionado; había algo de Martin en su mirada solemne y herida, pero también tenía el aplomo de su madre. No me saludó sino que fue directamente hasta su madre, con esa resolución que caracteriza a los niños. Llevaba un libro en la mano. Quería leer fuera, en el porche principal, mientras todavía había luz.

—Noah, antes que nada… este es el señor McIlvaine —dijo Sarah, ladeando la cabeza hacia mí. Noah se volvió e hizo sus saludos de rigor. Recibió los míos, de pie al lado de su madre, con la mano apoyada posesivamente sobre los hombros de ella… más parecido a un amante que a un hijo.

Ella levantó los ojos hacia él: su pasión maternal era una especie de calma envolvente.

—Noah está acostumbrado a los salones amplios, a las galerías y los espacios abiertos de Ravenwood. Necesita mucho sitio para moverse. Está impaciente porque arreglemos todo esto. —Y agregó, dirigiéndose al niño—: En las escalinatas del frente, caballero, pero no vagabundee por ahí.

El libro que tenía el niño era una novela de Scott, *Quentin Durward*: una lectura muy adulta para alguien de nueve años. Cuando se hubo marchado, su madre se acercó a la ventana y movió las cortinas para comprobar que estuviera bien instalado.

—Martin dijo que vendría y pasaría algún tiempo con Noah y le mostraría la ciudad. Noah lo adora.

Volvió al centro de la sala y se sentó. Esta era la mácula de la mujer: esa calma exagerada, esa sobria indulgencia ante las desventuras que provocaba la negación de que algo pudiese andar mal... que la convencía de que había una explicación racional a la ausencia de Martin... aun después de que hubiese oído de labios de Grimshaw que su estado mental podía ser delicado... y que, a raíz de la visita de un... empleador... se viera obligada a entender la preocupación suscitada en los demás. Pero su voz nunca se empañaba, ni las lágrimas asomaban a sus ojos. Lo que había pasado en su familia, lo que estaba pasando, no podía ser más perturbador y sus palabras lo transmitían, pero en tonos tan suaves, tan aplomados —acompañados por aquella expresión de su hermoso rostro... apenas solícita... en el punto de mayor intensidad— que me preguntaba si no sufría de... indolencia emocional... lo que, en último análisis, habría revelado una falta de inteligencia.

Pero admitió que Martin le había formulado una pregunta extraña la última vez. Quiso saber la causa de la muerte de su padre.

—Fue una enfermedad de la sangre, una anemia... Augustus había comenzado a pasar por períodos de debilidad... durante los cuales casi no podía levantarse de la cama. Y un día se desmayó. Pensaba que Martin lo sabía.

—Esto fue...

—Hace un mes, la última vez. Parecía un asunto imperativo para su espíritu.

—No; yo me refería al momento en que Pemberton cayó enfermo.

—Se habrían cumplido tres años el pasado mes de abril. Puse

un *telegrama* a su médico, que vino en tren desde Nueva York. Martin quería saber el nombre del médico. Se llamaba Mott, el doctor Thadeus Mott. Es uno de los eminentes de la ciudad.

—Sí, conozco a Mott.

—Fue el doctor Mott quien hizo el diagnóstico. Quería ingresarlo en el Presbyterian Hospital. Dijo que era una enfermedad gravísima. ¿Conoció a mi marido, señor McIlvaine?

—Sabía de él.

Sonrió.

—Entonces, se habrá imaginado cuál sería su reacción. No quería ni oír hablar de ir al hospital. Le pidió al doctor Mott que le recetara un tónico y dijo que en unos días estaría en pie. Y alrededor de esto discutieron hasta que el doctor se encontró entre la espada y la pared, la pared contra la cual Augustus solía poner a la gente… Así pues, el doctor Mott se lo dijo.

—¿Qué le dijo?

Sarah bajó la voz.

—Yo no estaba en el cuarto, pero desde el corredor, al otro lado de la puerta, pude oír cada palabra… Le dijo que su dolencia era progresiva y a menudo fatal… que en muy raros casos retrocedía sola, pero que a él probablemente no le quedaban más que seis meses.

»Augustus le llamó idiota y le aseguró que no tenía intención de morir en ningún momento previsible del porvenir y luego me pidió a gritos que acompañara al médico hasta la puerta. Estaba sentado entre cojines y almohadas, tenía los brazos cruzados y el gesto desafiante… El médico se retiró del caso.

—¿Debo entender que no lo siguió hasta el final?

—Explicó que no aceptaría responsabilidades si no podía prescribir el tratamiento. Quise que consultásemos con algún otro, pero Augustus dijo que su enfermedad no era nada. Yo no podía admitir ante él que había oído aquello. Después de unas semanas y cuando ya le pareció evidente que se debilitaba, se decidió a hacer otra consulta. Se sentaba fuera en una silla, envuelto en mantas, en el extremo más apartado del parque… cerca del risco, donde podía mirar el río y ver el vuelo de las gaviotas a sus pies.

—¿Quién fue el médico que consultó?

—No fui yo sino su secretario quien lo concertó. El señor Simmons, Eustace Simmons, el secretario de mi marido. Deliberaban juntos cada día. Augustus dirigía sus negocios desde el césped del parque. Simmons solía sentarse a su lado, en una silla de campaña, con el portafolios sobre las rodillas, y allí recibía las instrucciones y demás… Cuando Martin me oyó mencionar el nombre de Simmons, no logró quedarse quieto. Dio un salto y empezó a andar arriba y abajo. Se puso casi contento… incluso alegre.

»Una mañana, encontré las maletas de Augustus preparadas. Había un carruaje en la puerta principal y mi marido me informó de que seguiría un tratamiento en un sanatorio de Saranac Lake, en las montañas Adirondack. Simmons viajaría con él. Me escribiría a la brevedad. Desde el pórtico, Noah y yo lo vimos partir. Nunca fue… generoso… en sus atenciones con Noah, y se tornó negligente durante la enfermedad. Noah amaba a su padre… ¿es posible que un niño no ame a su padre? Preferirían cargar con las culpas si eso justificase la conducta que un padre tiene con ellos. De cualquier manera, aquella fue la última vez que lo vimos.

—¿Le contó a Martin lo de Saranac? —Sarah asintió—. Pero me cuesta entender: Saranac es para tuberculosos. ¿Este médico dijo que el señor Pemberton era tísico?

Sarah Pemberton volvió su mirada serena hacia mí.

—Es exactamente lo que preguntó Martin. Pero yo nunca hablé con el médico. Llegué a conocer su nombre, doctor Sartorius, pero eso fue todo. Nunca me autorizó una visita. Sí, en cambio, recibí su telegrama… no habían pasado tres meses… en él me informaba de la muerte de mi marido y me expresaba sus condolencias. El cuerpo de Augustus volvió a la ciudad por tren y las exequias se celebraron en Saint James. Me confió, mi marido me confió... en su testamento... la tarea de velar por que se respetaran sus deseos en lo referente a los funerales.

Sarah Pemberton bajó los ojos. Pero, enseguida, con la más leve de las sonrisas esbozada en el rostro, agregó:

—Me doy perfecta cuenta de la impresión que debe de llevarse un extraño de todo esto, señor McIlvaine. Entiendo... me dicen... que hay matrimonios entre iguales que... viven, sin afectaciones, en la más sencilla de las devociones mutuas.

Fue sorprendente... el efecto que tuvo sobre mí que la señora Pemberton admitiera, con sus palabras suaves, el desdén que sentía por ella el hombre al que había entregado su vida. Su desdén universal no la exceptuaba. Lo que yo había juzgado como su naturaleza huidiza... ¿no era acaso el entrenamiento de una aristócrata? ¿Qué sabía yo de estas cosas... de la gracia que permite ritualizar el dolor... y desplegarlo mansamente bajo la forma de frases y oraciones?

Pero ella era poseedora de mucha paciencia: paciencia para el marido monstruoso y burlador... paciencia para el hijastro desaparecido... paciencia para su enigmática situación actual, de la cual yo había tomado conciencia ahora. La atmósfera era opresiva en la sala de aquella anciana, ¿se dan cuenta? Yo no entendía por qué alguien con una casa en el campo podía elegir Manhattan en esta época del año. Pero Sarah Pemberton estaba en la miseria. A causa de obligaciones firmadas por su difunto esposo y que ella no llegaba a entender, la esposa y heredera de la fortuna Pemberton no solo había perdido la residencia familiar sino que se veía reducida, junto a Noah, a vivir de la caridad de su cuñada. Las sorpresas que me reservaba esta familia no tenían fin.

—¿Está seguro de que no tomaría un té, señor McIlvaine? Protestan, pero lo traen.

11

No pude dormir la noche posterior a mi encuentro con Sarah Pemberton. Confieso que, cuanto más pensaba en ello, su ilimitada capacidad de mantener un juicio en suspenso me resultaba... muy atractiva. Quiero decir... ese espíritu distante que la hacía tan encantadora, hasta atrevida, habría atraído a cualquier hombre que quisiera un recipiente ilimitado, un recipiente suave e ilimitado para cualquier ultraje que pudiera concebir. Pero entonces aparecía el chico: no había caído en la cuenta del afecto que había despertado en mí aquel chico vigoroso, solemne e indulgente que leía un libro; un lector. ¿Eso era todo? ¿Al viejo solterón le basta ver a un niño que lee un libro para perder todas sus facultades críticas?

Augustus había tenido millones. ¿Cómo era posible? Se lo había preguntado a la mujer. ¿Qué diablos había pasado?

—Cada día hablo con un abogado, o con otro, y hago la misma pregunta. Se ha convertido en la labor de mi vida. Mi marido era un hombre muy receloso. Por cada asunto distinto, un abogado distinto. De esa manera se aseguraba de que ninguno conociera sino una porción de sus negocios... Nosotros, Noah y yo, somos los únicos herederos, a juzgar por el testamento. No hay dudas a este respecto... pero qué pasó exactamente con nuestra herencia... dónde fue a parar... pues no está claro. Estoy segura de que al menos algo es recuperable. Nos marcharemos de aquí tan pronto lo haya aclarado. Vivimos en el piso de arriba y debemos andar de puntillas, como si fuésemos ratones.

Ella creía que había algún error. ¿Qué otra cosa podía ser?

Más adelante, yo habría de tener la oportunidad de visitar Ravenwood. Se alzaba sobre un risco en la ribera occidental del Hudson; era una enorme mansión recubierta de tejamanil, con muchas ventanas y miradores y una galería que la recorría por tres de sus lados, limitada por una doble hilera de columnas... Una casa caótica en la que todas las habitaciones importantes daban al río, o al cielo que se extendía sobre el río; tenía un tejado a dos aguas rematado por un mirador en forma de torreta. La corpulencia era victoriana, pero la intención era vagamente barroca. Formaban parte del conjunto varias dependencias y un terreno de cuatrocientas hectáreas. Su situación dominante sobre el río completaba el efecto desafiante que se consigue cuando mucho dinero se combina con poco tacto.

En esa ocasión pensé en el chico, en Noah, en cómo había crecido. ¿Los niños del pueblo habían sido sus compañeros de juego? ¿Los hijos de los sirvientes? Sus compensaciones eran los senderos que recorrían los grandes bosques que alcanzaban detrás de la casa... O los salones amplios y las galerías que su madre había mencionado, donde podía esconderse, o espiar, o estar atento a los pasos de su padre. El césped del jardín delantero estaba cubierto de hierbajos cuando lo vi. Bajé por una gran extensión que, en suave declive, llevaba hasta el risco... que más bien parecía una defensa. Y luego, había una gran cesura de aire, una garganta de cielo que implicaba la presencia del Hudson. Y luego, la tierra continuaba otra vez en los acantilados de la ribera oriental.

Un… *Ozymandias* del tráfico de esclavos. Había construido su Ravenwood como un monumento a sí mismo. Y había implantado allí a su hermosa mujer y a su hijo como a otros tantos monumentos.

Había un tren que atravesaba el poblado, a pocos kilómetros de distancia, pero también había un pequeño barco de río que atracaba exactamente en el embarcadero, al pie del risco, cuando se izaba la banderilla en lo alto del descansillo de la escalera. Estaba seguro de que habían abandonado el hogar de esa manera. De pronto… los imaginé cuando abrieron las pesadas puertas de roble con sus vidrieras ovaladas de cristal, y bajaron los anchos peldaños del pórtico, y cruzaron la entrada de carruajes cubierta de guijarros; la madre y el hijo precedidos por el equipaje que bajaba hacia el río, sobre el césped… Baúles de viaje y arcones de cedro atados a las espaldas de los hombres, que avanzaban sobre la hierba tupida del declive cubierto de ballico como los porteadores de un safari descrito en uno de los libros de aventuras del niño. Me detuve un instante donde la tierra terminaba, abrupta, sin advertencias ni vallas, con el objeto de revivir lo que ellos habían sentido… la ilusión de vivir en el cielo. Era cierto: mi vista dominaba un par de gaviotas que, más abajo, batían las alas abriéndose paso hacia el sur, sobre el río.

Un tajo oblicuo llevaba al descansillo y al largo descenso por el andamiaje de tablones de madera con barandilla que hacía las veces de escalera… En lo que respecta a Sarah, dejaba la casa donde había conocido el amor según Augustus Pemberton. En cuanto a Noah, seguramente el barco le hacía ilusión y no pensaba que abandonaba el único hogar que jamás hubiera conocido.

La pérdida catastrófica de aquel hogar ocurriría, al fin, como un episodio fugaz. Los imaginé mientras caminaban hasta el borde del risco, y cuando bajaban la escalera hasta el embarcadero... Noah subía a bordo primero y encontraba asientos a babor, donde el viento era cortante. Y mientras Sarah se ataba un pañuelo bajo la barbilla para sujetar el sombrero y los otros pasajeros lanzaban miradas impertinentes, él se mantenía a su lado, de pie, una mano sobre el hombro de su madre.

El capitán se toca la gorra a manera de saludo, se sueltan las amarras y, bajo el sol, el barco se desliza, lento, al centro de la corriente y enfila hacia Manhattan.

He navegado río abajo, desde Poughkeepsie y Bear Mountain, a bordo de los barcos de ruedas de la compañía Day Line... El viento y la corriente se habrán aunado para lanzarlos a toda velocidad a Nueva York, de manera que a Sarah le habrá parecido que el destino se precipitaba sobre ellos. En poco más de una hora, habrán visto el cielo sobre la ciudad, teñido de negro por el humo de las chimeneas de las casas, de las fábricas, de las locomotoras. Hacia el sur, los mástiles de los barcos de vela en sus amarraderos habrán lucido como las puntadas de un remiendo que unía el cielo con la tierra. Entonces, cuando el paquebote llegaba a las estribaciones de la isla, Sarah habrá visto que el reverbero del mundo era más pomposo. Es un sentimiento extraño. El velero se... somete. De pronto, uno está en medio del tráfico agitado de los ferris... hasta el agua se apresura y salpica como Nueva York... y, superados los embarcaderos de los mástiles altos, mientras se oyen los gritos de los estibadores, uno llega a Battery, donde el puerto parece tambalearse de tantas velas y, chimeneas: clíperes orgullosos y fragatas de Oriente y vapores de cabotaje y chalanas de vientres de hierro que, a veces, pasan tan cerca como para ocultar el cielo tras sus negras corpulencias que retumban, con prolongados ecos, ante el embate de las olas.

Y así era como la señora Pemberton y su hijo habían navegado aguas abajo hasta nuestra ciudad y, en mis horribles visiones de insomne, veía al chico arrastrado a la vida de los niños anónimos de aquí. Defino a la civilización moderna como el fracaso de la sociedad en dar un nombre a todos los niños. ¿Se escandalizan por esto? En las tribus de la selva o entre los pastores nómadas, los niños conservan su nombre. Solo en el centro de nuestra gran ciudad industrial no lo hacen. Solo donde hay periódicos para contarnos a nosotros mismos las noticias que nos conciernen… no se garantiza que los niños conserven su nombre.

En el muelle, Noah Pemberton se daría cuenta de lo que había sacrificado por un paseo. Ya no le hacía ilusión. No a este chico, no Nueva York. Lo rodea un enjambre de cocheros. Los mozos cargan sus baúles sin que se lo hayan pedido. Y los menesterosos de manos extendidas… y las palomas menesterosas. Y él, que irá a vivir con su tía Lavinia, una anciana de la que no sabe nada excepto que no tiene hijos. Y enseguida está en un carruaje y la música incesante de la vida perentoria de la ciudad y la trápala de su transporte le llenan los oídos. El coche de alquiler sube por el West Side, a lo largo de la Decimoprimera avenida, y los pulmones del muchachito campestre se llenan por primera vez con el aire enfermizo del barrio de los carniceros… de los corrales y de los mataderos. Acaso piense que no ha desembarcado en Nueva York sino en la cavidad de una osamenta monstruosa y que inhala el olor de su enorme cuerpo sanguinario.

Sarah Pemberton, con la enorme calma con la que modulaba las circunstancias desafortunadas que les atañían, habrá tomado la mano de su hijo y habrá sonreído… Y le habrá contado… ¿qué? Que pronto verían a Martin, que ahora Martin formaría parte de la familia.

Pero yo había aprendido algo sobre Martin Pemberton

que, por fin, no me quitaba el sueño. No vivía en solitario. Tenía una madre que se había ocupado de su educación universitaria… y un hermano que lo adoraba. Podemos ir de arrogantes por el mundo, con nuestros principios en ristre… y acometer con nuestra cosmología severa e inflexible a todos los que encontremos. Pero están nuestras madres y nuestros hermanos… a quienes eximimos … con quienes el intelecto despiadado se apiada… tal como sé que ocurre en mi caso con mi hermana Maddie, por cuyo querido bienestar voy a las cenas de la Asociación de Fomento. Y si bien no podía conocer el paradero de Martin Pemberton, al menos sabía qué estaba haciendo. Estaba seguro de ello. Había partido al acecho. Cada detalle de estos asuntos del que yo me había enterado, él ya lo conocía… pero sabía mucho más. Y lo que yo sabía, en la oscuridad esclarecedora de mis sospechas, era suficiente para tomar la decisión inspirada, aunque no lo bastante ponderada, de profundizar mi enredo apostándome también yo al acecho.

Como director de las páginas de sociedad del *Telegram*, tenía derecho a una semana de descanso cada verano. De cualquier modo, no alcanzaba con que fuese simple verano; tenía que ser su corazón marchito, cuando las olas de calor suben desde el pavimento… cuando los carros sanitarios recogen los caballos muertos de las calles y las ambulancias del Bellevue, a la gente muerta de sus escondrijos… y, esta es la clave, cuando cualquier sobreviviente bajo la abrasadora luz decolorada está demasiado debilitado como para crear una noticia. Todas estas condiciones se conjugaron y quedé libre.

Antes que nada, decidí contar lo que sabía a Edmund Donne, un capitán de la policía municipal. Puede que no aprecien hasta qué punto era extraordinario que yo o, a este respecto, cualquier otro habitante de Nueva York confiase en un oficial de policía. Los municipales eran una organización de ladrones con licencia. Alguna que otra vez, interrumpían la recolección de prebendas mal habidas para dedicarse a prácticas nocturnas en las que descargaban sus bastones sobre el cráneo de la humanidad. De habitual, los puestos en la policía se compraban. Todo oficial de cierta categoría, desde el sargento hasta llegar al teniente y al capitán, sin excluir al jefe de policía, contribuían su óbolo al Twin Ring a cambio del privilegio del servicio público. Hasta los guardias pagaban si querían que se los asignara a uno de los distritos más lucrativos. Pero se trataba de una vasta organización, que incluía a unos dos mil hombres, y había algunas excepciones a la regla; Donne era, probablemente, el más excepcional. Entre los naturalistas, cuando se avista un pájaro que vuela más allá de su alcance normal, se lo considera un accidental. Donne era un accidental. Era el único capitán que conocí que no había pagado por su puesto.

También resultaba ajeno a su profesión el hecho de que no fuera irlandés, ni alemán, ni ignorante. En realidad, era tan clara su incongruencia que constituía un misterio para mí. Se consumía en el afán que caracteriza una vida de obediencia… como quien ha tomado el hábito o quien sirve a su gobierno en un oscuro puesto de expatriado. En su presencia, podía pensar que mi Nueva York cursi y cotidiana era la exótica avanzadilla de este funcionario colonial… o el albergue de leprosos al que había entregado su vida como misionero.

Donne era extraordinariamente alto y flaco y, cuando estaba de pie, debía inclinarse para mirar a cualquier interlocutor. Tenía la cara larga y angosta, las mejillas enjutas y una barbilla puntiaguda. Y porque el pelo se le había encanecido, al igual que el bigote, y porque se le habían espesado las cejas, que habían tomado vuelo, y porque se encorvaba cuando estaba sentado de manera que las crestas gemelas de las paletillas mellaban su guerrera azul, a uno le recordaba a una garza imponente posada en su percha.

Era una eminencia solitaria. Podía tener cualquier edad entre los cuarenta y los cincuenta. Yo no sabía nada de su vida privada. Había ascendido entre sus pares, aunque estaba fuera del orden de lealtades confabuladas que pasa por fraternidad entre la policía. Esto no se debía a ninguna rectitud de carácter... simplemente, no era la clase de hombre que pide confidencias o las hace. Sus habilidades, desacostumbradas, no se cuestionaban, pero, en la opinión pervertida de los oficiales que eran sus compañeros, formaban parte de la alegación en su contra. Había llegado a capitán sin prisas, a lo largo de diferentes gobiernos y bajo las órdenes de diferentes jefes de policía, a quienes les resultaba útil cuando necesitaban hacer propaganda de la virtud de los municipales, receptores de la confianza ciudadana. Como esta necesidad se presentaba periódicamente, su puesto era seguro aunque no fuese cómodo. Además, era de ayuda que algunos de nosotros hubiésemos escrito sobre él, de cuando en cuando, en la prensa. Por supuesto, nunca lo había pedido. También para nosotros, él era solo lo que era y seguía su propio camino.

Cuando lo visité en sus oficinas de Mulberry Street, Donne estaba taciturno, entregado al trabajo. Parecía encantado de verme.

—¿Interrumpo?

—Sí, y se lo agradezco.

Ser el encargado de la oficina que daba fe de las muertes en la ciudad y las clasificaba por edad, sexo, raza, longevidad, y causa —cimógena, congénita o súbita— en un registro anual para el atlas metropolitano, que nadie leía jamás, era la más reciente de sus humillaciones.

Le conté todo el asunto Pemberton; todo lo que yo sabía y, también, lo que sospechaba. Mostró un ligero interés. Sentado, encorvado sobre su escritorio, guardó absoluto silencio. Había algo más acerca de Donne: su mente abarcaba toda la ciudad, como si fuese una aldea. En una aldea, la gente no necesita un periódico. Los periódicos solo surgen cuando empiezan a pasar cosas que la gente no puede ver ni oír por sí misma. Los periódicos son el recurso de los urbanamente escindidos. Pero la memoria de Donne tenía tanta cabida como la de un aldeano. Sabía del nombre Pemberton. Recordaba los cargos por tráfico de esclavos contra Augustus, que habían sido sobreseídos, y la comisión de investigación del Congreso acerca de los contratos de proveedores del ejército durante la guerra. Sabía quién era Eustace Simmons, al que llamaba Tace Simmons, y entendió de inmediato por qué yo creía que sería bueno dar con él.

Pero dar con alguien en nuestra ciudad, la manera en que uno andaba por ahí con el fin de dar con alguien, era casi un arte, como lo sabían todos los reporteros, especialmente si se trataba de alguien que no tenía una vida profesional o comercial. Lo entenderán: no había teléfonos entonces. No había listines telefónicos. Ni directorios organizados calle por calle, nombre por nombre. Había relaciones de funcionarios municipales; relaciones de médicos en las listas del colegio de médicos; los abogados y los ingenieros se encontraban en sus empresas y los notables, en sus notorias residencias. Pero si uno quería hablar con alguien, había que ir al lugar que ese alguien frecuentase y, si uno no sabía qué lugar era, no había guías generales que se lo dijeran.

—Alguna vez Eustace Simmons trabajó para la prefectura —dijo Donne—. Hay una taberna en Water Street que es del gusto de los guardias del puerto. Quizás alguien sepa algo. Quizá Tace la frecuente, en honor a los viejos tiempos.

No me comentó sus pareceres o si creía que mis razonamientos eran fundados. Se lanzó al trabajo, sin más. Como es obvio, tuve que condescender a que las cosas se hicieran a su manera, que era fastidiosamente... metódica.

—Lo primero es lo primero —dijo y me pidió que describiera a Martin Pemberton con todo detalle: edad, estatura, color de los ojos y demás. Después se volvió y, dándome la larga espalda, comenzó a revolver las pilas de hojas sueltas que había en la mesa que estaba detrás de su escritorio.

La comisaría de Mulberry Street es un sitio chirriante. Fluye un constante y caudaloso trajín de gente que habla a voces y todos los gritos y las protestas y las risas y las maldiciones que entraban flotando en la oficina de Donne me hicieron caer en la cuenta de que la visión de la humanidad que se tiene en un edificio de la policía es, por necesidad, práctica. Se parece mucho a una sala de redacción.

Pero a pesar de todas las distracciones, Donne habría podido ser un académico en pleno trabajo en el silencio de una biblioteca. Una lámpara de gas colgaba del centro del techo. Estaba encendida, a media mañana, porque las ventanas altas y estrechas apenas si daban luz. Las paredes eran de un color tostado pálido. Contra ellas se apoyaban unas vitrinas, agobiadas bajo el peso de los libros de derecho, los manuales de decretos municipales y las voluminosas carpetas de legajos. El suelo estaba cubierto por una alfombra basta y raída. El escritorio de Donne parecía una cáscara de nuez arañada y azotada por las olas. Detrás de la silla de madera en la que yo me sentaba, una balaustrada con portilla cortaba el cuarto en dos. No pude ver nada que diera algún toque personal a esta oficina.

Después de un rato, Donne estuvo en condiciones de decirme que no había ningún cadáver de varón caucásico, que respondiese a la descripción de Martin Pemberton, que no hubiese sido identificado y reclamado por sus deudos.

Era un hombre minucioso este Edmund Donne. El próximo paso fue tomar un coche de alquiler que nos llevó a la Casa de los Muertos, en la intersección de la Primera avenida y la calle Veintiséis; allí atravesamos los salones de almacenamiento y pasamos revista a los recién llegados.

Anduve entre las hileras de mesas de cinc, donde los cuerpos lívidos yacían boca arriba bajo una lluvia constante de agua fría, hasta que me convencí de que mi colaborador no estaba entre ellos.

—Esto no excluye nada —me advirtió Donne, con su lógica de policía—. Pero al menos excluye algo.

El carácter de este policía excéntrico e incongruente, incongruente de por vida, es una pieza importante en mi historia. El entendimiento suele llegar… en trozos y fragmentos de tediosa realidad, piezas de un mosaico que contribuye su pizca de resplandor a la visión definitiva. Es casi misterioso para mí que haya ido a buscar a Donne, esta criatura meticulosa doblegada por su propia estatura. Tenía otros recursos en una ciudad de casi un millón de almas… y al comienzo de nuestra investigación compartida, lo admito, estuve a punto de dirigirme a cualquiera de ellas… pero el problema traído por mí lo ocupaba tanto que ya le pertenecía. Enseguida comprendí que su interés no tenía nada que ver con que le faltaran responsabilidades serias en sus funciones. De hecho, tenía una gran variedad de pesquisas independientes, que no había abandonado desde que dejara su anterior puesto en la infortunada Oficina de Búsqueda de Personas Perdidas, que siempre estaba falta de personal. Había algo más, algo más… en los ojos; la mirada de quien reconoce algo, como si hubiese estado a la espera… a la espera de que yo llegara… con aquello que él aguardaba.

Así es que ahora estamos en su oficina, después de dos o

tres noches infructuosas en busca de Eustace Simmons por los
barrios orilleros; yendo de una taberna a otra por la ribera del
East River, bajo las proas amenazantes de los paquebotes y los
clíperes que, en la noche sorda, pernoctaban en los muelles y
proyectaban las sombras de sus baupreses sobre el empedrado... un lenguaje oculto en el sonido del mástil crujiente,
en el gemido de la estacha... El hedor a pescado e inmundicias
de la orilla me sugerían un viaje abyecto por las partes puden-
das de la ciudad. Entonces, como decía, estamos en su oficina,
a mitad de mis gloriosas vacaciones de verano... y por primera
vez, he pensado en contarle a Donne la conversación sugerente
de Harry Wheelwright en el hotel Saint Nicholas.

Pero entonces entra un sargento que, a empellones, intro-
duce otra distracción por la portilla: un tipo musculoso de jer-
sey sucio y bombachos, canoso y con la cara bien aporreada, la
nariz y los pómulos aplastados y las orejas vueltas sobre sí mismas, como inflorescencias. Se quedó de pie frente al escritorio,
envuelto en su imponente fragancia, retorciendo la gorra entre
las manos mientras esperaba que se lo reconociera.

Donne había estado leyendo algún tipo de documento; relacionado o no con mi asunto, no tenía ni idea. Me echó una
rápida mirada, luego arregló con esmero los papeles de su escritorio y solo entonces levantó la vista para mirar al hombre
que tenía enfrente.

—Vaya sorpresa, hombre. Knucs ha venido de visita.

—Así es, capitán —contestó Knucs con una deferente inclinación de cabeza.

—Pues el crimen ha vuelto a tenernos en estima —dijo
Donne, dirigiéndose al sargento, que respondió con una risotada—. ¿Y cómo andamos de salud? —continuó; se dirigía a
aquel hombre como si fuesen miembros del mismo club.

—No ando muy católico y le doy las gracias, capitán

—contestó el viejo matón, que tomó la pregunta como una invitación a sentarse en el borde de la silla que estaba a mi lado. Una amplia sonrisa dejó al descubierto sus dientes desparejos y ennegrecidos y sus rasgos se iluminaron con el atractivo de un niño, con ese encanto perverso que, a veces, es el don de los idiotas morales—. Esta pierna mía... —dijo y estiró el miembro doliente mientras lo masajeaba con vigor—. Terrible lo que duele y hay días en que no me lleva a ninguna parte. De la guerra, nunca me he repuesto del todo.

—¿Y qué guerra fue esa? —preguntó Donne.

—¡Por el amor de Dios! ¡La guerra! Entre los estados.

—No sabía que usted se hubiese alistado como soldado, Knucs. ¿Dónde fue la batalla?

—En la Quinta avenida... me la di con una bala en la escalera del orfanato de los negritos, allí mismo.

—Ya veo. ¿Y usted fue parte de los valientes que metieron fuego al edificio?

—Lo fui, capitán, y uno de sus rifles fue el que me estropeó en aquella escaramuza, cuando yo peleaba por mi honor contra la leva ilegal.

—Ahora entiendo, Knucs.

—Sí, señor. Y con eso y todo, que a lo mejor he dicho lo que no debía, teniendo en cuenta lo que voy a divulgar, si usted me da la venia. Pero estoy más viejo y más sabio, y con eso y todo que los niños, blancos o negros, no son una devoción mía, con eso y todo, me siento más inclinado por todas las almas del Señor —se volvió hacia mí para incluirme generosamente en la conversación—, ya que cada uno de nosotros somos las queridas almas del Señor, ¿o no es así? Y así es que han venido a haber cosas que yo veo y no puedo tolerar.

—Hay esperanza para todos nosotros, señor McIlvaine —dijo Donne—. En los buenos tiempos, este Knucs que tenemos aquí se ganaba la vida rompiendo huesos, torciendo cuellos y arrancando las orejas de la gente. La prisión era algo natural en su vida.

—Una verdad grande como una catedral, capitán —contestó, con una sonrisa franca.

—En cambio, en estos días —dijo Donne, dirigiéndose a mí aunque miraba al desgraciado—, ya no se gana la vida con sus músculos sino con su facultad de observación y su capacidad de engaño.

—Nunca más cierto, capitán. Tome esta. No sé si alguna vez estuve tan alarmado como para hablar de algo. Pero, señor, es a costa de un riesgo conmigo mismo que he venido, y con eso y todo que estoy en grave necesidad de una ostra o dos, y de una cerveza Steinhardt —dijo, la mirada clavada en el suelo—. Es lo menos, por el peligro de mi vida.

—¿Qué tiene que contarme?

—Es lo más horrendo, señor. Hasta alguien como yo se da cuenta. Rechazo y abomino, señor, que haya un hombre por ahí estas noches que quiere comprar a los chicos de la calle.

—¿Comprarlos?

—Tal cual. Sanos tienen que ser, y no mayores de diez años pero no menores de cinco. Y da igual si varones o niñas, pero nada de piel oscura.

—¿Se dirigió a usted?

—A mí no. Lo oí en la taberna del Búfalo. Hablaba con el encargado del bar, con Tommy, el de la barba colorada.

—¿Qué decía?

—Esto mismo. Que había mucho talego.

—¿Con quien más habló?

—Bueno, como sabía que el capitán querría el servicio, pues que lo seguí a dos o tres lugares y lo vi cómo contaba el mismo cuento y, Dios se apiade de mí, allí va entonces, derecho a la mismísima morada de este servidor y allí se mete y después de un rato espío, en la ventana, porque el capitán sabe que mi casero Pig Meachum se guarda la planta baja que da a la calle para él mismo, y allí está el hombre sentado a su mesa y Pig que mueve la cabeza y chupa su pipa mientras lo escucha.

—¿Cuándo pasó esto?

—Ni hace dos noches.

Donne se inclinó sobre el escritorio y cruzó las manos.

—Y usted, ¿no lo conocía?

—No, señor.

—¿Cómo era?

—Pues nada especial, capitán. Un hombre como los demás.

—¿Qué llevaba puesto?

—Ah, aquí me tiene, verdad: un sombrero de paja y un traje de lino. Pero no era un señorito, de eso estoy seguro. Tampoco era un agonías, se notaba que sabía cuidarse solo.

—Quiero que lo encuentre y trabe amistad con él. Ofrézcale sus servicios… No le falta reputación. Vea qué se trae entre manos y me pasa el soplo.

—¡Por el amor de Dios! —El confidente retorcía su gorra en un sentido y luego en otro. De pronto, a la fetidez de su mugrienta persona se le añadió el olor acre del miedo—. No me hace gracia. Preferiría no meterme en esto, si no le importa.

—¡Pero se meterá!

—He cumplido con mi deber de ciudadano. Soy un viejo cojo y la vida barriobajera me deja atrás en la carrera, porque saben que ya no soy el Knucs que solía. Me gano el pan con el ingenio solo estos días, y el ingenio me dice que un hombre no debe alardear de curioso en asuntos como este, tan tenebrosos.

—¡Tenga! —dijo Donne, mientras sacaba medio dólar del bolsillo de su chaleco. Tiró la moneda sobre el escritorio como quien lanza una canica—. No le pasará nada malo. Usted es empleado de la policía municipal de la ciudad de Nueva York.

Cuando el sargento ya había despedido a aquel hombre, Donne se levantó, aunque sería más exacto decir que se desplegó. Estiró los brazos y luego se acercó a la ventana, con sus pasos de zancuda, silentes y majestuosos. Las manos cruzadas en la espalda, miraba fuera como si allí hubiese un paisaje digno de verse.

—«Asuntos como este, tan tenebrosos» —repitió, con la misma entonación que Knucs—. «Asuntos como este, tan tenebrosos» —repitió otra vez, como si investigase las palabras a través de la pronunciación... y luego se sumió en sus propios pensamientos.

Yo, por mi parte, pensaba que lo oído era tan solo una variación en la monotonía del pecado original... desagradable por sí misma, pero tampoco ajena al resto. Me sentía impaciente por que volviésemos al asunto que nos ocupaba. Fue entonces cuando Donne me hizo la pregunta que cruzó como un fogonazo mi inteligencia y tendió un puente entre los dos polos oscuros de nuestro universo:

—¿Quién se supone que querría comprarlos, señor McIlvaine, si están en la calle para quien se los quiera llevar?

Sé que pensarán que esto es la fabulación excesiva de un anciano, pero estamos lejos de comprender los caminos del entendimiento humano y, lo afirmo aquí, fue esa pregunta la que me proporcionó una primera visión fugaz del doctor Sartorius... o el sentimiento de la presencia del doctor Sartorius en nuestra ciudad... aunque puede que no haya sido más que la toma de conciencia, tardía y momentánea, de la sombra proyectada por su nombre cuando lo articularon los labios de Sarah Pemberton.

12

O acaso quien yo había introducido como protagonista de mi pesquisa traía consigo, como a su propia sombra, a su adversario.

Que admitiera a Edmund Donne en mi secreto ponía todo el asunto de la desaparición de mi colaborador en otro dominio, ya que lo convertía en la empresa de una categoría especial de gente dentro de nuestra sociedad. Piensen, ahora, en la asociación que formábamos: la prensa, la policía, el clero... la familia... y la novia de la infancia a la espera de darle hijos. Todos nosotros contra... todo lo demás. Sin embargo, yo no era demasiado consciente de esto. De hecho, descubrí que pensaba exactamente lo contrario: que la confianza depositada en Donne reducía mis posibilidades de entender la verdad de la situación; que la introducción de un oficial municipal constreñía mi pensamiento al pequeño espacio de... la aplicación de la ley. Él quería que hablásemos de inmediato con Harry Wheelwright, el amigo de Martin. Por supuesto, era el siguiente paso lógico. Pero me sentía raro conduciéndolo hasta allí. Me sentía como si abandonara... mi enunciación... por la suya. Por astuto que fuese, Donne era un policía, ¿o no? ¿Con las simples herramientas de pensamiento de un policía? De alguna manera era como si me hubiese asociado con el doctor... quiero decir, era como si tuviese esa clase de cuerda teológica atada al cuello. Qué perverso por mi parte... que, habiendo solicitado la ayuda de Donne, luego la deplorase.

No se necesitaba una cita para ver a Harry Wheelwright; la suya era una casa de puertas abiertas... supongo que de este modo facilitaba que los coleccionistas se detuvieran por allí. Ocupaba el último piso de uno de esos edificios comerciales con frente de hierro en la calle Catorce Oeste; era el equivalente de un gran salón, con la hilera de ventanas que caracteriza a esas construcciones. Una especie de mugre cristalizada cubría las ventanas, que daban al norte. La luz que pasaba a través era tamizada, una luz uniforme que caía sobre todo... sin discreción. Una cama enorme, apenas cubierta, contra una pared. Al lado, a medias escondidos por un biombo, un armario... un fregadero y una fresquera de las que usan hielo... algo así como una litografía o un grabado... muebles dispares cuya función, ya fuera práctica o de utilería, era difícil discernir. Y todo aquello sobre un suelo de madera astillada que, se diría, nadie había barrido jamás.

Cuando llegamos, trabajaba con modelo: un joven infortunado y consumido sentado sobre un cajón tosco, sin camisa pero con los pantalones de color azul oscuro del uniforme del ejército de la Unión. Un par de tirantes colgaba de sus hombros desnudos y, en su cabeza, descansaba una gorra de enrolado. Al pobre desgraciado le habían cortado un brazo por encima del codo; la piel rojiza del muñón semejaba la terminación de un embutido, y me miraba con una sonrisa que dejaba al descubierto sus dientes rotos y manchados, como si disfrutara de la postración que me producía el verlo y que, supongo, se reflejaba en mis facciones.

Pero cuando presenté a Donne, que iba de paisano, e informé a Harry de su rango en la policía municipal, el modelo se puso en pie con una expresión de absoluto horror y forcejeó para ponerse la camisa.

—¡Espera! ¡Mantén la pose, quédate donde estás! —gritaba el artista mientras se acercaba a él. Hubo un frenesí de objeciones, de insultos… y el manco ya huía escaleras abajo.

Harry nos echó una mirada funesta con sus ojos de besugo, azules e inyectados.

—Hemos venido por lo de Pemberton —dije.

—Ya veo. —Y lanzó su pincel a través del cuarto—. Es muy propio de Martin arruinar un día de trabajo.

Desapareció detrás del biombo y oí el tintineo del choque de vasos y botellas.

El sitio era una pocilga, pero las paredes exhibían los meticulosos hábitos de observación de la sociedad del artista: pinturas al óleo y bosquejos al óleo. Sus tópicos, además de los veteranos mutilados y desfigurados pintados con minuciosidad impávida, eran retratos más académicos o escenas neoyorquinas de buen tono, pintadas para el mercado. De manera que resultaba muy evidente el mismo espíritu atormentado que yo percibía en Martin: la crítica y la necesidad de ganarse el sustento, codo a codo. Y había bocetos que nunca había visto antes, dibujos sobre papel clavados sin ceremonias por ahí: los intrusos de las viviendas miserables del West Side… gente hurgando en la basura de las gabarras del muelle, donde termina Beach Street… los niños vagabundos de Five Points calentándose en el vapor que emana de las rejillas… la muchedumbre en la Bolsa… el tráfico de Broadway, y sus carros, sus coches, sus carrocines, todos ellos empujando hacia delante bajo una red de cables telegráficos, bajo el sol que iluminaba las marquesinas de los escaparates de las tiendas… En cuadrados y en rectángulos, esbozada y pintada y grabada e impresa… la sensibilidad específica de su era… echaba chispas y salpicaba y se convertía en la civilización que yo reconocía como aquella en la que vivía.

Pero la pieza que más me hirió fue un enorme retrato sin enmarcar, a medias escondido por otros lienzos que se amontonaban contra la pared. Una mujer joven. La había hecho posar en la butaca rota que seguía en pie en medio del cuarto. Lucía un vestido sencillo de color gris, de corte nítido, con un cuello blanco… Una joven sentada sin coquetería, en franca ofrenda de su honradez; pero él también había logrado plasmar su genuina virtud, por la manera en que había dejado caer la luz sobre su rostro y sus ojos: la lealtad de su espíritu… y, aun más difícil, lo que yo había percibido en ella cuando la vi por primera vez… el erotismo de la probidad. Y también había captado en su expresión los primeros signos de una vida árida de institutriz, los que yo mismo había notado durante nuestra entrevista, como si un talante más triste la presionase desde el fondo solemne de color siena. Toda la pintura se había realizado en tonos de gris, de negro, de castaño.

—Emily Tisdale —dije.

—Sí, felicidades, McIlvaine; esa es la señorita Tisdale, y tanto.

Le expliqué a Donne… que esta era la joven que todo el mundo, ella incluida, tomaba por la prometida de Martin Pemberton. Detrás de mi cabeza, oí la risotada del artista.

Ahora bien, yo sabía que no había nada especial en el hecho de que quien conociera a Martin también conociese a Emily, pero me sentí golpeado como por una extraordinaria coincidencia. Acaso era un efecto del artificio… había mucha intimidad en ese retrato… pero sentí que había tropezado con la fermentación interior de esta generación… que era muy diferente de la mía… cada uno con su carácter propio, no hay duda, pero con esa común propiedad de abrir brechas en mi entendimiento de sus experiencias, del destino que buscaban para sí mismos… como si me hubiese vuelto un poco duro de oído y no siempre pudiese captar el sentido de sus palabras, aunque las inflexiones fuesen bastante claras.

El artista había reaparecido detrás de nosotros. Había sacado unos vasos cascados y sucios y una botella de brandy. Aún no era mediodía. Había un leve silbido en su respiración. Era muy fornido este Harry, con grandes manos rollizas, y apestaba a tabaco y a ropa sucia.

—Es bueno, ¿verdad? Advierta que no la hice posar inclinada hacia delante con la barbilla alzada, los tobillos cruzados y las manos en el regazo, como habría hecho otro pintor. Emily es la dueña de su gracia… no es una gracia adiestrada. La dejé sentarse en esa butaca… y esa fue la pose que adoptó… los pies por delante, apoyados en el suelo, la falda que forma pliegues sobre sus muslos, como ve, y los brazos en posición de descanso sobre los apoyabrazos de la butaca… y esa mirada de claros ojos pardos siberianos clavada en uno.

—¿Por qué siberianos? —preguntó Donne.

—Los pómulos son altos; fíjese, aquí, ¿ve que dan la impresión de elevar los ojos en el ángulo exterior? No se lo digan al viejo Tisdale, pero en algún lugar de su piadosa estirpe protestante se coló una mujer salvaje de las estepas. Sin embargo, me siento impedido de actuar sobre este rasgo… a causa de la candidez amistosa de la que presumen algunas mujeres… y que interponen como un cinturón de castidad.

Harry era un grosero. La experiencia me ha enseñado que los artistas son groseros sin excepción. Esa es la paradoja… un Dios misterioso les deja pintar lo que jamás entenderán. Como todos esos florentinos y genoveses y venecianos… que eran una canalla voluptuosa, pero a quienes este Dios confió la tarea de darnos ángeles y santos y hasta al mismísimo Jesucristo por intermedio de sus manos calladas.

—¿Y no se siente impedido a causa de su amistad con Martin Pemberton? —dijo Donne, mientras aún mirábamos la pintura.

—Ah, sí, por eso también. Si insiste. Digamos que he actuado con él como un amigo, aunque a esta altura de las cosas preferiría no ser su amigo. Y soy amigo de Emily, aunque preferiría ser algo más que un amigo. Y ella es la amiga que Martin ha perdido… Sí; creo que es la manera más adecuada de describirlo.

—¿Por qué «perdido»? —preguntó Donne.

—Porque ella porfía en que es así —contestó Harry, triunfante, como si hubiese encontrado la respuesta a un enigma. Nos ofreció unas sillas y nos sirvió una copa a cada uno, aunque no se la habíamos pedido.

Le había comentado a Donne lo que, en mi criterio, debía saber sobre Harry Wheelwright. Que lo mejor de él colgaba de las paredes. Que era un informal redomado... que mentía por deporte... que no le sacaríamos la verdad aunque la conociera. Donne se sentó en la misma butaca tapizada en la que había posado Emily. Sus rodillas emergieron delante de él; apoyó los codos en los apoyabrazos y juntó las puntas de los dedos de la mano e hizo una o dos preguntas, en un tono de voz que no solicitaba respuesta pero que revelaba una irresistible confianza en que la obtendría. No estoy seguro de que esto haya sido lo determinante, pero logró que Harry hablara.

—No sé dónde diablos puede estar Pemberton, ni qué está haciendo, ni quiero saberlo. Puede creerme: ya no tengo curiosidad por este asunto. Estoy harto de esa maldita familia.

—Bien, hace varias semanas que falta a su trabajo. Está atrasado con el alquiler. En su opinión, ¿qué le ha podido ocurrir?

—Nada por lo que valga la pena inquietarse. No a Martin Pemberton. Uno sabe que, cuando alguien ha sido víctima de la calamidad, había allí una vulnerabilidad. Pero no es el caso con mi imperioso amigo. No forma parte de su naturaleza que se lo... prive... ni siquiera de una parte de aquello que la vida, aun la vida de las ideas, puede ofrecerle.

—¿Cuándo dijo que lo había visto por última vez?

—Aquí, Martin vino aquí. De hecho, mientras Emily posaba. Irrumpió dando tumbos. Era junio, pero él todavía lucía su maldito abrigo sobre los hombros... y se paseaba arriba y abajo con ese andar tieso que lo caracteriza. Le rompió la concentración. Emily lo seguía con los ojos, movía la cabeza... Las mujeres adoran a Martin; no puedo imaginar por qué... Después de que lo desheredaran, solía llevarlo a casa para la cena... Éramos compañeros de cuarto en Columbia, como sabrá. Entonces era exactamente igual. Creo que nació a zancadas, pálido y rumiando pensamientos metafísicos. Desdeñoso con sus compañeros de estudio... odioso con sus profesores... en todos los sentidos soberbio, brillante, insufrible.

—¿Eran buenos amigos?

—Bueno, me resultaba entretenido. Aunque, como sabrá, nunca me interesó verlo sin camisa... con ese pecho blanco y cóncavo que siempre consideré un receptáculo ideal para la tisis. Pero cuando lo llevé a casa, mi madre y mis dos hermanas quedaron encantadas con él. Lo alimentaban y escuchaban sus ideas. Lo adoraban. Quizá porque es demasiado serio para insinuarse con las mujeres o para solicitar su simpatía. Sí, ha de ser esto. Las mujeres confían en un hombre cuando parece no advertirlas en tanto mujeres.

Pero ¿por qué motivo Martin había interrumpido la sesión de pintura?

—No lo sé... solo por interrumpirla, supongo. Para descargar su mal humor sobre nosotros. La alteró. Discutieron.

—¿Acerca de qué?

—¿Quién lo sabe? Aun cuando uno esté sentado allí escuchando, nunca podrá decir a ciencia cierta por qué discuten los enamorados. No se conocen. Pero el tema aparente era la fidelidad. No la infidelidad, fíjese usted. Martin atacaba a Emily a causa de su lealtad.

»"¿Es que no lo entiendes? —gritaba mientras ella seguía sentada en mi butaca y lloraba—. Cada vez que nos vemos, abuso de tu paciencia y maltrato tu naturaleza. No parece importarte. ¡Esperas hasta la próxima! ¿No ves el infierno al que te enfrentas? ¿Si me entrego a ti en mi presente condición, sin ninguna respuesta, sin que haya entendido nada? Te retorcerás de nostalgia por tu anterior desdicha de esperarme, ansiarás estar de vuelta en aquel maldito jardín de nuestra infancia… con sus fantasías tontas y aniñadas sobre la vida." Y así siguió, sin fin.

—Entonces, Emily estaba al corriente de las… visiones de Martin.

—Ah, claro. Él las compartía generosamente con todo el mundo.

—¿Qué quiso decir con… «sin ninguna respuesta, sin que haya entendido nada»? ¿Usó estas mismas palabras?

Donne había pronunciado estas palabras casi en un susurro, con un interés que, de alguna manera, tuvo como efecto poner de relieve la juventud de Harry. Volví a darme cuenta de cuán jóvenes eran todos ellos. Es más difícil ver la juventud en alguien que es tan fornido y tiene papada, pero Harry aún no había cumplido los treinta. Suspiró. Se sirvió otra medida de brandy y mantuvo la botella en suspenso.

—Esto es muy civilizado… ¿están seguros de que no quieren otra? —Y después nos miró, primero a uno y luego al otro, por turnos—. No hay razón para que todo esto deba ser desagradable, ¿o la hay? En mi opinión, Martin quiso decir que había visto a Augustus Pemberton… y que luego se había llevado un chasco.

—¿Qué quiere decir?

—No puedo decir nada más. Lo he jurado.

Harry asentó su corpulencia en una silla de madera. Nos mantuvimos en silencio mientras se preparaba para romper su juramento. Tenía la mirada clavada en el suelo y dejó escapar un quejido sordo. Entonces, dijo:

—Cuando escriba mis memorias, yo y solo yo seré el tema. No pretendo hundirme como el mero cronista de la familia Pemberton. No lo haré, por nada del mundo. Mis pinturas se exhibirán en los museos. Mi propio destino es otra historia, no esta. No esta.

13

— Y ahora viene lo mejor. Sabía que llegaríamos a esto. Sabía que lo haríamos.

»Pues bien, una noche estábamos sentados en una taberna de East Houston Street, donde las damas que la frecuentan sin acompañante no son necesariamente profesionales sino apenas insomnes... o imprudentes. Un violín y un armonio animaban el baile. Esto sucedía en junio pasado, hacia las postrimerías del mes, porque recuerdo que los periódicos habían anunciado el solsticio de verano. Los periódicos arman un gran jaleo con cosas en las que nadie piensa dos veces; debe admitirlo, señor McIlvaine... Esa noche en particular, Martin concibió el capricho de ir al cementerio de Woodlawn a ver a su padre. Quería que lo acompañara, sin demoras... que lo acompañara al cementerio y abriésemos el ataúd y contemplásemos los esplendores que contenía. Era después de medianoche; yo estaba bastante borracho pero recuerdo haber pensado que la idea no me apetecía demasiado: la exhumación de Augustus Pemberton. Lo había visto una o dos veces mientras vivía y, por mí, no habría dedicado ni un pensamiento a la renovación postrera de su trato. Pero Martin sostenía que necesitaba la certeza de que el viejo se encontraba bien. Sentada a nuestra mesa, había una virago que reía con estruendo. Le señalé que, sin duda y gracias a su condición de difunto, Augustus Pemberton se encontraba bien... que, de hecho, su estado podía describirse como una especie de perfección. Antes de que la situación se me hiciera comprensible, Martin me había asido por el brazo y subíamos a un coche de alquiler que nos llevó al galope hasta la Estación Central, donde logramos alcanzar el último tren nocturno... ¿o fue el primero de la mañana? Sea como fuere, teníamos el vagón entero para nosotros y partimos con destino a la aldea de Woodlawn. Ya lo saben: todos los opulentos y adinerados quieren que se los entierre allí; es un cementerio selecto y elegante... Nos bajamos del tren en esta estación desconsoladora y no se nos venía a las mientes cómo llegar hasta el lugar ni qué haríamos una vez allí. Yo tenía frío. Tiritaba. No me caben dudas de que no hay motivo para que el tiempo se doblegue al calendario. No nos quedaba nada para beber. Pedí encarecidamente a Martin que lo reconsiderase. La sala de espera estaba desolada, pero había un brasero que conservaba algo de calor de la noche anterior y pensé que podíamos sentarnos al lado, mientras esperábamos el próximo tren que nos llevaría de vuelta a la ciudad. Sabía que, a la larga, llegaría. O quizás haya argüido que era mejor esperar hasta que amaneciera para profanar la tumba de su padre, pues de esa manera podríamos ver lo que hacíamos. Entendía por qué Martin estaba poseído por esta idea extravagante; me había hablado de sus visiones fantásticas durante toda la primavera y, aunque comprendía el desatino, me sentía indeciso porque no lograba discernir qué era lo mejor para Martin: ver o no ver el cadáver del padre. Él estaba tan borracho como yo, pero la suya era una ebriedad de propósito firme y coordinado, como si la bebida, en lugar de embotarlo, le hubiese llevado los sentidos a un grado de concentración más penetrante. El hecho es que cuando a mi querido Martin se le mete algo en la cabeza, no se puede discutir con él. Sus modales son convincentes y la forma en que trata a los demás, aun cuando los necesite o necesite ayuda, hace que uno, tarde o temprano, se sienta tonto o intrascendente… como alguien falto de resolución, de visión moral e, incluso, de mero coraje. Pues bien, que tuvimos este pleito de borrachos y yo, que en mi fuero interior me reconozco sin ninguna de esas virtudes… yo, decía, me di por vencido y dejé que me persuadiera y arrastrara mi esquiva y ebria persona tras él, que buscaba el mausoleo de la familia.

»Recuerdo que la caminata cuesta arriba casi me dejó sin aliento. La calle de la aldea era una vereda de tierra, flanqueada por algunas casas, una tienda y una iglesia de tablas de madera. Por toda claridad teníamos la que daba la media luna. Cruzamos un callejón en el que había una de esas caballerizas de alquiler, oímos el bufido y el repente de un caballo y, en ese instante, Martin me describió una vez más sus visiones, como si yo nunca hubiese sabido de ellas, y me preguntó por qué siempre veía el coche blanco cuando había tormenta. Ni siquiera atiné con una respuesta. Solo cuando habíamos dejado atrás la aldea y caminábamos a lo largo de un alto muro de contención, caí en la cuenta… por fin… de que mi amigo tenía la firme intención de exhumar a su padre. ¡Dios mío! ¡Estamos en los tiempos modernos! Nuestra ciudad se ilumina con farolas de gas; tenemos ferrocarriles transcontinentales; puedo enviar un mensaje por cable a través del océano… ¡Ya no desenterramos cadáveres!

»Creo que me despejaba con rapidez… algo que uno experimenta como la capacidad de juzgar las consecuencias. Entramos por el portón principal y, finalmente, en las lomas de la necrópolis de Woodlawn, Martin encontró una sepultura; digamos que modesta: un único ángel de mármol coronaba un delgado pedestal y una lápida al pie informaba del nombre y las fechas y declaraba las bondades del difunto con la vulgaridad que caracteriza a la gente cuando se dirige a la posteridad. Yo había contado con algo que estuviera a la altura del hombre: una bóveda monumental ricamente tallada que pregonara las glorias de su vida, y una cerca que separase a Augustus de la humanidad circundante. Martin también se desconcertó por la humildad de aquello, tanto que pensó que este podía ser otro Augustus Pemberton y se puso a buscar al verdadero. Pero, bajo la luz de la luna, se arrodilló otra vez delante de la lápida y dijo que aquellas fechas coincidían con las de su padre y que habría sido una broma demasiado siniestra que dos Augustus Pemberton hubiesen vivido en este mundo al mismo tiempo. Y así fue que caímos de rodillas, en ebria perplejidad, incapaces de entender por qué semejante hombre había elegido el decoro y la frugalidad a la hora de la muerte.

»Y de algún modo, sentado allí mientras me castañeteaban los dientes, pude ver las siluetas foscas y todavía fantasmales de los árboles y luego, a medida que mis ojos penetraban las tinieblas, los flancos de las lomas erizados de lápidas; entonces comprendí que no estaba husmeando en la oscuridad sino en las albísimas brumas del instante previo al amanecer. Todo era humedad; el rocío me pintaba la cara de humedad y, mientras me sacudía la tierra húmeda que se había pegado a mis pantalones, vi que Martin bajaba por la vereda, como una aparición en aquella luz rezumante de grises, seguido por dos hombres; la pala al hombro uno; el otro, un pico. Era obvio que me había dormido contra una roca… Él había ido en busca de estos asiduos del cementerio y los había encontrado, como si fuesen conocidos por su permanente disposición a desenterrar los muertos queridos a pedido de cualquier deudo. Aún hoy desconozco dónde los encontró y qué les dijo. Lo que sí sé es que yo les pagué, porque era quien tenía dinero aquella noche.

»Se quitaron las chaquetas pero no las gorras, se escupieron las palmas de las manos, las frotaron entre sí y se pusieron a trabajar. Desde un lugar más elevado… sobre un otero, Martin y yo nos mantuvimos juntos mientras los vigilábamos: primero, el pico desprendía el césped; luego, la pala lo amontonaba a un costado y así, pico y pala, hasta que empezaron a descender en el agujero cavado alrededor de ellos mismos. A medida que el trabajo avanzaba, advertí que el cielo se tornaba más claro y más blanco y que, bajo aquella luz, el rocío se convertía en una niebla espesa por la que di gracias a Dios, ya que temía que nos descubrieran… porque las prisiones dejan bastante que desear estos días.

»Para mis adentros, traté de dar algún viso de cordura a aquel asunto pasmoso. Intenté convencerme de que aquel acto no era totalmente anormal, de que tenía algún sentido, aunque fuese estrafalario, si se tomaba en cuenta la eterna lucha de Martin con su padre… como si la visión de los restos del viejo lo liberase de sus enfermizas… visiones… y le permitiera encontrar alguna paz interior, si la paz le fue posible alguna vez.

»De pronto, hubo un sonido diferente, el de la pala contra el ataúd, y sentí la mano de Martin como una garra en mi hombro. Ahora que el momento había llegado, no podía moverse. Lo disfruté. Como imaginará, no tengo miedo de las cosas muertas. He dibujado cosas muertas toda mi vida: insectos muertos, pescados muertos, perros muertos. Cadáveres, en las clases de anatomía. Le dije que me esperara donde estaba y fui hasta el borde del pozo. Los dos hombres habían cavado unas gradas en la tierra; acuclillados en ellas, rascaron la tapa del ataúd hasta dejarla limpia y, con gran esfuerzo, lograron descerrajarla con ayuda de una mandarria pequeña y una cuña de hierro que, en su abundante sabiduría, habían traído con ellos. Me pregunté si existiría un gremio que agrupara tales actividades... La tapa se soltó; la izaron y la apartaron. Me provoqué una aceleración del pulso en nombre de mi amigo. Me arrodillé y miré. Una figura desaliñada yacía sobre un acolchado de seda blanca. Y se lo contaré ahora, capitán Donne, se lo contaré impunemente, porque no fuimos nosotros quienes cometimos el crimen mayor. Era un cadáver muy encogido... vestido con ropa dispar... En la cara pequeña y curtida, los párpados estaban cerrados y los labios, fruncidos... como si intentase entender algo o, tal vez, recordar algo que había olvidado... La luz bajo la cual realizaba mi examen no era todavía la del día, como imaginará. Tenía que ver a través de ella, como quien lo hace a través de una suspensión lactescente. El aire era húmedo, el suelo estaba húmedo y, en tanto yo miraba, los pliegues de seda de la mortaja se oscurecían a causa de la intemperie. Seguí mirando, con estupor, maravillado por los brazos... uno descansaba sobre el pecho, el otro se había deslizado hacia el costado... los brazos terminados en unas manos pequeñas que salían de unas mangas sin puños. No había corbata, ni cuello, ni levita sino una chaqueta corta y una camisa blanca y un lazo de color rojo. Los pantalones le llegaban a los tobillos. No calzaba botas, sino unos zapatos de charol. Intenté reconciliar aquellos datos extravagantes con lo que recordaba de Augustus Pemberton. Oí el susurro de Martin, "por el amor de Dios, Harry...". Ahora tengo la impresión de que pasó una eternidad antes de que me diese cuenta de que aquel cadáver era el de un niño. Un niño muerto yacía en aquel féretro.

»Los sepultureros emergieron de la tumba. Se me salió el sombrero, me rozó la cara, cayó dentro del cajón y aterrizó, erguido, sobre el pecho. Parecía que el niño sostuviese una chistera sobre el corazón... saludando un desfile conjetural.

Me reí, me resultó gracioso. "Ven, Martin —llamé—, ven a dar los buenos días a nuestro amigo."

»Yo no estaba tan sobrio como creía. Quién es capaz de decir, hoy, qué habría preferido ver Martin allí, en medio de la niebla blanca del cementerio de Woodlawn. Tomada la determinación de hacer el descubrimiento, cualquier resultado era terrible. Bajó del otero, se arrodilló y miró dentro del pozo… oí un gemido… un sonido sordo y sobrecogedor… en absoluto su voz… sino la voz de un ancestro escabroso… de más de un millón de años. Mis propios huesos fueron su caja de resonancia. No quiero volver a oír aquel sonido, jamás.

»Martin me hizo jurar que nunca se lo contaría a nadie, de lo cual no podía sino alegrarme. Los sepultureros cerraron el ataúd y volvieron a enterrarlo. Quería marcharme de ese sitio, pero Martin insistió en que nos quedásemos hasta que se terminara el trabajo. Recuerdo que él mismo apisonó la hierba allí donde no le satisfacía su aspecto.

»Solo lo vi en contadas ocasiones después de esto… y ahora ya no lo veo. Dejó de venir por aquí. Debería toparme con él de tanto en tanto; después de todo, frecuentamos los mismos lugares y la misma gente… pero no lo veo. No tengo ni idea de dónde puede estar… ni quiero saberlo. Su compañía es peligrosa. Cualquier curiosidad de mi parte… qué ha pasado con el cadáver de su padre; qué hace el niño en su lugar… si me permito un solo pensamiento acerca de este… espeluznante… combate familiar… En fin, se merecen los unos a los otros, con esas horribles batallas que libran más allá de la muerte… Me niego a pensar en esto… Esta especie de quebranto moral profundo puede contagiarse si el vínculo es muy estrecho, tal como se contagia el cólera. ¡Cuando pienso quién pagó por aquella noche espléndida! Y en cuanto a la firmeza de carácter de un hombre, le aseguro que Martin Pemberton no ha sido un amigo comparable a Harry Wheelwright, jamás lo fue ni lo será... Sin duda, no tendría ni la gracia ni la presencia de ánimo que mostré si, Dios no lo permita, las cosas se invirtiesen y fuese un Wheelwright quien se escapa del sepulcro.

»Pero me siento contaminado... Y ha ido a peor... La imagen de ese niño muerto se ha instalado en mi cabeza. Si pudiese, la pintaría.

»Jamás diré nada de esto en mis memorias. Cuando escriba mis memorias, seré el protagonista de la narración. No tengo ninguna gana de que la posteridad me recuerde como el devoto apasionado y el secretario meritorio de la familia Pemberton... que vivió por un tiempo... en la civilización ilustre y descorazonadora de Nueva York... Mi propio destino será otra historia... no esta.

14

La historia, tal como Harry la había contado, era sin duda de las que disparan la venta de los periódicos y Donne supuso que me bullía la sangre. Cuando abandonamos el estudio del artista, sugirió que almorzáramos en una cervecería de los alrededores. Conocía a los de mi profesión: sabía que el periodista es un mamífero carnicero… que vuelve con la noticia en las fauces para depositarla a los pies de su editor. Y como los animales no tienen discernimiento ni pueden actuar contra su propia naturaleza, quería inculcarme la necesidad de moderación. No me ofendí. Después de todo, lo había hecho mi socio en esta empresa. En las asociaciones provechosas, se supone que cada uno salva al otro de sus peores instintos. No podía imaginar cuáles serían los suyos, pero confiaba en que los reconocería cuando aparecieran. Al mismo tiempo, quería asegurarme de nuestro mutuo entendimiento.

—¿Como hará la policía municipal para desenterrar un cuerpo sin que se entere toda la ciudad? —le pregunté.

—No puedo ordenar una exhumación sin permiso de la familia del difunto.

—De Sarah Pemberton, dirá.

—Sí. Y no puedo hacer esta petición a la señora Pemberton sobre la única base de las afirmaciones del señor Wheel-wright.

—Yo le creo, mentiroso como es.

—Yo también le creo. Pero quisiera dirigirme a la viuda con algo más.

—¿Qué más?

—Ese es el meollo. Verá usted, tenemos que encontrar más cosas, corroboraciones. Estos asuntos se desarrollan así: uno necesita la evidencia de lo que ya sabe. Según Wheelwright, el niño estaba en un ataúd de tamaño normal, lo que sugiere… la intención de engaño. Pero no podemos fiarnos de lo que vio. Estaba borracho y la luz era deficiente. Todavía debemos asegurarnos de que el cementerio no cometió un error. Necesito ver el registro de inhumaciones de ese año. Que no haya sido una confusión de identidades… y dos cuerpos cuyos funerales debían celebrarse el mismo día se hayan colocado en las sepulturas equivocadas.

—Es muy poco probable.

—Paso a paso, señor McIlvaine, de manera sistemática. Con disciplina… empezando por lo menos probable. Necesito comprobar el certificado de defunción del señor Pemberton. Llevará la firma de un médico. Me gustaría tener la ocasión de hablar con ese médico… Y también, en el Registro Mercantil, querremos repasar las escrituras y los contratos… a fin de saber en qué transacciones se comprometió el señor Pemberton durante el año, digamos, precedente a la fecha oficial de su muerte… Y así siguiendo.

—¿Puede hacer todo esto sin que la jauría despierte?

—Creo que sí.

Hablábamos inclinados sobre la mesa, en voz baja; éramos dos conspiradores más.

—¡Hombre!, usted sabe de qué va el negocio de la prensa.

Quiero su palabra... yo le he metido en esto... en el supuesto de que usted protegería mis intereses.

—Entiendo —dijo, asintiendo con un movimiento de cabeza.

—Esto es una exclusiva. Es mía... no habría ninguna historia si yo no la hubiese descubierto.

—Así es.

—Y cuando se acerque el momento en que usted ya no pueda garantizarme que sea solo mía... debe ponerme sobre aviso.

—De acuerdo.

Me bullía la sangre, pero también a Donne. Había una luz nueva en esos ojos afligidos y una mancha de color sobre esos pómulos ascéticos. La verdad del asunto es que yo estaba de acuerdo con su plan de investigación y que acaso protesté como lo hice porque así se esperaba de mí. Decía lo que él pensaba que diría un periodista. En la atenta compañía de Edmund Donne, de pronto uno deseaba ser como él suponía que uno era. ¿Acaso no era esto lo que le había ocurrido a Harry Wheelwright? Donne había dado por supuesto que él contaría lo que sabía, y así lo hizo.

A esta altura de los acontecimientos, yo creía que Wheelwright merecía mis disculpas. Entendía la arrogancia de esta generación de jóvenes... que se mantenían aparte, como si fuesen la segregada comunidad de los Cuerdos, con gente de su misma edad por únicos vecinos, gente que reconocían a primera vista, que caminaba por las mismas calles. Pero la conducta de Martin había sido un golpe fatal en el corazón de sus pretensiones: los había vuelto tan sospechosos como el resto de la humanidad.

Por eso, sentía benevolencia hacia el artista. Y también gratitud, aunque jamás se la expresaría. Su historia era abrumadora. Pero, si he de ser sincero y ustedes lo piensan con calma, la mejor manera de perder mi exclusiva era darla a conocer demasiado pronto… en emulación de la imprudencia del propio Martin. Como miembro de la profesión periodística, Martin sabía que podría haber aplicado los mismos métodos circunspectos que ahora defendía Donne. En cambio, se los había saltado todos a la torera y, desesperado y excesivo, había profanado la tumba en la noche. Si yo lo seguía, terminaría al borde de la sepultura… y conmigo, todos los reporteros de la ciudad.

No; Martin había extraído de su amigo el juramento del secreto y el secreto se mantendría intacto con nosotros: con Donne y conmigo. Me interesaba tanto mi colaborador como la historia… la historia codiciada en silencio… que, de escribirse, superaría al periodismo. La confesión de Harry era, entre otras cosas, la restitución de una pesquisa inspirada. Para mí fue, por usar las palabras de Donne, una corroboración, la evidencia de lo que ya sabía. Mi colaborador estaba vivo… solo que ahora había desaparecido en aquella región donde la existencia de la gente… o su inexistencia, era… indeterminada. Estaba allí junto con su padre… y con el factótum de su padre. Tace Simmons, y quizá también con el médico que supuestamente había tratado a Augustus durante su enfermedad fatal, ese médico espectral, el doctor Sartorius.

Ahora tenía la certeza de saber cuanto Martin Pemberton sabía en el momento de su desaparición. Me parecía que podía proseguir con mi propia pesquisa sin traicionar la grandeza de la suya. Por si acaso, no le había prometido a Donne que no lo haría. No había pasado más de un par de días desde nuestra visita al estudio de Wheelwright, cuando volví a mi trabajo en el *Telegram* y, de inmediato, envié un cable a nuestro corresponsal político en Albany; le solicitaba que, en alguna pausa tranquila —quizá cuando los reputados legisladores de Nueva

York, exhaustos por los esfuerzos a favor de algún proyecto de ley del señor Tweed, se tomaran un descanso recreativo en las mesas de póquer— viajase hasta el lago Saranac… a fin de recoger información sobre los logros de la moderna medicina norteamericana para una eventual serie de artículos en el periódico. Quería los nombres de los sanatorios, de los médicos, una descripción de los tratamientos que aplicaban y otras muchas cosas más.

Envió sus apuntes por correo unos días más tarde: había dos pequeños sanatorios para tísicos. La tuberculosis era la única enfermedad tratada. El jefe médico de la mejor de esas instituciones era un tal doctor Edward Trudeau, tísico él también, quien había descubierto los saludables efectos del aire de las montañas Adirondack durante una visita en invierno. La relación de los nombres de los terapeutas no incluía el de Sartorius.

No me sorprendió en absoluto, pues estaba persuadido de que cualquier cosa que Augustus Pemberton hubiese dicho a su mujer sería mentira. Pero Sartorius era un nombre inusual… y si era una invención, no le pertenecía a Pemberton ni a su asistente, ninguno de los cuales tenía el ingenio necesario para una invención tan… concreta.

En la balaustrada que separaba mi oficina de la sala de redacción siempre había colaboradores que, sentados, esperaban un encargo. Envié a uno de ellos a la biblioteca de la Asociación de Médicos de Nueva York, en Nassau Street, a buscar el nombre Sartorius en el registro de facultativos de la ciudad. No estaba registrado.

Había reivindicado para mí el territorio de la historia, de hecho, en negociación con la policía por mis derechos sobre él… pero, así y todo, qué espectral… apenas una esperanza de palabras aparecidas sobre una página… palabras insustanciales... nombres espectrales... cuya realidad, cuya verdad, no eran más que gradaciones de lo espectral en la imaginación de otro espectro.

Aun así, les contaré ahora sobre las siete columnas del periódico. En aquellos días, publicábamos las noticias en sentido vertical, una al lado de la otra: un título, un subtítulo y la historia. Si había una de mayor importancia, se publicaba hasta agotar la primera columna y se tomaba de la segunda todo cuanto fuese preciso. Era un periódico vertical, sin disparos de titulares que atravesaran la página, sin columnas dobles y con pocas ilustraciones... Era un periódico de siete columnas de palabras; cada columna, portante de su propia carga de vida, un soporte, palabra por palabra, de una versión diferente de sus... terrores desvergonzados. Los primeros periódicos fueron folios comerciales con consejos mercantiles, los precios del algodón y las noticias portuarias... folios que podían servirse sobre la bandeja de la cena. Ahora, imprimíamos ocho páginas de siete columnas y solo con los brazos extendidos se podía mantener el periódico tenso en toda su anchura. Y teníamos lectores en la ciudad que estaban acostumbrados a esto... que escandían nuestras columnas al instante de obtenidas, todavía calientes, de las manos de los niños vendedores de periódicos... como si nuestras historias fuesen proyecciones de las múltiples almas de un hombre... y ningún significado resultase posible de la lectura de una columna si se carecía del sentido de todas las demás... en descenso simultáneo... nuestra vida de terrores desvergonzados que se consumía en palabras constreñidas a siete columnas en descenso simultáneo... ofrecida por manos infantiles a cambio de un penique o dos.

Así pues, en este relato de prensa, aquí, en el mío, en estas... noticias viejas... les advierto: el sentido no está en la columna lineal sino en el conjunto de todas ellas. Claro que no encontraría a ningún doctor Sartorius en las relaciones de los registros médicos… como tampoco había encontrado a Eustace Simmons en las tabernas de las orillas… o a Martin Pemberton escaleras arriba, en su cuarto de Greene Street. El pensamiento lineal no los encontraría. Pero una mañana, mientras buscaba en la gaceta de la policía para elegir los sucesos que publicaría, leí que se había encontrado el cuerpo de un tal Clarence Knucks Geary, de edad incierta, flotando en el río, cerca del muelle de South Street; a menos que me equivocara, era el mismo pícaro que había conocido en la oficina de Donne y, por segunda vez, aquel encantador idiota moral me distrajo de aquello en lo que yo habría preferido concentrar mis pensamientos.

Creo que fue aquella misma tarde que fui con Donne a la Casa de los Muertos, en la Primera avenida, un escenario habitual para él que, con rapidez, se me hacía habitual también, y vi el cuerpo de aquel pobre tipo, Knucks: los ojos azules e infantiles eran opacos. Unos círculos de sangre coagulada delineaban las fosas de su nariz aplastada de pugilista. Los labios retorcidos le descubrían los dientes, como si hubiese esbozado una sonrisa en el instante de la muerte. Donne le izó la cabeza por los cabellos, bajo la ducha de agua. Le habían roto el cuello.

—Observe el contorno de este cuello —dijo Donne—. Y mire este tórax, estas espaldas. Es un toro. Aunque lo cogieran desprevenido… ¿Imagina la fuerza que se necesitaría para romper un cuello como este?

No entraba en mis planes que a Donne le provocase una congoja tan terrible. Pero estaba… estaba perturbado, aunque este ánimo solo se manifestase en una impasividad más… torva. Volvió a dejar la cabeza en su lugar, a mi juicio, con un respeto desmedido, con una urbanidad inadecuada. Qué afectos extraños crecen en esta ciudad… como las malezas que brotan de las hendiduras del pavimento. La muerte de Knucks era el único tema del que parecía dispuesto a hablar. Esperé en vano que llegara el momento de volver a nuestra preocupación común. Me defraudaba ser testigo de la... vulnerabilidad de Donne. No podía sino pensar en el matón, de cuya muerte se sentía responsable. Y, abstraído de cualquier otro pensamiento, se entregó al intento de encontrarle un sentido o una razón a aquella muerte... como si aquel matón patético hubiese sido el personaje más importante de la ciudad.

En cuanto a mí, me sentía abatido porque tampoco yo había avanzado nada: después de las revelaciones de Harry creí que la verdad se precipitaría. Estaba irritado por la facilidad con la que Donne se había distraído de nuestra investigación. No valoré que él era como un periódico ambulante, capaz de incluir varias historias simultáneas en sus descensos paralelos. Me dijo, sin dar explicaciones, que necesitaba hablar con todos los chicos vendedores de periódicos que pudiese encontrar. Recuerdo el sobresalto que me causó. Conmocionado hasta el punto de caer en mi propia impasividad, guié a Donne y a su sargento hasta Spruce Street, a la cafetería Buttercake Dick, donde los niños de los periódicos tomaban su cena después de una noche de trabajo.

La cafetería de Dick era el ateneo de los pregoneros de periódicos: un agujero subterráneo al que se bajaba por tres escalones. Tablones y bancos por todo arreglo. Adelante, la barra donde cada chico compraba su jarra de café y una de las magdalenas negruzcas de Dick, partida al medio y rellena con una bola de mantequilla. Un poco antes había comenzado a llover sobre la ciudad. El sótano, con su techo bajo, apestaba a queroseno, a mantequilla rancia y al olor de la ropa húmeda de treinta o cuarenta chicos mugrientos.

Donne y yo nos sentamos en la entrada... el sargento fue al centro del salón y habló. Los chicos se habían callado, como escolares en presencia del director. Dejaron de comer y escucharon lo que se decía sobre un asunto de cuya seriedad no necesitaban demostración.

Habían conocido a Knucks Geary, tanto como conocían a cualquier otro adulto que les metiese el resuello en el cuerpo. Al parecer, una de las gangas de Knucks en sus años declinantes era trabajar de paquetero para los distribuidores de periódicos. Yo no había tenido noticia de esto, Donne no me había dicho nada... a pesar de que tocaba directamente a mi profesión. Knucks, desde un carro tirado por caballos, lanzaba los paquetes de periódicos en las esquinas asignadas a cada chico, o bien repartía ejemplares en las plataformas de carga de los edificios de los grandes rotativos. Era el intermediario del intermediario. Los distribuidores pagaban un dólar con setenta y cinco centavos por cada cien ejemplares y a los chicos les cobraban dos. Knucks agregaba un sobreprecio para Knucks. Así, este pretendido defensor de la causa de los niños de la calle, a ciertas horas de su día de labor, les había estado robando.

—Que se pudra en el infierno —dijo uno de los niños—. Me alegra que por fin se la hayan dado a él.

—Calma, calma —gritó el sargento.

—¿Verdad que te pegó, Philly?

—Lo digo... Knucks cabronazo.

—Yo también, sargento. Si no le dabas su parte, venía y te daba.

Había un consenso general, los chicos hablaban todos a un tiempo.

El sargento puso orden a voces.

—Ya, que eso no os importe. Peor para vosotros si el listo que lo asesinó toma su lugar. Ahora nuestro tema es el periódico de ayer. Que hable quien haya visto a Knucks Geary y que diga a qué hora lo vio.

No me sentía a gusto allí, en el extremo más vergonzoso del negocio de la prensa. Los neoyorquinos obtenían diversiones estupendas de las manos de los niños pregoneros, pero si los miraba bajo aquella luz amarillenta, tan amarillenta como la mantequilla de las magdalenas, solo veía seres esmirriados en cuyos rostros se habían grabado las líneas y las sombras de la servidumbre. Dios sabía dónde hacían noche.

Con lentitud, con reticencia, empezaron a dar testimonio. Un chico miraba a sus compañeros, quienes a su vez lo miraban en una especie de asentimiento, y solo entonces se levantaba a declamar su bolo.

—A mí me trajo los paquetes a las cuatro, al lado de la tienda de conservas Stewart's, como siempre.

Y otro:

—Los míos me los dejó en Broad Street, donde la Bolsa.

A medida que se iban explicando en voz alta, yo podía reconstruir en mi imaginación el mapa de la última jornada de Knucks: empezó en Printing House Square, bajó al centro por Broadway hasta Wall Street y luego torció a la izquierda, hacia el río, por Fulton y South Street.

Un golfillo pequeño y debilucho se puso en pie y declaró haber visto a Knucks cuando se apeaba de la zaga del carro de reparto en marcha, frente a la taberna Black Horse. Ya era oscuro; las farolas estaban encendidas.

El chico se sentó. El sargento paseó su mirada sobre ellos. Ninguno más habló. El sitio era silencio. Aunque el sargento había hecho las preguntas, la inteligencia de Donne las sostenía. Donne se puso en pie.

—Gracias, compinches —dijo, y agregó—: Tendrán otro café y otro pastel a cargo de los municipales.

Dejó dos dólares sobre la barra. Y ya estábamos fuera, camino al Black Horse.

Me enorgullecía de mi competencia en materia de tabernas, pero no conocía esta. Donne nos guio sin vacilaciones. Quedaba en Water Street. Había muy poco que no supiera sobre la ciudad… quizá porque vivía tan ajeno a su normalidad. Había cultivado sus habilidades enfrentado a un empleo acerbo de por vida… acaso esto explicase aquello… el conocimiento que llega con el enajenamiento. Que Dios me desdiga: yo no podía pasar diez minutos siguiéndolo en sus incursiones sin sentirme también ajeno, como si esta ciudad rugiente y rebosante que vibraba con el vapor de los pistones, con los engranajes, con las poleas mecánicas de un millón de propósitos industriales fuese una cultura exótica y absolutamente inexplicable.

El Black Horse era una casa construida con tablones en tiempos de los holandeses, con alero y postigos en las ventanas. Cuando se convirtió en taberna, una de sus esquinas se cortó en chaflán y allí se colocó la entrada con su umbral de piedra, de manera que podía verse tanto desde Water como desde South Street. El sargento esperó afuera; Donne y yo entramos.

Era un lugar callado, oscuro, muerto; el olor rancio y ácido del whisky se elevaba desde el entablado crujiente del suelo. Algunos parroquianos bebían, sentados a las mesas. También nosotros nos sentamos y aprovechamos para echar un par de tragos. Donne ni tocó su copa. Estaba como ausente, no prestaba atención a las miradas del tabernero y los clientes. Absorto en sus pensamientos. En apariencia, no se fijaba en nada en particular ni hacía el intento de formular preguntas. Respeté su silencio, al que cargué con una intención específica que, como luego se vio, no tenía. Donne simplemente esperaba, como hacen los policías… qué esperaba, ni él lo sabía, aunque, como me explicaría mucho más tarde, lo reconocería cuando ese algo se presentara.

Y fue entonces que una niña entró por la puerta, una chica de seis o siete años que llevaba una canasta de flores fatigadas... una cosita escuálida. Bajó la cabeza, por timidez o por miedo servil, como si solo pudiese acercarse a nosotros fingiendo que no era ese su propósito. Tenía la cara tiznada y el labio inferior le colgaba, como a los simplones; el pelo descolorido y lacio, el delantal roto y unos zapatos demasiado grandes que obviamente venían de la pila de las basuras. Enfiló, directa, hacia nosotros y con la más débil de las voces preguntó a Donne si le compraría una flor. De inmediato, el tabernero se puso a gritar y salió de detrás de la barra.

—Oye, tú, Rosie, ¡te he dicho que no te quiero por aquí! ¡Te dije que no te dejaras caer por aquí! ¡No te cansas de armar jaleo! Ya verás, ya te enseñaré yo a obedecer —gritaba, o algo parecido con la misma intención.

La niña no hizo ademán de huir, pero se encogió, levantando un hombro con el cual se protegió la cabeza, y revoleó los ojos como si anticipara el golpe. Huelga decir que Donne interpuso su mano para detener al hombre. Se dirigió a la niña con palabras suaves. La invitó a sentarse y, con gentileza y gran deliberación, sacó de la canasta las tres flores menos lozanas. No sé qué flores eran... eran las flores de la penuria, las flores ajadas y marchitas de la tierra de los huérfanos.

—Me gustaría comprar estas, Rosie, si te parece bien —dijo, y colocó unas monedas en la palma de la pequeña mano.

Y después, alzó la vista y miró al desventurado tabernero que, de pie detrás de la niña y con la cara enrojecida, retorcía su mandil con movimientos espasmódicos.

—¿Se puede saber qué problemas causó la niña, tabernero? ¿Qué clase de alboroto puede armar una niña en el Black Horse?

Donne llamó al sargento para que entrase y ambos se llevaron al tabernero al cuarto de atrás a fin de interrogarlo. Donne invitó a la niña a quedarse conmigo. Estaba sentada al otro lado de la mesa, los ojos esquivos y los pies en continuo balanceo. Parecía que Donne podía confiar en mí en un momento dado y excluirme en el siguiente. Podíamos ser socios en una empresa y, en otra, éramos el policía y la prensa. En aquel momento yo apenas era consciente de… sombras, de mis propios temores, de un vago sentimiento… aciago. Pero también de mi enfado con Donne, porque había dejado que la muerte de un matón inservible se transformara en una obsesión, o en un remordimiento. Esta aceptación es, de alguna manera, una vergüenza para el director adjunto del *Telegram*. Oí un caballo y un carruaje que se detenían fuera. No estaba preparado para ver al sargento que entraba acompañado, de entre todas las almas de este mundo, por Harry Wheelwright. Irritado, malhumorado, el artista se mostraba apenas civil.

—¡Otra vez usted, McIlvaine! Supongo que es a usted a quien debo agradecerle el interés del capitán por las artes.

Iba vestido con formalidad y desaliño. Pero, en tanto confeso profanador de tumbas, acaso se sintiera obligado con el hombre que había escuchado su confesión. ¿O es que cuando uno se ha confesado se entrega, sin remedio, a la redención?

Donne había tenido la idea genial de que Wheelwright esbozara un retrato a lápiz del hombre que había reñido con Knucks Geary a partir de la descripción del tabernero. Era algo digno de verse. Harry, para volver aquello inteligible, preguntaba con la precisión que solo un artista adiestrado podía tener… y luego agregaba los detalles que proporcionaba la niña… Y mientras nosotros mirábamos por encima de su hombro, dibujó y borró y volvió a dibujar a fin de que el resultado se les hiciera reconocible y compuso a partir de una combinación de palabras lo que era, aunque nosotros solo lo sa-

bríamos mucho más tarde, un retrato asombrosamente
fiel... del cochero del ómnibus blanco... con su pasaje de ancianos de negro riguroso... que Martin Pemberton había visto
dos veces cuando atravesaba las calles de Manhattan.

Así que, a pesar de todo, estábamos en el caso de mi colaborador. No digo, y lo enfatizo, que lo supiésemos entonces.
Miramos el esbozo y supimos que ese era el cochero del doctor
Sartorius, su recadero de menudencias: Wrangel. Lo mirábamos y veíamos al asesino estólido y rapado de Knucks Geary.
Pero mi alborozo era... inenarrable. Había sido una buena noche de trabajo. Donne condescendió a una genuina sonrisa.
Pagó una ronda de licores, una taza de té para la niña y felicitó
a Harry, quien sonreía avergonzado de su propio mal humor y
que también pagó una ronda a su turno y le encasquetó su sombrero de copa a la pequeña florista... allí, en el Black Horse.

15

Estoy casi seguro... lo reivindico... Donne fue el inventor del arte del retrato basado en descripciones para uso de la policía. Por supuesto, la idea de publicar esta especie de retrato recompuesto en los periódicos llegó más tarde... y no le pertenecía a Donne. Insistía con obstinación en que la de policía era una profesión, si no una vocación, y jamás se le habría ocurrido reclamar la ayuda del público para apresar a un criminal... lo que, de hecho, atribuiría a los habitantes de Nueva York la autoridad de sus representantes. Deben tomar en cuenta que, por entonces, todos nosotros teníamos presentes, a cada instante, las imágenes del Oeste, donde los bordes de la civilización eran harapientos. Allá fuera, donde el señor Greeley, desde las páginas del *Tribune*, instaba a los varones jóvenes a emigrar, cada cual inventaba la ley, *ad hoc*, según lo pidieran las circunstancias. Por contraste, en Nueva York debía demostrarse que la ley equivalía a una religión civil... al menos, tal como yo interpreto el espíritu sacerdotal de Donne.

Por eso, de aquel bosquejo se serviría solo él, o su sargento de confianza, y alguno que otro de los muy pocos colegas con los que podía contar entre los municipales, mientras peregrinaban, con paciencia, por todas las comisarías depravadas de las profundidades de la ciudad en busca del bravucón que coincidiera con el retrato.

Pero ahora me doy cuenta de que podría estar dándoles una idea falsa del doctor Sartorius... a quien no conocen sino de nombre. Me preocupa que la primera impresión que se formen de él no sea la de un táctico... que había cometido un error. Sartorius indicaba sus necesidades y dejaba a otros la tarea de satisfacerlas... supongo que basado en el modelo de Dios, que concedió el libre albedrío al género humano. Da la medida de la lealtad inspirada por este hombre que cada uno de quienes estaban a su servicio se sintiera libre de crear lo necesario a su asistencia. El cochero del ómnibus municipal, que era también su recadero de menudencias... o los cocineros... las enfermeras... los miembros del consejo... y el administrador de su... hospital, si quieren que lo llamemos así... Eustace Simmons, antiguo empleado del padre de Martin en calidad de despachador de esclavos... Todos y cada uno de ellos vivían y trabajaban con la fruición de los hombres libres.

Me guardo para mí, por ahora, las circunstancias de nuestro primer encuentro con Sartorius. Quiero atenerme a la cronología de los acontecimientos y, al mismo tiempo, volver inteligible su configuración, lo que implica dar al traste con la cronología. Después de todo, hay una diferencia entre vivir en una especie de día a día reptante en el caos, donde no hay jerarquía para los pensamientos sino igualdad discordante, y el conocimiento anticipado de la totalidad del orden categórico... que hace de la narración... algo sospechoso. Quiero que ustedes se encuentren, poco más o menos, en el mismo hiato en que estábamos nosotros, familia y amigos y consejeros de la familia, que entendíamos esto como un asunto de los Pemberton cuando, en verdad, era mucho más que eso.

Los primeros pormenores fehacientes que tuvimos de

este doctor, algo más que el mero sonido de su nombre, nos los dio el médico a quien, como ya he dicho, él había reemplazado: el doctor Mott, Thadeus Mott. Sucedió que Sarah Pemberton, a pedido del capitán Donne, escribió al doctor Mott solicitándole que le facilitara el historial clínico de su difunto esposo. Otro ejemplo del amor que Donne profesaba por la evidencia... No sé cuánto le confió Sarah de sus lamentables circunstancias pero el doctor Mott, un caballero de la vieja escuela, respondió enviando por correo una copia fiel... y así echamos una mirada a las interioridades de Augustus Pemberton.

Hasta el último año de su vida, Augustus solo había sufrido los variados malestares que son corrientes en un hombre de su edad y que incluían una leve sordera, gota, prostatitis y alguna insuficiencia pulmonar ocasional. Entonces, unos pocos meses antes de que cayera en cama en Ravenwood, visitó al doctor Mott en su consulta de Manhattan y se quejó de unos episodios de desfallecimiento y de pérdida de vigor. El diagnóstico preliminar fue anemia. El doctor Mott quería ingresarlo en el hospital para observación. Augustus se negó. De manera que las cosas eran algo distintas de como Sarah Pemberton las había entendido. Su marido sabía de su enfermedad antes del colapso en Ravenwood. Lo que no cambiaba era la reacción del viejo, en ambas ocasiones, al diagnóstico de Mott. Como punto final, Mott decía que el día que lo visitó en Ravenwood lo encontró en los estadios terminales de una anemia perniciosa, para la cual la medicina apenas si tenía paliativos. Uso la palabra perniciosa, pero era un término más específico... una forma de anemia irreversible que llevaba a la muerte, casi siempre en menos de seis meses.

Ahora quedaba claro que la disparidad entre el relato de Mott y los recuerdos de Sarah Pemberton era insignificante.

El viejo tan solo había escondido algo más a su mujer. Pero esto permitió que Donne visitase al médico, con la excusa de una aclaración. Lo acompañé... y, cuando Donne mencionó el nombre de Sartorius en la conversación, Mott dijo:

—No me sorprende que aceptase un caso terminal... es probable que con toda clase de arrogantes expectativas.

El corazón me dio un vuelco. Miré a Donne, quien no dio muestras de ninguna emoción sino que preguntó con suavidad:

—¿Quiere decir, doctor, que este Sartorius es un charlatán?

—Oh, no, en absoluto. Es un médico excelente.

—Su nombre no figura en el Colegio de Médicos de Nueva York —arriesgué.

—No es obligatorio ser miembro del Colegio. La mayoría piensa que formar parte es... significativo... profesionalmente. Es una organización valiosa. Una credencial más, no hay duda, pero también una organización valiosa para la medicina en general. Damos conferencias, organizamos simposios, compartimos nuestro saber. Pero nada de esto entraba en la consideración de Sartorius.

—¿Dónde tiene la consulta?

—No tengo idea. No lo he visto ni he tenido noticias de él en muchos años... aunque, si estuviese en Manhattan, creo que lo sabría.

El doctor Mott era un miembro distinguido de la profesión médica. Era un hombre bien parecido, todavía elegante a pesar de la edad —diría que, para entonces, estaría cercano a los setenta años— con una mata de pelo de color gris oscuro, bigotes y una llave de Phi Beta Kappa que colgaba de su chaleco. Nos miraba a Donne y a mí, por turnos, a través de sus impertinentes, con la misma mirada atenta que había usado con sus pacientes. Lo habíamos visitado en su casa particular de Washington Place.

Donne le preguntó cuándo había conocido a Sartorius.

—Sirvió en la comisión sanitaria del Consejo Metropolitano para la Salud, del cual yo era presidente. Habrá sido en 1866... La comisión previó una epidemia de cólera para ese verano. Limpiamos los tugurios de los barrios pobres, cambiamos la manera de recolectar las basuras e impusimos medidas que impidieron la contaminación de los depósitos de agua. Evitamos un brote mayor... como el de 1849. No estoy seguro de entender el motivo del interés de la policía en esto.

Donne se aclaró la garganta y dijo:

—La señora Pemberton está abrumada por problemas del legado... en el que figura el gobierno municipal. Estamos documentando lo que podemos, con fines a una resolución en tribunales.

—Entiendo —dijo Mott y se volvió hacia mí—. ¿Y es habitual que la prensa participe de asuntos como este, señor McIlvaine?

—Estoy aquí en calidad de amigo y consejero de la señora Pemberton. Es absolutamente personal —contesté.

Por un momento me sentí medido por los parámetros del médico. Seguí el modelo de impasividad de Donne y contuve la respiración. Luego, el doctor Mott se arrellanó en su butaca.

—Todavía no conocemos las causas del cólera, aunque está claro que la ponzoña se esparce en las heces diarreicas y en los vómitos de los infectados. Pero en cuanto al contagio... Bueno, hay dos teorías: la teoría de la infección cimótica, esto es, que la enfermedad se propaga a través de un miasma atmosférico de materia ponzoñosa... o una teoría que sostiene que un organismo animal microscópico, llamado germen, vive dentro de los fluidos del cuerpo. El doctor Sartorius es un exponente de la teoría de los gérmenes, basada en que solo algo animado puede reproducirse sin fin, lo que sería necesario para generar una epidemia. El cólera morbo, es cierto, aparenta tener esta capacidad... Desde aquellos días, su punto de vista parecería haber ganado autoridad, especialmente desde los experimentos fermentativos del señor Pasteur y los nuevos rumores de que el doctor Koch, en Alemania, ha logrado aislar un vibrión de cólera. Pero en todas sus ideas, el doctor Sartorius hacía exhibición de una... bueno, de una terrible intolerancia hacia los puntos de vista de sus oponentes. En nuestras reuniones, era grosero. Por lo general, se mostraba desdeñoso hacia la comunidad médica, y se mofaba tratándonos de fraternidad de aplicadores de ventosas y sanguijuelas, aunque la mayoría de nosotros ya no aboga seriamente por esos procedimientos heroicos... De costumbre, no hablo en estos términos de un colega... Pero no es su competencia lo que cuestiono. Era arrogante, frío y, ni falta hace decirlo, bastante detestado por sus pares. Y aun así, jamás habríamos impuesto una cuarentena social a un hombre tan brillante, por insensible que fuese, en la falsa esperanza de hacer de él un buen cristiano. Fue él quien se alejó de nosotros, no nosotros quienes lo segregamos. Me siento obligado a la piedad por sus pacientes... en la suposición de que todavía ejerza. Es la clase de médico a quien no le importa qué trata, tanto le da una vaca como un hombre, y ni la huella había en él del don de la palabra que consuela, esa promesa que alivia y que los pacientes necesitan tanto como nuestros medicamentos. Doy por sentado que esto es una confidencia. Si lo encuentran, lo más probable es que se niegue a recibirlos.

Recuerdo que, después de esto, Donne y yo bajamos por Broadway, inmersos en el calor del atardecer. El aire parecía suspendido, inmóvil, cargado con la esencia específica que

proyectaba cada botica, cada tienda, cada restaurante, cada taberna. Y así caminamos a través de los reinos invisibles del
café, los pasteles, el cuero, los cosméticos, los chuletones a las
brasas y la cerveza… a punto tal que, sin ninguna autoridad
científica, me sentí inclinado a aprobar la teoría del miasma
de la infección cimótica. Ambos estábamos singularmente eu-
fóricos. Me sorprendió que me causara tanta gracia el paso de
zancuda del andar de Donne. Su sombra era más larga que la
de ningún otro. Era el atardecer; en las bocacalles, columnas
perceptibles de sol cruzaban Broadway. Las calles transversa-
les, libres de tráfico, eran corredores de sol… Podía ver el aire,
hecho de cenizas, que se movía entre las filigranas de las escaleras de emergencia y los cables del telégrafo. Las tiendas derramaban señoras cargadas de paquetes, los porteros de los
hoteles llamaban a los coches de alquiler con sus silbatos; la
ciudad preparaba su vuelco en la noche. Caminábamos en medio de una multitud abigarrada… había hombres de andar resuelto y quienes arrastraban los pies, había cojos y también
pordioseros, estaban los piropeadores de damas, los fabula-
dores de historias, los que escuchaban las historias, los que se
apretaban las manos en momentos de piedad abrumadora. Un
negro tullido, sobre una tabla con ruedas, se abría paso con
grosería entre las piernas de los demás… Un hombre disfra-
zado de Tío Sam regalaba caramelos a los niños… Un milenarista de largos cabellos se movía con lentitud en medio de
los que iban de compras, el versículo del día escrito con tiza
sobre las pancartas que, colgadas de los hombros, le cubrían
el pecho y la espalda; el canturreo de los tranvías; la trápala de
los tiros de los carruajes… En mi júbilo por lo que ahora sabía
sobre este médico arrogante, este científico frío e impaciente
con los hombres corrientes de su profesión, miré con afecto el
mundo que me rodeaba y me sentí henchido de un amor des-

acostumbrado por mi ciudad, pensé en ella como si fuera mía y me lamenté por mi colaborador desaparecido, me lamenté de que su Broadway no fuera esta, sino la avenida del ómnibus blanco de los fantasmas.

Supongo que todo aquel sentimiento era la emoción de la pesquisa, aunque entonces no lo sabía. Es algo así como un sentimiento frío, egoísta... Se dejan en suspenso todas las consideraciones hacia el sufrimiento. El nombre Sartorius es latino, claro está, pero es originario de Alemania. Aprendí esto escaleras arriba, en la planta de los linotipistas, en el *Telegram*. Los linotipistas lo sabían todo. Eran mayores que los reporteros y recordaban los primeros tiempos, cuando ellos mismos recogían las noticias que luego ponían en letras de molde, lo que hacía que solo sintieran desdén por la nueva profesión de periodista. Me volvían loco cuando se tomaban atribuciones de editor con los textos que les enviaba arriba; pero si quería saber algo, era a los linotipistas a quienes preguntaba. Así fue que me enseñaron que, cuando surgió la burguesía en la Alemania medieval, los artesanos que deseaban verse elevados en su rango social adoptaban la forma latina de los nombres de sus oficios. El molinero se convirtió en Molitor; el pastor, en Pastorius, y el sastre, en Sartorius.

Razoné entonces que nuestro latinizado médico alemán podía haber llegado con las grandes inmigraciones, posteriores al fracaso de las revoluciones democráticas de 1848. Su educación era europea, lo cual podía explicar, al menos en parte, su deseo de no mezclarse con médicos de formación americana. Y si había sido un insurrecto del cuarenta y ocho, seguramente se había unido al ejército del Norte, como muchos de ellos hicieron.

Ustedes saben lo que es Washington... Para cuando el Comando Médico del Ejército de los Estados Unidos de América respondió a nuestras preguntas, la información que nos dieron era, desde luego, inútil a cualquier fin práctico… Pero sí me sirve aquí para iniciar el trazado de la curva de la parábola de un alma altisonante. Cuando, en 1861, el doctor Wrede Sartorius pasó su examen para entrar en el cuerpo médico, fue el mejor de los aspirantes. Se le otorgó el grado de primer teniente y cirujano auxiliar destacado en el IX Regimiento de Infantería de la Segunda División del Ejército del Potomac, a las órdenes del general Hooker. Estos fueron los combatientes de Chancellorsville, de Gettysburg, del desierto, de Spottsylvania y de Cold Harbor.

Su hoja de servicios era espectacular. Felicitación tras felicitación. Había operado en hospitales de campaña bajo el fuego enemigo. Sus innovaciones en la práctica quirúrgica se incorporaron al manual del Comando Médico del Ejército. No recuerdo cada detalle, pero se hizo famoso en cada rincón de la milicia. Podía amputar una pierna en nueve segundos, un brazo en seis y, aunque ahora suene horrible, su habilidad combinada con su rapidez —recuerden que no había anestesia— le ganaron la gratitud de cientos de soldados. Al parecer, inventó técnicas que siguen vigentes: escisiones, amputaciones, de la muñeca, del tobillo, del hombro. La pericia con la que trataba las heridas de la cabeza hizo que otros cirujanos requirieran su consejo. Algunas de sus ideas, resistidas por sus superiores, se adoptaron más tarde, cuando la evidencia le dio la razón… De todo… En aquellos tiempos se usaban vendajes de colodión. Él dijo que no: las heridas debían exponerse a los elementos, incluso a la lluvia. Usaba una solución de creosota y, más tarde, ácido carbólico para mantener la asepsia… antes que ningún otro. Diseñó una nueva jeringa hipodérmica. En las terapias postoperatorias, insistió en la necesidad de alimentos frescos y el reemplazo diario de los jergones… lo cual suena obvio ahora, pero por entonces él tuvo que torear a toda la burocracia médica para conseguirlo. Cuando se retiró del ejército, en 1865, ostentaba el grado de coronel cirujano. Era brillante y autoritario y valiente. Es importante que esto se entienda... Entre otras cosas, estamos hablando del noble linaje de lo grotesco. No me interesa la sensiblería que describiría la carrera del doctor Wrede Sartorius como una tragedia personal.

16

A comienzos de aquel mes de septiembre, Edmund Donne, que tenía el informe oficial de la exhumación en el bolsillo superior de su levita, invitó a Sarah a dar un paseo por los parapetos del arca de agua. Resultó un día cálido y diáfano… uno de esos días de otoño que, en Nueva York, son la promesa incumplida del verano… Hay una cierta quietud en días como ese, la quietud del agua entre dos marcas, y la luz del sol que cae más oblicua otorga una vivacidad intensa y significativa a cada edificio: piedra por piedra, ladrillo por ladrillo, ventana por ventana. Donne se había preparado con esmero para la ocasión, pero el buen tiempo se lo debía a su buena estrella. Apenas si habían pasado las cuatro de la tarde. Noah Pemberton, un alumno nuevo en la escuela pública, había vuelto a casa a las tres, acompañado por su madre… Donne llegó a la calle Treinta y ocho con un regalo para el niño: la preciosa maqueta, en madera de caoba, de un barco. Tenía un solo aparejo, como un balandro; las velas eran de lino y la botavara oscilaba; las bitas eran de latón y la rueda, con agarraderas, era capaz de mover la pala del timón: un batel impresionante que debió de costarle un dineral. Noah lo cargó con ambos brazos y los tres se encaminaron hacia el arca.

Donne nos había pedido que llegásemos a la casa hacia las cinco, a fin de que estuviésemos allí antes de que ellos regresaran: el doctor Grimshaw, Emily Tisdale y yo... para esta vigilia invertida. En una visita anterior, hacía unos días, Donne, de uniforme, había hablado con los sirvientes. En ausencia de Lavinia Thornhill, que estaba de viaje por Europa, habrían podido envalentonarse para representar los intereses de su señora como les pareciera más adecuado... pero se les hizo entender que ahora la señora Pemberton y su hijo estaban bajo protección de la policía municipal, lo cual, según se lo mire, era cierto.

El hecho es que... en el transcurso de las dos o tres conversaciones que habían sostenido Donne y Sarah Pemberton, así como en la correspondencia que mantenían casi a diario... se habían puesto en guardia el uno contra el otro, con esa especie de concentración tan singular que caracteriza a los pares complementarios, se trate de pájaros, de animales de pastoreo o de personas. En lo que a mí respecta, hace largo tiempo que me he contentado con vivir a solas con mis juicios y mis sentimientos... pero reconozco que la vida cambia al compás de los deseos, según se contengan o se liberen... y las situaciones no se mantienen estables. No estoy del todo seguro de haberme dado cuenta de lo que pasaba entre ellos hasta el día del que hablo ahora... pero, cuando nosotros tres los estábamos esperando y volvieron del arca de agua... y el té a la inglesa estuvo listo para servirse... se me apareció tan claro como si lo hubiese leído en los titulares del periódico.

Muchos años después, durante una cena, Noah Pemberton me sugirió que él había creído que su madre y el capitán Donne se conocían de antes... que acaso el capitán Donne hasta hubiese sido el rival de su padre en la petición de matrimonio... un rival malogrado, si esto era así, pues carecía de fortuna. Se basaba en uno o dos retazos de conversación que había entreoído aquel día a orillas del arca: «Ahora, ambos han desaparecido, señora Pemberton... y el tiempo ha vuelto sobre sí mismo para transformarla otra vez en una niña venida a menos y el joven cuya cabeza toca las estrellas tiene de nuevo la ventura de sentarse a su lado», u otras palabras, igualmente embarazosas, con ese mismo sentido. Pero no estoy convencido. Según su propia descripción, aquel día el ánimo de Noah estaba... sitiado... por la adversidad. Además, la impasividad de Donne cuando recurrí a él por primera vez con la noticia de las penurias de la familia Pemberton habría rozado lo inhumano.

En cualquier caso, en el arca, el chico aprendió de Donne a observar las ondas del agua para descubrir qué dirección tenía el viento y a fijar la vela y el timón de acuerdo con el rumbo que quería darle a su balandro de juguete.

—Después —me contaba Noah—, me tiré al suelo boca abajo y lo boté con un empujón suave. ¡Ay, qué ilusión me produjo aquello! A menudo, había observado a los chicos que hacían navegar sus barcos en el arca. Ahora yo tenía el mío y era mejor que cualquier otro. Corrí a lo largo del terraplén; lo seguía, corría alrededor del cuadrado inmenso para llegar a su encuentro en el sitio donde yo creía que haría puerto. Lo vi navegar a toda vela a favor del viento y descubrí que no me gustaba tanto como cuando, con el viento de bolina, se veía obligado a ceñir haciendo bordadas o cuando navegaba de través. Ensayé, una y otra vez, hasta alcanzar el ideal de una navegación lenta y decidida que ponía de relieve su temple... en la manera en que encapillaba las ondas y, aun así, seguía adelante. Me recosté al sol sobre el parapeto, con la cabeza apoyada en la mano, y esperé a que surcara, lento y seguro, aquel... océano... flotante de luz... que eso parecía.

»Ahora bien, a través de todo este... cambio de nuestras circunstancias —continuó Noah— mi inocencia infantil actuó como un regulador de todas mis heridas y mis miedos. Lo que comprendí, aunque era incapaz de expresarlo en tantas palabras, fue que habíamos descendido en la escala social. Vivíamos de la caridad de mi tía, una anciana con peluca a quien no le gustaban los niños. En la escuela, aunque llevaba ropa mejor que mis compañeros, formaba con ellos en las mismas filas, y me apartaban y empujaban de un lado a otro con una… despreocupada imparcialidad. Enseguida me di cuenta de que en una clase de cuarenta niños, mi profesor no me reconocería gracias a los encantos de mi inteligencia… En Ravenwood, había tenido tutores cuyos elogios constantes, sumados al más absoluto deleite pedagógico de cara a mis logros, eran tributos a la riqueza de mi padre. Pero, si he de ser justo, la escuela pública no me intimidó, por el contrario… me reanimó… Desarrollé una predilección por los modales bulliciosos de los chicos de la escuela pública… aunque no lo confié a mi madre. Me llevaba allí cada mañana: a la Escuela Primaria Número Dieciséis… y me esperaba a la salida cada tarde para acompañarme de vuelta a casa. Le preocupaba que la compañía de otros niños pudiese perjudicarme. Desconfiaba de la ciudad y de todo lo que le perteneciera.

»De cualquier modo, mientras yo miraba mi barco maravilloso en el océano, detrás de mí, sentados en un banco, mi madre y el capitán Donne conversaban. Había entreoído algunas frases sueltas mientras me seguían en su paseo y yo iba y venía a toda carrera para contarles los pormenores de la navegación de mi velero. Pero, en el torpor que me producía la dicha, oí más que eso. Lo acogí sin pensar en ello… creo que fue la conversación más extraña, más aterradora que haya oído jamás. Su sentido se me fue revelando gradualmente. Pensé que el cielo se oscurecía, aunque todavía era bastante azul. Fue como si mi alegría infantil se escurriera del universo. Imaginé que las voces llegaban desde mi barco, que mi barco hablaba mientras navegaba hacia mí con una carga de secretos adultos y misterios descorazonantes... me enteraba de que estábamos en la indigencia porque así lo había querido mi padre. Había sido un acto deliberado. Éramos pobres y no teníamos hogar porque esa era su voluntad. Y toda su fortuna, la había puesto en algún otro sitio... nadie sabía dónde. El capitán lo había descubierto. Y había elegido un día soleado, a orillas del agua, para comunicarnos esta noticia atroz. Alguien, un oficial de policía, o un oficial de justicia, tanto daba, había escrito el informe. Y el informe contenía lo peor de todo. ¿Qué era? ¿Mi hermano Martin había muerto? Me costaba respirar. ¿Moriríamos todos? Si alguien había asesinado a mi padre y a mi hermano... ¿era mi turno ahora?

»Me incorporé y, sentado en el suelo, me volví para mirar a mi madre. Sostenía una hoja de papel sobre el regazo y leía, totalmente inclinada, como si tuviese dificultad para ver. Levantó la mano y se retiró los cabellos de la frente a fin de despejarse los ojos. Oí su suspiro sofocado. Levantó la cabeza y nuestras miradas se cruzaron... Mi madre, hermosa y serena, se había vuelto de cenizas. El capitán le tomó la mano. "Ahora, ambos han desaparecido, Sarah... y el tiempo ha vuelto sobre sí mismo para transformarla otra vez en una niña venida a menos... y el joven cuya cabeza toca las estrellas tiene de nuevo la ventura de sentarse a su lado." Busqué mi barco en la claridad deslumbrante del agua. Deseaba que hubiese naufragado. Estaba furioso con el capitán porque me había regalado un balandro de juguete como si yo fuese un niño estúpido...

Mi recuerdo es que, cuando llegaron, Noah se marchó escaleras arriba con su velero. En ausencia de la señora Thornhill, Sarah se sentía libre de correr las cortinas de la sala y levantar las hojas de las ventanas para que entrase el aroma fragante de la tarde. Se sirvió el té y nosotros allí, sentados como dolientes... exprimiendo nuestro ingenio para que pronunciase las palabras de consuelo que son de rigor... aunque la afligida viuda venía de enterarse de que su marido estaba entre los vivos.

Donne, con anterioridad, había informado a Emily Tisdale y al reverendo Grimshaw de lo esencial. Que, en apariencia, la muerte de Augustus Pemberton había sido fingida... con qué fin, no se sabía. Que había estado enfermo, enfermo de gravedad, pero que los preparativos realizados señalaban las inquietudes de alguien... dispuesto a quedarse. Que Martin, de hecho, lo había visto y se creía que había buscado una confrontación con su padre... tras lo cual había desaparecido... dónde, nadie lo sabía aún.

La idea de Donne era que, ante semejantes revelaciones, Sarah necesitaría del apoyo y el consuelo de los amigos de la familia... cuánto desaliento, cuánto desaliento; la sola familia, su sola idea, su solo nombre... aniquilados en ella. Y, sin embargo, sentada con la espalda erguida y la barbilla alzada, cualquier sospecha de... indolencia borrada por la postura, las manos entrelazadas en el regazo... ausente el color de su noble rostro, por todo lo demás parecía intacta a pesar de aquellas... nuevas. Claro que había ido sucumbiendo a ellas por etapas. Había tenido una vaga noción cuando autorizó la exhumación. La pérdida de su marido era interminable... así en la muerte como en la vida. Se había confirmado que su indigencia era el resultado de una acción deliberada. Sus ojos de color azul pálido parpadeaban, pero su boca rotunda no tembló. Sarah era la mujer humillada en lo más hondo por la defraudación absoluta de su vida. Pero mostraba la compostura de una reina a quien han informado que uno de sus ejércitos ha sido vencido.

Y lo que Edmund Donne, en su timidez, no había considerado... no había tenido en cuenta... era su propia importancia para Sarah, en tanto que él traía otra clase de nuevas a su espíritu. No dejaba de mirarla. Y mientras ella nos hablaba a todos en su contralto sereno, sus miradas dejaban claro… o ciertas vacilaciones cuando se dirigían el uno al otro… Bueno, ¿cómo llamaríamos a esa cosa tan vulgar…?, ¿a esa vivacidad reanimada por otra persona que llega con espontaneidad, sin solicitación y que está hecha de la noción de un porvenir…? Porque basta pensarlo un poco: vivimos más que nada por hábito… a la espera… sostenidos por placeres momentáneos… o por la curiosidad… o por energías difusas y sin esperanzas… que incluyen la malevolencia… pero no por esta noción corroborante de un porvenir, cuyo zumbido se presenta en esa vivacidad secreta que es obvia para todos excepto para los dos… idiotas… cautivos de sus miradas. Así pues, había noticias del futuro de Sarah al lado de las columnas que informaban de su exterminio.

No sugiero aquí que esta fuese una medida de orden práctico para ella: depositar su confianza en Donne… y en lo que él pudiese hacer por ella. Si lo que Noah me contó años después… si él no se equivocaba y ambos estaban reanimando los sentimientos del uno por el otro, los de Sarah habrían rezumado mortificación… expiación… una percepción de su vida junto a Augustus Pemberton como el dulce castigo por la elección errónea… por el amor desatendido. De ser así, creo que yo lo habría percibido. En la hipótesis opuesta, la diferencia social entre la mujer de Augustus Pemberton, ¡una Van Luyden!, y un policía de la calle habría sido infranqueable. Y esto tampoco era así. Si la situación coincidía con la descripción de Noah, ¿era posible, entonces, que Donne hubiese tenido otro destino que el de trabajador municipal? ¿Era ella la causante de aquella devoción por una vida inadecuada? No lo sé… No lo sé.

Pero lo cierto es que, por supuesto, éramos los demás quienes necesitábamos consuelo. En medio de la charla intrascendente, Emily Tisdale dijo a Donne:

—Aún no sabe dónde está Martin… ¿por qué no lo busca?

Antes de que él pudiese contestar, ella se había puesto en pie y se paseaba de un lado a otro, de la misma manera que solía hacerlo Martin cuando pensaba en voz alta... con las manos cerradas en puños diminutos, recorría el salón.

—Discutieron. Lo desheredó. Fue triste, fue desgraciado, pero ocurrió. ¿Por qué no terminó todo allí? Pero no, ¡tienen que seguir! ¿Quién puede vivir... a quién le está permitido vivir cuando estas... monstruosidades continúan? Martin lo tiene en tanta estima —gritaba, con esa voz cascada que era tan atractiva—. No cabe en la imaginación todo lo que habría podido alcanzar de no haber sido por este pozo atroz... del que ha tratado de salir durante toda su vida. Sí, es como si hubiese caído en un pozo. ¿Dónde está? ¿Qué le ha pasado?

—Lo razonable es suponer que haya buscado a Eustace Simmons, el... hombre de confianza de Augustus Pemberton —contestó Donne.

—Pues bien, busquemos también nosotros a este... hombre de confianza.

—Eustace Simmons no se deja encontrar dos veces.

—¿Qué debe hacerse? Todos... todos ellos están en alguna parte, ¿o no? ¿Vivos o muertos? ¡Encuéntrelo! No me importa... Dios mío, te lo ruego, concédeme que sea una cosa o la otra... puedo entender lo uno y lo otro. Estoy dispuesta a casarme con Martin o a llorarlo. Estoy lista para el duelo. ¿Por qué esta familia... monstruosa... más que monstruosa... no me permite ni siquiera eso?

—Y aun así, es tan extraño... ni siquiera ahora he dejado de sentirme parte de esta familia —dijo Sarah Pemberton, en señal de aprobación a las palabras de la joven y, en ese instante, Emily se arrojó a su lado sobre el sofá y lloró. Sarah la abrazó, miró a Donne y le dijo—: Encontraremos a Martin, ¿verdad? No quiero creer que he ofendido al Señor al punto de que Su designio en mí sea una depresión del alma... una cavidad de imperfección en la cual las calamidades se acumulan y se acumulan.

Durante todo el rato, el reverendo Grimshaw no había dicho nada. Ceñudo, cruzado de brazos, miraba el suelo con fijeza. Yo no sabía qué actividades había desarrollado desde la primera vez que nos habíamos visto... ¿aconsejaba a Sarah, consolaba a la señorita Tisdale?, pero lo que sí sentí en aquel momento fue la superioridad de mi propio papel, en tanto era yo quien había introducido a Donne en el asunto y había aclarado algunos puntos... al menos hasta aquí. Supongo que fue una experiencia fuera de lo común para un periodista esta de sentirse, por un instante, más virtuoso que un sacerdote.

Pero entonces habló... impaciente, obviamente desconcertado.

—Esto supera cualquier entendimiento cristiano. Admito mi incapacidad de entenderlo desde la fe... lo cual resulta una prueba de la misma fe. Como usted sabe, señora Pemberton, tuve el más grande de los respetos por su esposo. Fue amigo mío. Un benefactor de Saint James. No vindico que la suya haya sido una vida irreprochable... pero la amaba y amaba al hijo que usted le dio. Lo oí de sus propios labios —dijo, y se dirigió luego a Donne—: Augustus era... tosco... no siempre consciente del impacto de sus palabras sobre sensibilidades más... apacibles. No lo discuto. Hasta llegaría a garantizarle la ausencia de un criterio ético claro en su conducta como empresario... una tendencia a mantener su alma cristiana aquí —Grimshaw señaló un lugar por encima de su propia cabeza— y sus prácticas mercantiles allá —y señaló el suelo—. Aceptemos eso, que era... como la mayoría de los hombres de negocios, los inversores, los empresarios, los industriales... complejo... contradictorio... y capaz de abarcar todos los matices del sentimiento humano, desde el más noble hasta el más reprobable. ¡Pero esta… conspiración que usted sugiere! ¿Que haya fingido su muerte con el solo objeto de dejar a su familia en el abandono y la indigencia? En la indigencia… aunque, por algún motivo, usted no sabe dar razones… yo, pues yo, así de simple, no veo cómo se casa este… paganismo… no sé de qué otra forma llamarlo… con el Augustus Pemberton que conocí, a pesar de todas sus… cristianísimas… imperfecciones.

Quise saltar sobre esto, pero Donne me detuvo con un gesto. Se veía ridículo sentado en una de las sillas auxiliares tapizadas con punto de cruz de la señora Thornhill, con el cuerpo como plegado detrás de los arcos que formaban sus rodillas.

—No estamos adscribiéndole al señor Pemberton que haya… tramado su propia muerte para dejar a su familia en el abandono.

—¡Si no es eso, qué es lo que está usted haciendo, señor! ¿Cuál es el propósito de esta… especulación?

—Está lejos de ser una especulación, reverendo. En el Registro Mercantil hay una hipoteca en la que es posible constatar que, más o menos un año antes de su enfermedad fatal, el señor Pemberton alienó la residencia de Ravenwood a favor de un grupo de negociantes en bienes raíces por la suma de ciento sesenta y cinco mil dólares… También descubrimos que vendió su plaza en la Bolsa y su parte en una compañía naviera brasileña, además de otros intereses. Nos vemos obligados a concluir que, cuando se enteró de que era un enfermo grave, el señor Pemberton trató de liquidar su patrimonio.

—¿Quién es usted para llegar a ninguna conclusión, señor?
—El reverendo Grimshaw se dirigió entonces a Sarah—: ¿Por qué tengo que oír semejantes cosas de boca de… policías? ¿Por qué la viuda del señor Pemberton se ha mancillado con semejantes… relaciones…? La policía y —me miró a mí— la prensa. ¡Dios se apiade de nosotros! Mi querida amiga, ¿tan amarga le resulta la

pérdida de su hogar que no ha considerado ningún otro recurso más que la profanación de la tumba de su esposo?

—No es su tumba la que hemos profanado —interrumpió Donne—, ya que él no estaba allí. Hemos profanado la tumba de algún otro.

Donne lo había dicho con el tono de quien constata un hecho, era incapaz de ninguna otra cosa en esta situación, pero Grimshaw lo oyó de otra manera.

—Así que, en su visión de ministro de la querida y brillante iglesia de los municipales, Martin Pemberton es nuestro profeta… y la sombra de Augustus se pasea por Broadway a bordo de un ómnibus del transporte público.

—Acaso, reverendo, quiera usted considerar todas las circunstancias a la vez, tal como yo lo he hecho. Ni el padre ni el hijo están donde debieran… uno muerto, pero ausente de su tumba, o muerto oficialmente en los registros… el otro, un presunto lunático, desaparecido a la caza de una aparición… los deudos, herederos de una fortuna que ya no existe… Ahora, cuénteme su interpretación.

Emily, que ante estas palabras se había incorporado en el sofá, estaba sentada junto a Sarah y ambas mujeres, razonablemente compuestas, esperaban la réplica de Grimshaw… al igual que nosotros la esperábamos. En ese instante comprendí, como deben de haberlo comprendido ellos, que las investigaciones de Donne habían provisto alguna clase de respuesta… que donde antes todo había sido caos y perplejidad y dolor, ahora se entendía que algo inteligible… un acto… se había perpetrado… un acto deliberado o una serie de actos… con los cuales podíamos recomponer el mundo en las categorías reconfortantes del bien y el mal. Y sentí las primeras agitaciones de una percepción compartida… que el hijo, el novio, el desaparecido, estaría entregado a algo heroico.

El rostro pequeño y nítido de Grimshaw era un rubor completo y uniforme bajo su mata de pelo plateado. Me imaginé que podía ver los finos vasos sanguíneos apresurándose hacia la superficie de la piel, como feligreses que llenan las filas de bancos. Nos miró uno a uno. Lo percibía excesivamente materializado en ese instante de su angustia, al menos para mi gusto. No me agradaba ver su cruz de oficio trepándose a su chaleco con cada inspiración aguda y somera. Tenía la boca apenas entreabierta. Se quitó los impertinentes y los repasó con un pañuelo y aquello fue como si se hubiese desnudado. Me habría encantado suponer que sus brillantes ojos azules eran una composición teológica inalterable. Se había creído la autoridad ritual que presidía sobre la vida y la muerte. ¿Qué habrá sentido... transformado en víctima, al igual que Sarah y su hijo? ¿La experiencia de la profundidad que hay en la humillación... como si nunca antes se hubiese experimentado a Cristo?

Se volvió a colocar los impertinentes y guardó el pañuelo en el bolsillo. Con su voz clara, dijo:

—He hecho votos que me obligan a buscar el sufrimiento... y a abrazarlo... a aceptar la carga y hundirme hasta las rodillas bajo su peso. Consolaré y rogaré y absolveré y celebraré los santos oficios como un sacerdote de la iglesia de Cristo, donde el sufrimiento llega con la misma regularidad que el día y la noche. Pero esto... esto tañe dentro de mí como un cataclismo. No estoy preparado... No estoy preparado. Siento la necesidad de la plegaria antes de que llegue la comprensión, y a Dios me encomiendo... para que me permita oír la llamada de Jesucristo en algún sitio... entre estos... estos blasfemos llamados Pemberton —y alzó la vista para mirar a Sarah—, cuyo retorcido magnetismo amenaza con destruir a todos los que han acudido en su socorro... incluido su propio pastor.

Claro que se equivocaba el reverendo cuando pensaba que

aquello era un asunto de la familia Pemberton. Todos nos equivocábamos en tanto pensábamos que aquellas desgracias estaban circunscritas a una... familia blasfema. No me habría extendido como lo he hecho, a mi avanzada edad, si este no fuera más que un cuento periodístico extraño sobre... la conducta aberrante de una familia. Les pido que por el momento me crean, ya lo probaré; mi colaborador no era más que un reportero trayendo noticias, como el mensajero del teatro isabelino... el portador de información esencial, todos los ojos puestos en él mientras daba las desgraciadas nuevas... pero a pesar de tan valiente servicio, solo un mensajero.

Nuestra pequeña reunión no había salido tal y como Donne quería. En consecuencia, decidió hacer un uso práctico de aquella ocasión y oír una vez más las descripciones de Martin del ómnibus blanco que se abría paso en la tormenta de nieve en la calle Cuarenta y dos... y subía por Broadway bajo la lluvia. Todo lo había oído de tercera mano... mi versión de lo que Martin había contado a Emily y a Charles Grimshaw. Los interrogó con franqueza. Y así fue que, una vez más, el coche del transporte público hizo rodar sus ruedas en la nieve, en la lluvia, en nuestra imaginación, y para cuando hubimos concluido, yo no pensaba en Augustus Pemberton sino en los demás ancianos que compartían con él aquel vagón oscuro.

Donne lo había pensado y meditado por algún tiempo. Pero a mí me llegó como una revelación.

Diré aquí, a modo de adenda, que la labor de Grimshaw como rector de Saint James dio un vuelco para mejor desde aquel día en que conoció la desesperación. No estoy seguro de que se haya debido al golpe que la tumba vacía del benefactor de Saint James le asestó a su fe... o contribuyó a ello que, frente a su iglesia también vacía, se manifestaran todos aquellos profetas milenaristas: shakers y adventistas, mormones y milleristas...

pero el pastor que tanto apreciaba las confirmaciones históricas de los acontecimientos bíblicos subió al púlpito el domingo siguiente y soltó un sermón tonante, del que dieron cuenta varios periódicos. Yo mismo escribí sobre él en el *Telegram*; no es que fuera mi intención, ya que aquella mañana me había acercado a Saint James en ese estado de exuberancia de la imaginación que solemos llamar sospecha. Me había preguntado si Grimshaw no sabía algo más acerca de nuestra obsesiva preocupación y había ido a la iglesia a fin de observarlo con detenimiento.

Por curioso que parezca, en aquellos días los sermones tenían categoría de noticia. La edición dominical de los periódicos se llenaba de sermones... los extractos más sustantivos y hasta los textos completos de los sermones ejemplares que se daban desde los púlpitos de toda Nueva York. Los miembros de la clericatura gozaban de la consideración que se otorga a los dignatarios de la ciudad y se suponía que los enunciados religiosos tenían aplicación en los asuntos públicos de actualidad. Había sacerdotes reformistas que, como el reverendo Parkhurst, se empeñaban en derribar al gobierno de Tweed y famosos sacerdotes teatrales, como el reverendo Henry Ward Beecher, hermano de Harriet Beecher Stowe, la autora de *La cabaña del tío Tom*. Mi buen Charles Grimshaw no era tan eminente, pero no fuimos pocos quienes tomamos nota de lo que dijo aquel día... lo cual atrajo nuevas caras al servicio de la semana siguiente... y así comenzó una carrera, digamos, de domingos cada vez más concurridos, cuya mayor atracción era la novedad de un pastor que se había convertido a sus propias certezas presbiterianas.

—Nos sitian por todos los flancos, hijos míos, por todos los flancos... Nos sitian los científicos de la Naturaleza, cuya ciencia es contra natura; nos sitian los teólogos cuya teología es blasfema... y así estos hombres letrados, ay tan letrados, cierran contra nosotros como un círculo de bailarines paganos se cerraría alrededor del misionero que se prepara para la olla.

A su voz aún le faltaba resonancia, pero de sus impertinentes brotaba el fuego. Pensé que sobresalía más que de costumbre por detrás del facistol, que acaso se habría construido una plataforma con himnarios.

—He aquí lo que nos cuentan: que el hombre, a quien Dios otorgó dominio sobre los pájaros y las bestias y los peces de la mar, en realidad desciende de ellos, de manera que el primer simio se puso en pie sobre las patas traseras de un mamut y, cuando perdió el pelo, allí estaban Abraham e Isaac y, Dios se apiade de sus almas, el mismísimo Jesús.

»O, de acuerdo con estos estudiosos que buscan la corroboración de la Palabra Divina en cuentos que nos son ajenos… o que analizan el estilo de las Escrituras… Moisés no es el autor del Pentateuco… sino que varios escritores después añadieron y añadieron, cada cual su propia versión de la Palabra… hasta que, cientos de años más tarde, todo fue enmendado por el autor esencial, R, ¡el Redactor! No, hijos míos, no el Resucitado, no el Revelador de toda verdad, de todo ser, no el Resucitador de cada soplo que jamás se haya inspirado, no el Rey creador del infinito Reino… sino el mero redactor, una miserable rata de biblioteca que, con sus diccionarios y sus etimologías, tomó sobre sí la erección de nuestra religión.

»Mis queridos feligreses, es tan asombroso que… deberíamos reírnos francamente de estos… paganos presumidos, si no encontrasen audiencias respetuosas en las academias y en los seminarios teológicos.

»Pero no desesperéis… porque aun en sus colegios impíos hay científicos y estudiosos que, impertérritos, declaran la fe… y encuentran en la más novedosa evidencia científica la mayor gloria de Dios. Así pues, estas son nuestras buenas nuevas en la mañana de hoy: En primer lugar… que la creación del mundo en siete días por nuestro Señor, tal como lo afirma el Génesis, no queda refutada por las rocas que tabulan los geólogos, cuya formación tomó miles de años... ni por los fósiles arcaicos que los zoólogos encuentran en ellas... porque la palabra hebrea que corresponde a día no define ninguna duración particular del tiempo y los días creativos de Dios pudieron separarse por eones de su pensamiento... pensamiento infinito versículo por versículo. Entonces, no fue en la cronología humana, sino en la de Dios, que retoñaron sus designios... Porque, ¿hay alguien capaz de imaginar que... todo cuanto estudiamos, desde las profundidades del océano hasta las constelaciones estelares, en su composición química, en su taxonomía y en su... evolución... se debe al puro azar de un acontecimiento caótico? ¿Que no es Dios ensayando su pluma con el fin de dibujarnos, en nuestra superioridad sobre todas las criaturas, a partir del lodo de la tierra? Pues es esto lo que dice nuestra verdadera ciencia natural y ante esto, digamos todos... amén.

»Y en segundo lugar, en lo que respecta a nuestros estudiosos de la Biblia, los de los seminarios teológicos, esos que han devenido críticos literarios y colocan su falso ídolo, su Redactor infame, su Anticristo, en el lugar del Señor... Los vigilaremos, porque sus vindicaciones estallan en nuevas vindicaciones, en el hallazgo de nuevos cuentos, en el descarte de otros, en madrigueras que cavan para encontrar su camino a través de los dialectos del griego, del arameo, del sumerio, del hebreo... en su búsqueda insaciable de la... verificación... Y los habrá por cientos mañana, y por miles al día siguiente, todos parloteando sin sentido en sus lenguas eruditas... que silenciaremos con el trueno de nuestros cánticos de alabanza al único Autor del único Libro... y por ellos oraremos, en Dios, a quien suplicamos misericordia... en el nombre de Su único Hijo, Jesucristo, que murió por nuestros pecados. Y ante esto, digamos todos... amén.

17

Aunque los sermones se publicasen con respeto en los periódicos, aunque hubiese gran cantidad de iglesias y los chapiteles sobresalieran por doquier en el horizonte urbano, no era la imagen de Cristo sino la de Tweed la que se adhería a las formas cambiantes de las nubes, al color de las estaciones… la imagen rectora, la vara por la que nos medíamos… el rostro de nuestro tiempo. El empeño, o acaso la dura prueba, de algunos de nosotros —no los suficientes, al parecer— era abandonar aquella horrenda dignificación colectiva de la que él era apoteosis. Podía imaginarlo, en privado, en los momentos de satisfacción de todos sus apetitos materiales, sentado en su mansión de millonario de la calle Cuarenta y tres… rotundamente triunfante en todos los latrocinios emprendidos… y aun así ratificar que la esencia de su naturaleza era descarnada. Sentía la presencia atroz de su sombra en leve cabalgata alrededor de nuestros hombros y nuestras cabezas… o alojada en el principio de las fauces, detrás de la garganta, como algo vago pero tenaz instalado en nosotros… la deidad de nuestras extorsiones flagrantes.

Para no abusar de su paciencia, déjenme asegurarles que, al final, todas las columnas coincidirán y podrán leerse a través de la página… como los signos cuneiformes tallados en la estela. Había llamado a uno de los colaboradores que esperaban en la barandilla que separaba mi despacho de la redacción y le había asignado la tarea de recorrer nuestra morgue del sótano, en busca de cualquier suelto que informase sobre hombres de fortuna que hubiesen muerto sin un duro. Donne estaba embarcado en su propia investigación. Teníamos la esperanza de que, en nuestra persecución de la verdad, identificaríamos a los compañeros de paseo de Augustus Pemberton... Las facciones de la... logia, o de la hermandad, de la cofradía fúnebre... del ómnibus blanco. Pero en lo referente a sus motivaciones, no sabíamos más que Martin cuando pasaron a su lado en la nieve. Solo Dios sabía dónde estaban. Lo único que yo sabía era que no se los encontraría en sus sepulturas.

Pero aun cuando nuestra búsqueda de Martin continuó... Pues bien, debo recordarles que no éramos matemáticos trabajando con pensamiento numérico en estado puro... Teníamos empleos, obligaciones... Asumíamos nuestras responsabilidades... que siempre nos parecían... divergentes. Y, al menos uno de nosotros, trataba de vivir con sus devociones.

Un día, un hombre llamado James O'Brien entró en mi oficina. Su cargo: sheriff del condado de Nueva York. Era un puesto lucrativo, porque el sheriff se cuidaba de todos los impuestos que recaudaba. Había sido nombrado, es obvio, por Boss Tweed. O'Brien pertenecía al Ring... contumaz en su ignorancia, grosero, taimado, con esa especie de inteligencia bruta de los políticos... pero con la rectitud adicional que le otorgaba su cargo y le permitía dar un impulso punitivo a todas sus transacciones. Sabía que O'Brien había emprendido un par de cosas que desafiaban el poder de Tweed en el partido Demócrata, y había fracasado... por eso, cuando llegó sin haberse anunciado y se sentó frente a mí y se enjugó la calva con la mano y encendió un puro, cerré la puerta para aislarme de todo el ruido y las distracciones que venían de la redacción y me senté a mi escritorio y le pregunté en qué podía ayudarlo.

Justo por esos tiempos, Tweed comenzaba a exasperarse a causa de los ataques que recibía en el *Harper's Weekly* de la mano de un caricaturista político llamado Nast. La mayoría de sus electores no sabía leer y por eso no prestaba la menor atención a lo que se escribiera sobre él. Pero una caricatura que lo mostraba como a un gordo ricachón plantado con sus botas en el cuello de la Libertad era, de alguna forma…, iluminadora. *Harper's* también tenía una editorial de libros… De pronto, sus libros de texto se prohibieron en todas las escuelas municipales.

Tweed podía irritarse, pero era más o menos invulnerable porque todas las críticas eran pura inferencia o conjetura. Nadie tenía la evidencia inculpatoria. Controlaba el gobierno al completo, incluso el poder judicial, y contaba con la lealtad, si no con el amor, del *hoi polloi*. A los inmigrantes recién salidos de los barcos los enviaba a sus juzgados, donde al instante sus jueces los naturalizaban y convertían en ciudadanos con derecho a voto. A sueldo de Tweed estaba el setenta y cinco por ciento de la oposición republicana del condado. Sus sobornos eran legión y nada parecido a una evidencia se había esgrimido jamás en su contra. Un día, dirigiéndose a unos reformistas, les dijo: «Bien, ¿y cómo lo piensan cambiar?».

Y ahora, aquí estaba el sheriff O'Brien, taciturno y cruel, sentado frente a mí. Me acordé del gran poema anglosajón «Beowulf», escrito para edificación de los jóvenes caciques. Una de sus más importantes lecciones primigenias es que, si se ha de mantener el poder, hay que compartir el botín. La de Tweed era una política arcaica, salvaje; entonces, ¿quién conocería mejor esta vieja lección? Sin embargo, aquí estaba este O'Brien, absurdamente desdeñado por su padrino Tweed… y sobre sus rodillas sostenía un envoltorio de papel marrón atado con cuerda de cáñamo que, él aseguraba, contenía toda la información, copiada de los libros contables, que demostraba la verdadera naturaleza extorsiva de las transacciones del Ring, y todo esto debidamente registrado en columnas nítidas: las extraordinarias sumas robadas, bajo qué pretextos, el detallado reparto del botín. ¡Mi Dios!

—¿Por qué hace esto?

—El gran cabrón me ha camelado. Trescientos mil verdes. No los pagará.

—¿En concepto de qué debía pagarlos?

—Es mi parte legítima. Se lo advertí.

Era un chantajista justiciero este O'Brien. No me cabía duda: Tweed estaba obligado a tratar con muchos hombres ambiciosos y ladinos, ¿por qué este en particular se había convertido en un problema? El éxito colosal de su fraude, su perfección, su sistematización, esa maquinaria enorme e imperturbable como el motor de vapor de Corliss, tal vez lo hayan incitado a creer... no ya en su invulnerabilidad... más que eso. En la absoluta privacidad de las reflexiones de su conciencia habrá recibido... insinuaciones de inmortalidad. Soy incapaz de pensar en otra explicación para lo que había hecho: despedir a O'Brien sin compensaciones. Esto es justo lo que no se le puede hacer a un conjurado.

El sheriff O'Brien me regaló con su amargura destemplada. Dijo que buscaba un periódico dispuesto a publicar la historia que contaban los números. Le dije que me dejase el envoltorio. Le dije que estudiaría su contenido y que, si era verdadero, el *Telegram* lo haría público. Nadie habría dicho, por la expresión prosaica de mi cara, que yo fuese consciente de lo que había caído en mis manos.

Aquella noche, sentado en mi despacho, leí los libros de la confabulación más desvergonzada y colosal de la historia de la República. Jamás olvidaré aquella noche. ¿Pueden imaginarse lo que significaba para un periodista desgraciado el tener aquello, tinta negra sobre papel blanco, bajo la lámpara de lectura? Porque, después de todo, ¿por qué vivimos? No por la riqueza, por cierto, ni por el esclarecimiento filosófico... Tampoco por el arte, ni por el amor, ni mucho menos por alguna esperanza de salvación... Vivimos por las pruebas, señores, nos desvivimos por tener el documento en la mano... La gloria que buscamos es la gloria del Revelador. Y aquí estaba: todo registrado en columnas nítidas. Creo que lloré de alegría; me sentí tan privilegiado como el erudito que tiene entre manos un fragmento de los rollos mosaicos, o un pergamino con un poema homérico, o un infolio de Shakespeare.

Bueno, para no hacerme pesado... Como ustedes se imaginan, una de las razones por las cuales mantenía tantos periodistas independientes detrás de la barandilla de la redacción y contaba con tan pocos a sueldo era que Tweed siempre cargaba contra los fijos. Tuve un hombre en Albany, que cubría las noticias de la legislatura de ese estado, que un día escribió a favor de una ley que obligaba al monopolio de las compañías de gas a informar de sus ganancias reales y a reducir los precios en consecuencia... y al día siguiente escribió sobre este mismo asunto como si la ley hubiese sido tramada por comunistas europeos. La idea de que se controlase a las compañías de gas tenía gran apoyo en ambas cámaras, pero en el mismo período de veinticuatro horas en que mi hombre cambió de parecer, la gente de Tweed, que lo había sobornado al igual que al resto de los periodistas allí presentes, sobornó también a los legisladores. Por eso no digo que nuestra prensa se mantuviese incólume, limpia y radiante, apartada de la vida corriente de la ciudad. Tweed contrataba publicidad en nuestras páginas: propaganda municipal, innecesaria y muy lucrativa. Lo sabía,

sabía todo esto... Pero creí... creí... que esta historia era tan monumental..., tan abrumadoras las exigencias de la verdad..., y la situación de la ciudad tan precaria..., que la dignidad periodística prevalecería. Pero, por instrucciones del dueño del periódico, el director general no iba a autorizarme la publicación de la historia más importante desde la Guerra de Secesión. Denme un momento para volver en mí... Este recuerdo me abofetea el alma hasta el día de hoy.

No solo el *Telegram*: periódico tras periódico examinó la evidencia y se negó a hacerla pública. El eminente *Sun*, bajo la dirección del eminente Richard Henry Dana, traía en sus páginas los mensajes del alcalde al pueblo... en forma de publicidad... Tenían un contrato en exclusiva para publicar las noticias judiciales en diminuto cuerpo octavo... a un dólar la línea. O bien los editores necesitaban a Tweed, o bien se consideraban sus amigos. Otros temían sus represalias; había toda clase de razones.

Lo que salvaría al periodismo norteamericano de la ignominia sería la muerte de uno de los miembros del consejo directivo del *Times*, que era socio de Tweed en su imprenta. El director sobreviviente, George Jones, y su adjunto, Louis Jennings, se sintieron en libertad de publicar la información.

En cuanto a mí, soy un solterón empedernido. No tenía ni mujer ni niños de los que cuidarme. Lo pensé durante un día o dos... había sido incapaz de conmover al señor Landry, el editor del *Telegram*... Me había precipitado en su santuario en protesta... en súplica. Él escuchó mis declamaciones y desvaríos con bastante calma. El efecto que Tweed había tenido sobre la ciudad era comparable a la succión arterial de un vampiro. Lo veía en cada montón de basura rezumante... en las cloacas que se vaciaban en las calles... en las sombras nocturnas y sigilosas de los batallones furtivos de ratas... en los afanosos vagones que transportaban los cadáveres de las víctimas de las enfermedades de la inmundicia… Vacié mi escritorio y dejé el mejor trabajo que jamás haya tenido… recogí mi sombrero y mi abrigo del perchero y salí de mi despacho en la redacción.

Pero esto no viene a cuento. Después de que la contabilidad del Ring fuese publicada en el *Times*… aquel otoño hubo una concentración frente a Cooper Union, en Astor Place, y se formó un comité de ciudadanos que entabló una demanda en nombre de los contribuyentes, y el Ring empezó a resquebrajarse. Connolly, el fiscal de tasas, dijo que colaboraría y se formó un *grandjury* para que formalizase las acusaciones.

Parecía que se hubiesen abierto las compuertas del infierno. El colapso de un sistema, aun de un sistema que lo sojuzga, conmociona al pueblo: como una tempestad cambiante, la agitación soplaba por toda la ciudad y desgarraba las marquesinas de las tiendas, amontonaba a la gente en las calles, espantaba los caballos. Se hundieron tres bancos en cuyo directorio estaba Tweed. Docenas de pequeños periódicos que vivían de sus dádivas dejaron de publicarse. Empresas de toda laya cerraron sus puertas. Había peleas a puño partido entre desconocidos; como el rugido de la riada que baja por la montaña, un hondo murmullo inarticulado se levantaba a nuestros pies como si, a nuestro pesar, todos tuviésemos que enfrentarnos a la verdad, todos los que éramos parte de esta ciudad de vida tan funesta.

No diría que a Donne no lo distrajese la inminente caída del Ring. Pero tampoco diría que lo desorientaba. Era lo único de lo que todo el mundo podía hablar y él debía de sentirse gratificado personalmente: la cultura que lo había sometido a una especie de esclavitud profesional ahora se desmoronaba. Pero aun así, no se regodeaba; no se compadecía con su carácter apropiarse de la ocasión. En cambio, lo que sí vi en su cara, a medida que avanzaba sobre los mismos balances reveladores que le confié antes de devolverlos de mala gana, fue una intensidad rayana en la fiebre. Recuerdo cuán extravagante me resultó su comentario cuando, más tarde, durante la cena, dijo que lo significativo no estaba en las acostumbradas sumas infladas destinadas a esta o aquella transacción, sino en las entradas esporádicas que parecían bien justificadas en esa contabilidad. Los libros del Ring no solo registraban las operaciones en las que la municipalidad aparecía como el comprador conspicuo de bienes o servicios; también registraban aquellas en las que actuaba como vendedor y, en estos casos, bastante a menudo se trataba de títulos y cédulas cuya venta era ilegal. «No casa con nada —dijo— que haya un asiento en el que se firma un título sin compensación evidente.»

—¿Por ejemplo? —pregunté.

—Hay un orfanato recién fundado, el Hogar de los Niños Vagabundos, con sede en la calle Noventa y tres, junto al río. Sin embargo, el balance revela que no hubo desembolso para dar curso a la escritura.

Juzgué el comentario bastante excéntrico en el contexto de un escándalo de proporciones... y de mi propia desgracia. Pero ya ven, Donne era más alto que la mayoría de sus congéneres y por eso tenía una mejor visión del sesgo de la tierra. En un par de días había encontrado la escritura y su certificado de incorporación en el Registro Mercantil. El Hogar de los Niños Vagabundos era un orfanato laico que sería gestionado científicamente, de acuerdo con los más avanzados principios de la crianza. El señor Tweed, y el alcalde, y el fiscal de tasas Connolly eran miembros de la junta de síndicos. Eustace Simmons figuraba como su director. Wrede Sartorius, doctor en medicina, era el facultativo en residencia.

18

Por aquellos tiempos, lo que quedaba al norte de la calle Setenta y dos ya no podía llamarse campo, pero aún no era ciudad. Las casas eran pocas y mucho el espacio que las separaba. Se había apisonado el terreno y se habían delimitado manzanas enteras con cuerdas de agrimensor, pero dentro no había nada. Se podían ver dos o tres casas adosadas con sus pórticos de granito y después de un claro, otras dos que compartían la misma medianera, pero ninguna estaba habitada. Aquí, una calle pavimentada con cantos rodados se detenía en el linde de una dehesa; allá, el andamiaje de una casa de apartamentos en construcción, a través de cuyas ventanas sin marcos se veía el cielo… o una residencia Beaux Arts que se erigía al lado de un grupo de chozas arracimadas, un cerdo que hozaba la tierra, unas cabras. Y por todas partes se apilaban los ladrillos y se amontonaban los troncos bajo toldos de lona flameante. Las cabrias de vapor se erguían sobre la hierba y los arbustos. Por alguna razón, nunca se veía a los albañiles… como si la ciudad se construyese a sí misma con su propia inteligencia autónoma.

Desde la intersección de Park Avenue y la calle Noventa y tres, el camino de tierra bajaba en suave declive hasta el río. A ambos lados, se veían calabazas aquí y allá, y los árboles empezaban a mudar el follaje. Los ruidos de la ciudad eran lejanos, casi imperceptibles. Donne y sus hombres habían acampado bajo un monte alto de sauces llorones que ya amarilleaba, a media distancia entre la Primera avenida y la Segunda. Llevaban las guerreras desabotonadas, tenían cantimploras para el agua y fiambreras para la merienda; las sobras acumuladas se guardaban en una caja de cartón al pie de uno de los árboles. No se los podía ver desde la ribera. El camino de tierra pasaba cuesta abajo por allí y, donde se allanaba, estaba la residencia de piedra del Hogar de los Niños Vagabundos.

Frente a la puerta principal, en la acera, había una garita de la policía.

—Hay garitas frente a las misiones diplomáticas —comentó Donne—. Las hay frente a la residencia del señor Vanderbilt... o el Tammany Hall... Estos niños han de ser niños muy importantes.

De entre los muchos miembros de la policía municipal, Donne solo había logrado reclutar doce o trece hombres leales en total. Otro contingente montaba guardia en un cobertizo, en la calle Noventa y cuatro, una manzana más al norte que la residencia de la Primera avenida... y un tercer grupo, una manzana más al sur.

Pero no entendía qué hacían porque... aparte de usar sus binoculares... no hacían nada. Me había unido a ellos en el segundo día de guardia. Aquí y allá, en los campos que nos rodeaban, los pájaros se zambullían en sus baños de polvo o saltaban de rama en rama. Muy altos en el cielo, sobre el río, unos gansos migratorios formaban una flecha ondulante que se dirigía al sur. Me preguntaba si había viajado tan lejos para unirme a una banda de ornitólogos. Supongo que dije algo alusivo.

—¿A quién arrestaríamos? —preguntó Donne.

—A todos... a cualquiera que encuentre.

—¿De manera que debo entrar sin orden judicial?

—¿Qué juez de los que tienen comprados se la daría?

—¿Cuál sería el cargo?

—Y eso qué importa… lo que importa es que podamos ver lo que pasa allí dentro y por qué necesitan protección policial.

—Así actuarían ellos —dijo Donne, con serenidad.

Me pasó los binoculares. En la magnificación de la lente, la mansión reverberaba, trémula. Era una estructura neorrománica con almohadillados rústicos de piedra arenisca alternados con granito de talla; los torreones y las aspilleras eran las de un cuartel. La mitad inferior se ocultaba tras un muro de ladrillos. Un portón de hierro forjado se abría al patio. Tenía el aspecto adecuado a su papel: un edificio muy sólido que otorgaba corporeidad a quienes lo habitaban. Era una avanzadilla de las incursiones de nuestra civilización… como el resto de nuestras instituciones emplazadas en los bordes: los asilos de pobres, los correccionales para mujeres caídas, los hogares de sordomudos.

Detrás del Hogar de los Niños Vagabundos, el río color de plata bajaba embravecido hacia el sur, hacia el puerto. Acaso solo estuviese experimentando la desesperación de los desocupados, pero en aquel momento yo… el ciudadano de las callejuelas y los callejones y las tabernas subterráneas… el reportero que desdeñó la gran historia nacional del lejano Oeste para extraer historia del empedrado cargado de bosta de caballo donde los pájaros encontraban su almuerzo… el hombre para quien la música se reducía a los voceos de los traperos y al alboroto de los organilleros… que podía observar a un gato que arqueaba su garra para levantar la tapa de un cubo de basura y sentía que esa era toda la naturaleza que necesitaba… yo, decía, deseé con fervor que no hubiese ninguna clase de edificios en esta isla. Imaginé a los primeros marineros holandeses que, desesperando de aquella ciénaga infestada de mosquitos, se volvían a sus barcos a bordo de sus largos botes...

Hacia las cuatro de la tarde, Donne ordenó a todo el mundo que prestara atención. Me puse las gafas: el portón del patio estaba abierto. Un par de caballos de tiro, enganchados a un ómnibus blanco de la Compañía Municipal de Transportes, asomaba a la calle. Uno de los hombres de Donne se había apresurado a enganchar los nuestros, que estaban fuera del camino, bajo unos árboles. Enseguida, nos lanzamos a la carrera colina abajo en el carro de policía y Donne, asomado a la ventanilla, no dejaba de gritar:

—¡No los detengan! ¡No los detengan!

No entendía qué pasaba pero, para cuando llegamos al lugar donde la avenida se allanaba y alcanzamos al ómnibus blanco, ya se había entablado una batalla. Los hombres de Donne apostados en la esquina de la Segunda avenida y la calle Noventa y cuatro habían interceptado el coche y sostenían por las riendas a los caballos que bufaban, encabritados... y el hombre del pescante descargaba su látigo... sobre caballos y policías... sobre lo primero que estuviera a su alcance.

¿Qué hace posible la evocación de una acción violenta y repentina? Recuerdo el sonido que producían los caballos a causa del miedo y el dolor: mientras trataban de avanzar y volvían a retroceder bajo el imperativo del látigo, el sonido que subía de sus pechos era muy humano. Ahora todos estábamos metidos en la riña. Uno de los hombres de Donne, que había caído al suelo, rodaba, desesperado, para evitar las coces. Un policía que trepaba para bajar al cochero del pescante recibió una patada dada con el tacón de la bota y fue a dar de espaldas sobre la calzada. Se sobrentiende que en aquellos días nuestra policía no portaba armas de fuego, ni pistolas ni rifles, que se reservaban para las emergencias... los disturbios y demás. Pero sí tenían bastones, que son armas de mucho cuidado, y los blandían contra las piernas del cochero. Pero aquel hombre tenía una fuerza descomunal; vestía de negro, llevaba botas y un sombrero blando de fieltro. El sombrero voló y reveló la cabeza afeitada. Los cascos de los caballos y los pies de los hombres levantaron una polvareda. La tarde, que era diáfana, cálida y soleada, apareció cubierta al instante por una bruma. Puedo recordar el paisaje pintado en uno de los laterales del ómnibus: una vista del río Hudson sobre un fondo de montañas. Sobre el paisaje, en las ventanillas, aparecían y desaparecían unas caras que no me hicieron ninguna impresión especial, excepto porque noté que tenían las bocas abiertas y porque, después de un lapso, creí que había alguna relación entre ellas y los gritos que venían desde el interior del coche. La policía había detenido el ómnibus y esta rebatiña era la consecuencia. Es curioso. He visto muchas escenas de violencia callejera a lo largo de mi vida... no me disgustan; soy distante por naturaleza, reflexivo, y la violencia siempre termina por resultarme... inexplicable. Pues allí estaba yo ahora. Ni siquiera puedo recordar qué hacía en medio de aquello. Les puedo contar lo que veía, pero no lo que hice. Quizá no haya hecho nada, aunque me gustaría creer que de alguna manera fui útil. Daba por supuesto que este era el coche que Martin Pemberton había visto en la nieve, y bajo la lluvia de Broadway, pero era un ejemplar muy sólido de su género, todo hendido y arañado y destartalado a causa del pesado traqueteo de los itinerarios... un ómnibus común y corriente del transporte público, uno de los monótonos coches de Nueva York.

Donne tenía otra clase de experiencia en las escaramuzas, y la enfrentó de manera práctica y eficaz. Con una agilidad que me sorprendió, su huesuda persona llegó a la escalera posterior del coche y montó al techo y, haciendo gala de gran habilidad, descargó un bastonazo en aquel cráneo calvo, justo cuando el cochero, alertado de su presencia, se daba vuelta para mirarlo. No sé si puedo transmitir el sonido singular que produce el golpe de un bastón de policía en un cráneo. Lo he oído en incontables oportunidades. Puede parecerse a una piedra que cae en un estanque… un sonido blando… nada agradable… Otras veces es alegre, recio, como el picotazo de un pájaro en un madero… alegre gracias a ese timbre que imita el de una cabeza hueca. En esos momentos uno se siente dispensado de imaginar las consecuencias del golpe en el cerebro allí encerrado… que, desde luego, son siempre muy espantosas cualquiera sea el sonido que se produzca. En este caso, el sonido fue simple, llano… decisivo. El cochero cayó del pescante y vino a parar a mis pies en medio de un gran escándalo de polvo. El hombre era corpulento y muy fuerte. El golpe no lo había matado, ni siquiera perdió el sentido. Se incorporó sobre las rodillas y se llevó las manos a la cabeza, sin decir palabra… y antes de que Donne pudiese bajar del coche para impedirlo, los policías lo habían rodeado y lo cubrían de baquetazos en los hombros y la cabeza, para ajustar las cuentas que su temeridad había dejado pendientes… aunque el resultado se había decidido con aquel único golpe.

Más tarde, le preguntaría a Donne por qué, cuando bajábamos la colina, había gritado a sus hombres que no detuvieran al coche blanco y lo dejaran seguir su camino.

—No lo sé —contestó, muy evasivo—. Supongo que quería saber dónde iría.

Como se demostró después, eso habría sido muy útil. Pero lo que deben entender ahora… aunque yo me di cuenta mucho más tarde, demasiado tarde para comprobarlo… esta era la reacción de alguien que sabía que el ómnibus blanco estaba recluido detrás del muro de ladrillos y que, tarde o temprano, sería utilizado… alguien que sabía lo suficiente como para tener el temple de dejar que el coche siguiera su camino… porque había entendido quiénes formaban su pasaje y quién lo conducía… antes de levantar la barbilla del cochero, como lo hizo entonces delante de mí… y de ver, como vimos, los mismos ojos de besugo y la cabeza de bocha que Harry Wheelwright había dibujado a partir de las descripciones del asesino de Knucks Geary.

Esta es una cuestión que nunca podré resolver a mi entera satisfacción… los enlaces de los que Edmund Donne era capaz. ¿De qué información se valía? Nunca lo sabré. Pero en aquel momento la conmoción me aturdía. Los policías habían descubierto que la puerta trasera del coche tenía echado el candado. Se agacharon al lado del quejoso cochero, le sacaron la llave del bolsillo del chaleco… y se marcharon a abrir la puerta, en la que aparecieron seis niños vociferantes y aterrados. Los caballos se habían tranquilizado, pero ahora eran los niños quienes se abrían paso a empellones en su intento de fuga. Uno de ellos lo logró y salió calle abajo como una exhalación.

—¡Atrapen a ese chico! —gritó Donne y el policía de la garita, que en su desconcierto había salido a nuestro encuentro, trató de interceptarlo.

Pero el pequeño ya corría a campo traviesa. Ningún adulto puede subir una pendiente a la carrera detrás de una rata callejera de ocho o diez años en la esperanza de darle alcance. Recuerdo que pensé… después de un instante… mientras veía que su silueta se empequeñecía en su camino de vuelta a la ciudad… disparado como una liebre por los campos de calabazas… con dirección a Park Avenue… pensé… que el chico era tan sano como para dejar atrás los vientos. Supongo que alguien en un carruaje le habría dado alcance. Pero en ese momento la confusión reinaba, aunque la población del barrio era rala, los vecinos se acercaban por la Primera avenida a fin de

ver qué hacía tanta policía allí... y desde la Segunda avenida...
las familias de granjeros se asomaban a los porches de sus casas
a mirar... esta escaramuza del carro negro y el carro blanco envueltos en el polvo del camino, y a la pandilla de azotadores en
uniformes azules.

Por razones obvias, Donne quería volver al orfanato con
los niños y el ómnibus. Habían atrancado el portón desde el
interior. Un policía escaló el muro y, poco después, todos tra-
segábamos el patio. Me sentía parte de una algarada... y, de hecho, como tal nos trataron tanto el personal como los niños...
que corrían en todas direcciones por los cuartos... a los gritos,
deshechos en lágrimas, en fuga... o que se escondían en los armarios. ¡Qué habrán imaginado! Donne ordenó a sus hombres
que reunieran todo el hato en el comedor de la planta baja. Lo
seguí a través del vestíbulo central... de las despensas y de la
cocina hasta la puerta trasera que se abría sobre una terraza de
lajas bordeada por una barandilla de hierro. La distancia hasta
el suelo era de unos cuatro metros. Un contrafuerte de grandes piedras dentadas caía hasta el borde del agua. En el río, un
hombre a bordo de un bote remaba con frenesí contra la fuerte
corriente. En apariencia, quería poner rumbo hacia la isla de
Blackwell, pero el canal del East River tiene tramos tan angos-
tos que fuerza la corriente y provoca rápidos que van río
abajo... contra ellos luchaba. Se dio por vencido ante nuestros
ojos; usaba los remos solo para evitar que el bote girara fuera
de control. En ese instante, viró con rapidez hacia el sur, siguiendo el río. Con un remo en singa, nos dirigió un saludo...
indolente, burlón. Llevaba un sombrero hongo de color negro.
Donne lo observaba con los puños aferrados a la barandilla.

Reflexioné en voz alta si no habría sido el doctor, Sartorius, quien huía en el bote. Donne no contestó. Volvimos a
entrar y... en el lapso de varios minutos, en tanto se restau-

raba el orden entre los niños... se hizo evidente, en las respuestas reticentes, cohibidas o enfadadas del personal del asilo a las preguntas de Donne, que aquella gente apenas si conocía a Sartorius... mientras que, en cambio, se referían constantemente a un tal señor Simmons, mirando con inquietud alrededor, por ver si andaba por ahí. Entonces supe quién iba a bordo del bote.

Donne ordenó que se tomara nota de los nombres. Había dos maestras, una gobernanta, una enfermera, la cocinera, cuatro criadas, un ayudante de cocina... todas mujeres... para los treinta niños internos.

Registramos el establecimiento. Fuera, más allá del patio, había una cochera, una cuadra y unas dependencias anejas más pequeñas, todas en el mismo estilo arquitectónico. En la planta baja del edificio principal estaban las aulas, el comedor, un cuarto de juegos con un nuevo piano vertical y una biblioteca modesta. Todo el mobiliario era del tipo que se usa en las escuelas primarias, nuevo, de roble. Los libros de lectura y los de clase estaban en buenas condiciones.

Subimos una amplia escalera de nogal barnizada de color negro cuyos escalones estaban revestidos con almohadillas de goma... y nos encontramos con las dos alas de los dormitorios: una para los niños, otra para las niñas... todo era nítido y lozano y limpio... varios baños... y cuartos más pequeños para el personal, en el mismo piso y en el superior. En el piso superior también había un dispensario, con vitrinas cerradas bajo llave equipadas con los implementos acostumbrados: vendas, botellas de medicamentos y todo lo demás.

Había visto el interior de muchos orfanatos... hogares de misioneros... asilos de pobres... instituciones de beneficencia. Por lo general, eran claros indicadores de la naturaleza paupérrima y malbaratada de la mismísima caridad. Este lugar brillaba como una escuela preparatoria de Nueva Inglaterra... excepto que debido a la arquitectura, a su carácter neorrománico, las ventanas rasgadas eran pequeñas en su mayoría y los vanos, profundos, y las habitaciones, cuyas paredes se habían revestido con frisos de nogal, resultaban oscuras y deprimentes.

En la cocina había dos fogones, una hilera de fregaderos, hervidores y cazuelas de largos mangos que pendían de un marco colocado en el techo... una fresquera de madera para guardar hielo y estantes en los que descansaban latas y cajas y jarros... y en una esquina, un depósito de carbón. Era una cocina tan grande y bien equipada como para alimentar un ejército.

Si una comisión hubiese llegado aquí para realizar un examen... los inspectores de las sociedades de beneficencia... al ver las condiciones en que se cuidaba a estos niños, habrían quedado más que satisfechos. Los huérfanos vestían ropa sencilla y limpia; calzaban zapatos nuevos. Estaban impecables y acicalados. El personal, por sus respuestas al interrogatorio, parecía compuesto por servidores capaces y honestos. Todo producía perplejidad.

La emoción más desconsolada hizo presa en mí, algo mayor de lo que había sentido en la colina mientras observaba este lugar por los binoculares... No era miedo ni espanto... sino una pena desolada... difusa, emancipada, que no llegaba a la precisión del desespero. En una oficina contigua a la cocina, Donne encontró los libros de contabilidad de la casa. Las columnas registraban los movimientos rutinarios de la economía doméstica: pagos a proveedores y salarios. Le preguntó a la gobernanta, una mujer de mediana edad, robusta y con un gran moño en la coronilla, si era ella quien llevaba los libros.

—No —contestó—. Eso lo hace el señor Simmons.

Cuando Donne abrió la caja de las llaves sujetada a la pared y encontró varios juegos en sus respectivos llaveros de anilla, la gobernanta le hizo el favor de especificar a qué cerraduras correspondían. Pero no sabía nada de uno de ellos.

Detrás de la mesa de Simmons había un camarín cerrado. Una tras otra, Donne probó las llaves del juego sin dueño en la cerradura. Por fin, una de ellas hizo girar el pomo. Dentro, había una serie de armarios archivadores, cada uno con su cerradura. Pero, a un costado, varias prendas de vestir colgaban de una barra. Donne estaba apartando las ropas para ver qué había detrás cuando entre ellas vi un abrigo… un viejo sobretodo del uniforme del ejército de la Unión… Dije, con la voz más serena que pude:

—Martin Pemberton usaba un abrigo como este.

Si había prestado juramento a la pesquisa, ahora no quería seguir adelante con ella. Con su linterna reglamentaria, Donne nos condujo por varios tramos de escalera, desde la cocina hasta el sótano: el único lugar que no habíamos registrado. Los muros del sótano eran de roca, pero el sitio estaba dividido en distintas áreas de almacenamiento por medio de tabiques de madera y portezuelas, cada una con su respectivo cerrojo, como las escotillas de la bodega de un barco. Las llaves que nos quedaban correspondían a estas cerraduras. Atravesamos dos de las divisiones… en el aire encerrado flotaban cenizas de carbón. En el tercer compartimiento tropezamos con lo que parecía un depósito de carbón construido con barrotes… Era una celda, una celda sin ventanas. Apestaba. Donne se inclinó y alzó la linterna. Y allí, sobre un jergón, algo se movió… la barba rala, los ojos débiles y parpadeantes, alzado el brazo consumido para protegerse de la luz… un pobre diablo, tan solo harapos y huesos… a quien… me costó reconocer.

Desde aquel día, varias veces he soñado… yo, una rata callejera en el fondo de mi alma, sueño todavía hoy… que si fuera posible arrancar de la superficie de la tierra a esta Manhattan cubierta de desperdicios y adoquines... y a todas sus tuberías laceradas y goteantes, sus circuitos, sus túneles, sus raíles y sus cables... toda ella, como quien arranca una costra que cubre una piel lozana... retoñarían las semillas, brotarían los arroyos, la hierba y la maleza crecerían sobre las colinas ondulantes... marañas de enredaderas y campos de arándanos y de moras silvestres... Habría robles que darían sombra bajo el calor, y abedules blancos, y sauces llorones... y en invierno, la nieve reposaría inmaculada en su blancura hasta que se derritiera, pura y cristalina como agua de manantial. Una estación o dos como esta y la cultura muda y disidente que durante tantos años industriales se sepultó bajo las residencias y las fábricas... florecería otra vez... la de los indios frugales y devotos de la tierra generosa, que vivieron sin dinero ni arquitectura duradera, llanos y apegados al suelo... de la caza, de los cepos, de la pesca, del maíz y la plegaria... de la constante plegaria de acción de gracias por sus vidas, cortas y nítidas, en este universo de silencio. Tal es el amor que siento por esos salvajes politeístas de mi imaginación... esos amigos de la luz y del follaje... esos hombres y esas mujeres libres... tal es mi anhelo por los cuentos imperfectos que se contaban unos a otros, por sus taxonomías, por sus cosmogonías... por sus sueños apacibles del mundo que los sostenía y de aquel que sostenía el mundo...

19

Tenía todas las respuestas a nuestras incógnitas... pero era incapaz de contestarnos. No hablaba ni se comportaba con sensatez. Estaba callado e inaccesible. Sarah Pemberton había logrado su ingreso en el Hospital Presbiteriano de la calle Setenta y uno y Cuarta avenida, bajo los cuidados del doctor Mott, el mismo médico que había diagnosticado la enfermedad de Augustus... y hasta allí nos llegábamos cada día para nuestros turnos en la vigilia. El diagnóstico decía que Martin sufría de inanición, con las consiguientes pérdidas de las funciones. También estaba deshidratado. Las mujeres, a quienes les había provocado tanta alegría la noticia de su aparición... con vida... eran las más horrorizadas al verlo en tal estado... inmutable como la muerte. Yacía de espaldas, con los ojos fijos en el techo... terrible en su palidez, pero con manchas rojas sobre la piel... las facciones aquilinas subrayadas hasta volverse monstruosas en su prominencia... el cabello ralo y la barba, enmarañados y crecidos. El bulto que formaba bajo las mantas alarmaba por su... pequeñez. Pero lo más devastador era la falta de propósito en los ojos, la ausencia de esa personalidad Pemberton. Este no era mi Martin.

Después de unos días, en tanto iba absorbiendo alimento,

empezó a lucir mejor, pero continuaba la profunda... lejanía. No había caído en coma, según el doctor Mott, quien sostenía que Martin respondía al sonido y giraba la cabeza hacia la luz. Parecía inmerso en una meditación filosófica que volvía insignificante cualquier otro reclamo de la conciencia. Me recuerdo sentado junto a su cama... me preguntaba qué era, en suma, una meditación filosófica. Cuál era su contenido: algún abismo de pensamiento que permitía oír a Dios, tal vez, o la música divina. Ya saben... hay límites severos en la metafísica de un periodista. Conozco a nuestra raza, y no solo por experiencia propia. Empezamos jóvenes, pujantes, sin apetencia por la rutina, el orden, la repetición —todas las virtudes de la vida comercial americana— y una afición infantil e irresponsable por la novedad, por el desafío proteico. Mi primer empleo en la profesión fue subir a bordo del barco del práctico del puerto, en Sandy Hook, y hacer lo posible por conseguir las noticias europeas que traían los transatlánticos, antes que ningún otro. Pasado un tiempo, teníamos barcos propios, propios y nuevos... Pero, vuelvo al tema, todo esto significa que somos almas demasiado apegadas... a la vida... Nuestra vida y nuestra época son todo lo que cuenta. Estamos entregados por entero a los imperativos políticos y sociales... Y la muerte... la muerte no es más que un obituario. Cualquier muerte, incluso la propia, es una noticia vieja.

Pero ahora, allí tenía a mi colaborador, ni vivo ni muerto, casi en el mismo lugar filosófico que su padre... lo que provocaba serias dudas en mi alma de periodista... ponía a prueba mis convicciones acerca del magnífico caos de la vida, porque temía que, después de todo, ese caos excediera los límites... de lo posible. Comprendía que había confiado en Martin... como acaso habíamos hecho todos... y había seguido sus huellas... ocupado, desde hacía varios meses, en desentrañar las rutas que nos había diseñado en tanto guía que va a la cabeza. Sentía… una pérdida tan grande… me sentía abandonado. Con naturalidad, podría haberme retirado a un rincón, la cabeza cubierta por un manto, de hinojos en el suelo… en la amarga desesperación provocada por esta muerte en vida.

Cada día, mi consuelo era ver a la señorita Emily Tisdale sentada al otro lado de la cama, mientras él yacía entre nosotros. Había dejado sus clases. Me hizo confidencias; por encima de la ensoñación de aquel sueño de ojos abiertos pronunció palabras que jamás se habría atrevido a decirle a él.

—Cuando Martin desapareció, cuando se marchó, cuando era posible que ya no volviera a verlo, quise ocupar mi cabeza con el estudio, con información, ideas, declinaciones, con el mero sonido de las palabras y su aparición en los versos… para desahuciarlo… para desheredarlo. Dios se apiade de mí. Anhelaba que mi espíritu se lo quitara de encima, que olvidara sus atributos… su manera de mirarme, su voz… sus juicios severos. Pero en cada logro conseguido en la Escuela Normal… me descubría a la espera de su aprobación. Martin me habita… no puedo evitarlo. Supongo que esto se llama amor —decía, y miraba el rostro de Martin por un instante, las manos cruzadas sobre el regazo—. Pero se trata de un destino atroz, desagradable, decididamente superfluo. ¿O no, señor McIlvaine? —y cerró la frase con una risa, aunque sus ojos de color castaño oscuro se empañaron con lágrimas.

Estaba de acuerdo con esta muchacha sencilla, franca y hermosa en que era superfluo.

—Sí —continuó—, un invento de Dios que necesita mejoras. Sabe, no es justo que esto les pase a los niños… porque eso es lo que toca cuando pasa, se presenta cuando uno es niño, cuando la piel es tan tierna, cuando la percepción… de la mirada de otro niño es tan… diáfana… y cuando los arreglos mundanos, los accidentes de la vida adulta se aparecen a los niños como... si solo estuviesen destinados a su propio bien.

—Sí.

—De manera que estamos encadenados. Siempre he estado encadenada a Martin. A través de todas sus tempestades... de sus pugnas... tanto aquí como en otro sitio... es el mismo desastre para mí... y si muere... seré la misma niña esposada... Hágame el amor un hombre o un fantasma... ¿qué diferencia hay?

Y así pasábamos nuestras vigilias. Había una antecámara donde permanecíamos la mayor parte del tiempo y solo entrábamos para atisbar de tanto en tanto, como si Martin durmiese y no debiésemos perturbarlo, aunque el médico había dicho que los sonidos de la vida podían resultarle benéficos.

Cada día, el reverendo Grimshaw rezaba una plegaria junto al lecho de Martin. Amos Tisdale, el padre de Emily, se llegó hasta el hospital una o dos veces; sacudía la cabeza, no tanto para expresar pena o preocupación como su pesar por la continuidad de una situación deplorable. Sarah Pemberton traía consigo la serena convicción de que si habíamos encontrado a Martin, también lo veríamos mejorar a su hora. Se sentaba a su lado y tejía. Yo sentía, al observar sus manos blancas, que si se detenía el movimiento... Sarah perdería la razón. Noah vino con ella una vez... pero el chico no quiso entrar en el cuarto donde Martin descansaba. Se quedó junto a la ventana y miraba, impasible, hacia la calle. No solo él, todos nosotros estábamos suspendidos de este asunto extraño y espeluznante. La vida se había detenido.

Wrangel, el cochero, estaba preso en Tombs, acusado de la muerte de Knucks Geary. No contestaba a los interrogatorios; simplemente, se negaba a hablar... de brazos cruzados, como un indio del Oeste. Con la ayuda de Grimshaw, Donne había arreglado que los niños del Hogar de Niños Vagabundos se trasladasen al Hogar de Expósitos de la iglesia protestante presbiteriana, en Lexington y la calle Cuarenta y nueve. Tres médicos residentes y un dentista los examinaron y concluyeron que eran niños sanos y bien alimentados. Emily Tisdale había ido a verlos y, por su experiencia como estudiante de magisterio en la Escuela Normal, tuvo la impresión de que el silencio que los caracterizaba era anómalo; sus miradas, cautas y temerosas. A los que habíamos rescatado del ómnibus cerrado con candado se los alojaba separados de los demás y, en presencia de Donne, fueron interrogados por una enfermera de la policía municipal. Los niños no eran extravertidos. La edad media se situaba entre los seis y los ocho años. Pensaban que habían salido a dar un paseo por el campo… era lo que les habían dicho. ¿Cuánto tiempo habían vivido en el Hogar de Niños Vagabundos? No lo sabían. ¿Alguien les había pegado o los había maltratado? No. ¿Ni siquiera Wrangel, el hombre de los recados? No. ¿Ni siquiera Simmons, el director? No. ¿Cómo habían llegado a ese lugar? No lo sabían.

Durante varios días, Donne interrogó a cada uno de los que formaban el personal. El encarcelamiento de Martin en el sótano fue una conmoción para ellos. Todos eran empleados nuevos: el orfanato había funcionado solo unos pocos meses. A todos los había contratado el señor Simmons, después de que hubiesen contestado a los anuncios aparecidos en los periódicos. Una de las maestras, la señorita Gillicuddy, que se había jubilado del sistema de enseñanza pública, era la responsable del currículum y del plan de enseñanza. En su ilustrada opinión, el sencillo hecho de que los niños viniesen de la calle no era razón suficiente para inferir que solo fuesen capaces de recibir formación profesional... Donne se convenció de que el personal no formaba parte de la conspiración.

—¿Quiere decir —le pregunté— que no sabían nada de lo que ocurría?

—¿Qué ocurría?

—¿Que estos niños eran secuestrados en las calles?

—No todos, en apariencia. Algunos provenían de las sociedades de beneficencia para la infancia.

—¡Pero había algún propósito en todo esto!

—Sí.

—Las maestras y las preceptoras, ¿adónde creían que iban los niños de paseo aquella tarde?

—Los chicos salían periódicamente con Wrangel, por turnos. Simmons les decía que iban a la consulta médica.

—Entonces, ¿por qué el coche tenía echado el candado?

—Por la seguridad de los niños.

—¿Dónde está Sartorius? ¿Dónde tiene la consulta?

—Nadie nos lo puede decir.

—Los niños...

—Los niños me lanzan miradas muertas.

Pues bien, esto sucedía... hacia fines de septiembre, supongo. Acaso un poco más tarde. Los primeros artículos que exponían las fechorías del Tweed Ring empezaban a aparecer en el *Times*. El alboroto se adueñó de la ciudad. Gracias al cielo, los acontecimientos de la calle Noventa y tres no habían llamado la atención de la prensa. A Martin Pemberton se lo había liberado de su celda en el sótano y trasladado en ambulancia después de que cayese la noche. Donne había clausurado el orfanato y había logrado que el alguacil municipal lo precintara sobre la base de lo que solo certificó como «irregularidades». Las irregularidades que se descubrían en el manejo de los orfanatos no eran noticia en nuestra ciudad, ni siquiera en la más tranquila de las temporadas. Solo el *Sun* publicó un breve sobre la clausura. No se mencionaba a Martin.

Me preguntaba cuánto tiempo faltaría antes de que los interrogantes sobre el Hogar de Niños Vagabundos comenzaran a emerger en las murmuraciones del personal que se había quedado sin empleo… de la gente que había presenciado la refriega callejera frente al Hogar… de las autoridades del orfanato presbiteriano que se había hecho cargo de la manutención de los niños… y de las enfermeras del hospital, quienes no lograban casar el estado de Martin, cercano a la inanición, con la cantidad de gente preocupada por su recuperación: la familia, los amigos, el pastor y hasta un oficial de la policía. En primer lugar, ¿cómo habían permitido que llegara a estos extremos?

Como periodista desocupado, todavía guardaba con celo mi exclusiva. Sentado en la sala del hospital, experimenté los sentimientos adicionales de un ciudadano que, en privado, se estremece ante la perspectiva… de que asuntos serios de su íntimo conocimiento… se vean sujetos a la bajeza moral y las prácticas reprobables de la profesión periodística. Calculé que tenía un mes, acaso seis semanas, antes de que las murmuraciones entrasen en combustión… antes de que el humo de este fuego se avistara desde Printing House Square. Era el tiempo que la gente tardaría en hartarse de los escándalos del Tweed Ring. Hasta entonces, prevalecería la máxima de que la prensa, al igual que el público, solo tiene lugar en la cabeza para una noticia a la vez.

Pues así estaban las cosas en esta ciudad infernal el otoño de 1871. Motivos y propósitos sinuosos pululaban, incipientes, dentro y alrededor de nuestro infortunio… como gusanos en una tumba. Harry Wheelwright, en toda su redondez, llegó de visita con la tarde ya avanzada. Los ojos ya marchitos y el habla, balbuciente... pero aun así encontró el valor de acompañar a casa a la señorita Tisdale. ¿Soy demasiado mordaz? No tenía por qué resultar impropio que los amigos de Martin se uniesen en el consuelo mutuo. Pero no confiaba en este mozo. Había visto demasiado en aquel retrato de Emily... su observación era... tumefacta. Había pintado su lascivia.

Yo me escaldaba en mi condición de solterón, solterón impenitente y demasiado viejo para cualquier otra cosa que no fuese escaldarse. Acaso mis celos eran una función de mi redundancia. Había trabajado desde los dieciséis años. No sabía qué era la vida sin trabajo. Y siempre había trabajado para los periódicos. Sin embargo, allí me tenían: sentado, estúpido y celoso en nombre de mi absorto y supino amigo, prisionero de mis meditaciones... equiparables a mi existencia en su redundancia... No conseguía ponerme en marcha por un empleo. No estaba dispuesto a ir a los sitios habituales por la noche... a hacerme visible, despellejable y digno de compasión. Mi compromiso en este asunto era total, como un trabajo de por vida.

Un día, el colaborador a quien había encargado que escarbara en la morgue en busca de penurias similares a la de Sarah Pemberton apareció a mi puerta con el resultado de sus investigaciones. No le importaba que ya no fuera el director adjunto: había hecho el trabajo y reclamaba su paga. La saqué de mi propio bolsillo y no me pesó. Se había hecho con media docena de obituarios, publicados a partir de 1869, correspondientes a otros tantos hombres a quienes se suponía solventes, pero que habían dejado un legado paupérrimo.

Les revelaré sus nombres: Evander Prine, Thomas Henry Carleton, Oliver Vandenweigh, Elijah Ripley, Fernando Brown y Horace Wells.

Por supuesto, los vaivenes intempestivos de la fortuna

eran moneda corriente en Nueva York. La gente gastaba más de lo que podía. Mantener las residencias, las calesas y sus tiros costaba lo suyo. En los últimos diez años, los tributos habían aumentado cinco veces su valor. Los mercados eran volátiles; nuestro patrón era el papel y, por tanto, había un mercado que especulaba en oro... Cuando Jay Gould y Jim Fisk conspiraron para arrinconar al oro, los corretajes de bolsa fueron al quebranto... los inversores de Wall Street lo perdieron todo... No, no sorprendían a nadie los magníficos que hoy fatigaban la ciudad luciendo sombreros de seda y gemelos de brillantes y mañana desaparecían.

Pero en este caso, los que yo tenía delante de los ojos eran hombres instalados en la quietud del éxito a largo plazo. Y nadie relacionado con ellos parecía conocer el destino de sus riquezas. Carleton y Vanderweigh eran banqueros; Ripley tenía una empresa naviera transatlántica que fletaba vapores de carga; Brown había construido locomotoras y Horace Wells era un especulador inmobiliario a quien el mismísimo Tweed había entregado el control del trazado de calles y cloacas. En vida, diría yo que el valor de este colectivo se acercaba a los treinta millones de dólares, de dólares decimonónicos.

Había dos solteros entre ellos que, sencillamente, se habían evaporado y, junto con ellos, sus patrimonios. Todos, casados o solitarios, eran gente muy mayor. Se descubrió que la familia de uno de ellos, de Evander Prine, vivía en la miseria en la calle Cuarenta y seis, a la derecha de Longacre Square, un barrio de lupanares. Habían llamado la atención de uno de mis redactores porque habían sacado a subasta el único bien que les quedaba... el yate de competición del señor Prine, que tenía veinte metros de eslora... y no habían encontrado postor. Y así era que la señora Prine vivía con sus hijos en un conventillo para prostitutas, cuando de su marido habría podido esperarse que, en tanto socio de Gould como había sido, dejase a su familia en una situación cuanto menos holgada.

Acaso en una sociedad menos estridente, menos belicosa, cuyo corazón no batiese la tierra como un martillo de vapor gigantesco, los destinos fantásticos y coincidentes de estos hombres no habrían pasado inadvertidos. Pero sus acongojados herederos habían naufragado en el tiempo... como naufragan los muertos, bajo el peso aplastante de los días, de los años y de las noticias vespertinas... Quedábamos Donne y yo para desenterrar una gran confabulación. Porque, cuando le mostré mi relación de nombres, él hizo lo propio con la suya, que contenía los mismos nombres... más el de Augustus Pemberton... escritos en un trozo de papel que había encontrado en los registros de Eustace Simmons... en el Hogar de Niños Vagabundos.

De suerte que teníamos más pelos y señales. A pesar de lo cual no podíamos avanzar. Todo se precipitaba de cabeza en el silencio de Martin Pemberton. Sentado junto al lecho del enfermo, Donne aguzaba la oreja, como si Martin hubiese hecho una pausa en medio de una frase cuya conclusión sería pronunciada de un momento a otro.

Una semana, quizá diez días, después del rescate de Martin, Donne quedó cesante en su puesto hasta que no se realizara una investigación disciplinaria dentro de los municipales: la detención del coche del transporte público en la calle había sido ilegal... y había entrado en el Hogar sin orden judicial. No podían hacer nada que fuera más... oficial que esto. Ningún juez de los juzgados municipales autorizó la reapertura del asilo ni el regreso de los niños. Ningún abogado apareció por Tombs ni pidió ver a Wrangel... ni inició los trámites para una audiencia preliminar. De hecho, el rescate de Martin, su encarcelamiento en el sótano, era un problema para ellos. Donne también tenía los registros de Eustace Simmons. Se le habría podido ordenar que los entregara a la justicia... pero Simmons sabía que Donne estaba al corriente de ciertas discrepancias... en el manejo de los fondos, esto por descontado, pero también, y era más importante, en que no se podía... dar cuenta de todos los chicos que se habían admitido en el Hogar. Y la división de tareas y responsabilidades entre el personal, las maestras y las preceptoras era tal que solo Simmons sabía de la existencia de alguna irregularidad.

Si el gobierno de Tweed no hubiese estado en medio del colapso... y sus figuras más importantes tan distraídas y temerosas... se habría hecho cargo de esta crisis con todo su poder: brutal y sumariamente. Tal como estaban las cosas, su agente, Simmons, no tenía más recurso que la fuga. En el escritorio de su despacho, en la caja chica, había dejado diecisiete mil dólares en efectivo. Cesante o no, Donne contaba con la lealtad de sus hombres. Les hizo montar una guardia permanente. Día y noche, un hombre se sentaba en la oscuridad del Hogar de los Niños Vagabundos. La única esperanza de Donne era que la suma fuese lo bastante grande como para que Simmons regresara.

—¡Lo bastante grande! ¡Válgame el cielo! —dije—. Es más que el doble de nuestros dos salarios anuales juntos.

—Todo es relativo, ¿o no? Puede que haya sido solo su dinero de bolsillo. Usted lo vio hacerse a la mar. Ha manejado barcos negreros. Piensa en el océano como en una salida. Simmons ha de ir camino a Portugal. —Donne me miró y sonrió—. ¿Y de qué salarios está hablando? —dijo.

Todos habíamos quedado reducidos a estas circunstancias extrañamente estrechas... Qué extraña hermandad formábamos... en nuestras privaciones... sentados en la antesala de aquel hospital, hora tras hora: un policía degradado... una viuda pauperizada y su hijo… una estudiante de magisterio en la Escuela Normal… y un periodista desocupado. Como si nuestras vidas se hubiesen detenido… hasta que finalizara este asunto espeluznante. Tan solo Donne y yo conocíamos sus alcances. Los demás solo podían sufrir la perplejidad y el duelo.

20

Los hombres habían desviado sus fortunas a favor de Sartorius... habían traicionado a sus familias. Los políticos conspiraban en su nombre. El oportunista de Simmons había dejado su empleo con Augustus Pemberton para ponerse a su servicio. Él había convertido a estos seres mundanos, a estos... realistas, en acólitos. Era un hombre sagrado: emplazaba a creer. De hecho, era una inteligencia extraordinaria, una de esas inteligencias cuyo aplomo brillante hace que el mundo simule existir en función del compromiso que ellas tengan con él. A mí me gustaba pensar que habíamos desbaratado su iniciativa peregrina... aunque acaso no fuese suficiente compensación para Sarah Pemberton y los demás deudos de la... hermandad funeraria... al menos, por el momento, no podía operar como era habitual. Pero ¿qué había detrás de todo aquello... que nosotros desconocíamos?

No sé si soy capaz de retratar la influencia de una mente excesiva... Era como si este hombre, a quien nunca había visto, diese carácter a la habitación en la que Martin yacía. Tomaba la forma de todas las cosas: la cama de hierro pintado, las sillas de madera, las paredes de yeso blanqueado y el listón de caucho que las protegía de los golpes de los respaldos de las sillas… Que estuviésemos allí era su voluntad. La expresión del rostro sereno y meditativo que miraba al techo desde la almohada era su obra.

No tener mi periódico era la miseria más absoluta… leerlo cada día a sabiendas de que ya no era mío. Hacía lo que yo no habría hecho; decía lo que yo no habría dicho. Se parecía demasiado a Sartorius. Él era la medida de mi destitución.

Como se figurarán, aún no lo había visto por entonces, pero guardo su imagen en mi recuerdo y se la asignaré aquí y ahora, saltándome la cronología de los hechos… con el objeto de suscitar la intensidad que lo distinguía… como si fuésemos capaces de inferir a aquel hombre a partir del desastre que había traído consigo.

De estampa imperiosa, no era alto aunque militar en el porte… esbelto y atildado, con el sosiego que otorga el perfecto dominio de sí mismo… vestido con la levita de rigor, armada de unas hombreras discretas; los botones del chaleco forrados y una traba en la corbata de nudo flojo. La impresión general era de pulcritud y reserva. El pelo, tupido y negro, muy corto. Las mejillas y el labio superior afeitados con esmero, pero unas patillas le enmarcaban los maxilares y continuaban por debajo del mentón en una sobarba que le envolvía la garganta, como una bufanda de lana que asomase por el cuello de la camisa. Los ojos negros, implacables, de una opacidad que causaba asombro, destilaban una especie de desolación… una impersonalidad áspera que me recordaba a Sherman, a William Tecumseh Sherman. La frente, ancha y armoniosa, algo combada; la nariz, estrecha y recta; la boca, de labios finos, era la de un abstemio. Lo animaré con un gesto: alza un reloj de cadena, le echa un vistazo y lo deja deslizarse de vuelta al interior del bolsillo de su chaleco.

Cuando Martin estuvo lo bastante recuperado como para

dejar el hospital, nuestros ánimos revivieron. Estaba débil y necesitaba ayuda para caminar, pero había comenzado a reconocer su entorno… y respondía a nuestras preguntas con un leve movimiento de cabeza o una palabra apagada, apenas audible. Su retorno a la conciencia por etapas fue gradual y natural, y se le iluminaron los ojos por primera vez cuando se volvió a mirar a Emily, que estaba sentada a su lado. Pero todavía no hablaba. Donne, con gentileza, trató de hacerle algunas preguntas cruciales, pero Martin no podía o no quería responder.

Se decidió que pasaría su convalecencia en casa de los Tisdale. La propuesta, que era de Emily, tuvo el consentimiento de su padre que, aunque cauto, era un buen cristiano, y el apoyo de Sarah Pemberton. Sarah no podía ofrecer una casa que no era suya. Hacía largo tiempo que el cuarto de Martin había sido ocupado por otro inquilino y las habitaciones oscuras en las que yo vivía entonces, en un tercer piso de Bleecker Street, eran sin duda tan inconducentes a su recuperación como lo habría sido el estudio de Harry Wheelwright.

Durante aquellas primeras tardes de octubre, cálidas y fragantes, Martin se sentaba al aire libre en una tumbona, las piernas cubiertas por una manta escocesa. Desde la terraza de Lafayette Place, podía dominar el parque privado de su infancia. Yo nunca había visto a Emily tan feliz. Iba y venía y se agitaba y servía el té y hacía todo lo que estuviera a su alcance para sanar aquel espíritu… o para indicar su devoto deseo de que el amor que sentía fuese capaz de sanarlo. Los árboles empezaban a perder las hojas; una por una, flotaban en la brisa y hacían puerto en la balaustrada de piedra como botes en un muelle. Al igual que Edmund Donne, yo iba a ver a Martin casi cada día. Una vez, discutíamos sobre Sartorius. Solo por el gusto de la refutación, argüí acerca de la posibilidad de su eventual fuga, equiparándolo a Eustace Simmons. Que acaso hubiesen conseguido un barco para ambos y se hubiesen marchado, ellos y sus lastres, a… ¿dónde era que Donne había sugerido? ¿A Portugal?

—No —dijo Donne—. Él está aquí. Nunca huiría. No tiene el alma criminal de Simmons.

—¿Que no la tiene? ¿Qué tiene, entonces?

Me había dado cuenta de la efervescencia que la conversación le causaba a Martin. Segundos antes de que hablara, se me ocurrió que estaba de acuerdo con Donne… por la mirada que le había echado o, quizá, por la configuración de los músculos faciales en el instante en que la boca se dispone a pronunciar su asentimiento.

—El doctor no es un inmoral —dijo. Ambos nos volvimos a mirarlo. Observaba a un pájaro pequeño que había saltado sobre la lata de té—. Nunca trató de justificarse conmigo. Ni mintió. Ni dio indicación alguna de que se sintiera… culpable.

Fue un momento de consternación… Pemberton estaba en posesión de todas sus facultades, como si, durante todo aquel tiempo, hubiese esperado un tema de conversación que le interesara. De inmediato decidí que no debía darle importancia… en la creencia de que podría… ¿qué podría?… pues, asustarlo y hacer que regresara al estado de catatonia. Fue entonces cuando Sarah Pemberton salió a la terraza, acompañada por Noah, a quien había traído de vuelta del colegio, y Martin los reconoció a ambos y extendió los brazos para recibir al niño… Estábamos, todos sin excepción, estupefactos. Sarah Pemberton exhaló un suspiro. Llamó a Emily, para que viniese ya. Estaba subyugada… Se quedó donde Martin no pudiera verla y lloró y se volvió hacia Donne y se cubrió el rostro con las manos mientras él la abrazaba. Martin, entretanto, interrogaba a Noah sobre sus clases…

Y así fue que aquel día empezamos a oír la historia… toda ella, desde la primera visión del coche blanco del transporte municipal. ¿Cómo fue? Pienso que yo tenía en mente a un héroe de la guerra. Sí, escuchábamos a Martin como quien escucha al que ha regresado del frente. No nos sentíamos inclinados a la crítica. Estos eran sus relatos de guerra, contados para nuestro asombro. Pero debo admitir que mi euforia fue pasajera. Enseguida me sobrevino la sospecha de que su recuperación no era completa. Cuando se refería a Sartorius, hablaba de él sin el menor rastro de ira o de amargura. Lo peor, hablaba desde una suerte de disolución pacífica o desde el apaciguamiento… de la intensidad de todas sus emociones. No era capaz de distinguir cuánto de esto era atribuible a la prueba por la que había pasado su organismo. Pero su naturaleza había cambiado… la impaciencia característica… la atormentada visión del mundo… todo eso había sido sosegado, depurado. De una manera tácita estaba… agradecido. Nos estaba agradecido a todos. ¡Era comprensivo! Que Dios me perdone… pero solo pude razonar que esto comportaba su ruina como escritor.

21

—Sabía que el camino que llevaba a mi padre pasaba por Eustace Simmons —nos contó Martin—. Simmons había emergido de... la vida marítima. Anduve por West Street, merodeé por Battery, bajé por South Street... entré en cada bar de marineros, en cada taberna, en cada salón de baile del puerto de Nueva York... sin suerte. Luego pensé que, si mi padre estaba... ausente, Simmons se ocuparía de sus intereses en la ciudad. La situación lo elevaba... al rango más distinguido de los ladrones.

»Por encargo del *Tatler*, una noche tuve que ir a Astor House, a cubrir una cena que Boss Tweed y sus amigos ofrecían en honor del jefe de seguridad del Tammany Hall. Todos lucían el tigre emblemático en la solapa: la cabeza de oro de un tigre con ojos de rubíes... en relieve sobre esmalte azul. Una chica muy joven bailaba sobre una mesa, vestida con una bata transparente sujetada por un cinturón... y a sus pies, atento a cada movimiento con la agudeza de un perito, Eustace Simmons. No lo había visto en años, pero lo reconocí de inmediato. Un hombre cadavérico que, aunque bien vestido, daba la impresión de desaliño... se repantigaba en su butaca. La luz tenue ponía de manifiesto la vileza de su rostro: picado de viruelas, con ojeras renegridas, el pelo hirsuto y encanecido le cruzaba la cabeza de oreja a oreja y su aspecto general era, de alguna manera, sucio.

»Poco después, me senté a su lado en la butaca contigua y me di cuenta de que me reconocía. Alguien hacía un discurso. Hubo risas y aplausos. Al oído, le dije que quería ver a mi padre. No se dio por enterado... pero al cabo de un momento prendió su cigarro, se puso en pie y abandonó el salón con paso negligente. Lo seguí, tal como él esperaba.

»Fue raro y al principio me repugnó, pero lo cierto es que lo respetaba porque no intentaba negar que mi padre estuviese vivo. Es rápido como la luz, este Simmons, y pienso que en cuanto me vio llegar ya sabía qué hacer.

»Recogió su sombrero y dejó Astor House conmigo prendido a sus talones. Su coche estaba a la vuelta de la esquina. Bajo la luz de gas del alumbrado, logré entrever al cochero; no puedo expresar... con exactitud lo que sentí al verlo... el mismo cochero que conducía el ómnibus blanco en el que viajaban mi padre y los demás ancianos. No quise subir al cabriolé. Simmons gritó el nombre de Wrangel y el cochero saltó del pescante y me cerró un brazo poderoso sobre el cuello de manera que apenas podía respirar... aunque eso no me evitó el hedor a cebolla de su aliento... en tanto, Simmons me dio un porrazo detrás de la oreja. Vi una luz blanca y repentina.

»No sé qué pasó después ni cuánto tiempo transcurrió. Tuve conciencia de que me movían y, más tarde, del movimiento que un tiro de caballos confiere a un carruaje... más tarde, del dolor de la luz del día... más tarde, de dos o tres caras pequeñas que parecían observarme con detenimiento. Eran niños. Era de día... traté de levantarme... no estaba atado pero no podía moverme. Pienso que, aparte de todo lo demás, me habían drogado. No lograba mantenerme en pie. Me desmoroné y un niño gritó. Ahora estaba echado de espaldas, mirando el techo de listones de madera... de lo que reconocí como un ómnibus de la Compañía Municipal de Transporte, en el instante previo a la pérdida total de mi conciencia.

»Déjenme aclararles que Wrangel, el cochero, cuenta menos de lo que pueden imaginar en esta historia. Es fuerte, de aspecto amenazador, acentuado por esas pupilas sin color... y yo apenas si podía hablar después de que me acogotara con su abrazo... pero las apariencias engañan. Es como un caballo leal. Eso es: una alma fiel y estólida que no hace preguntas. Es un prusiano. Los crían para que sean así, a los alemanes, con sus padres estrictos y sus oficiales de calzas bermejas... que les enseñan obediencia, obediencia por encima de todo. Wrangel venera a Sartorius. Estuvo bajo su mando en el cuerpo médico. Su bien más preciado es la mención de honor que recibió su hospital de campaña, firmada por el presidente Lincoln. Un día me la mostró. Piensa que todo cuanto Simmons le pide es lo que Sartorius desea.

»En lo que se refiere al doctor, me resulta difícil describirlo para ustedes. No gasta sus energías en el desarrollo de una... personalidad sociable. Es callado, casi ascético en sus hábitos, cortés, nada inclinado a la lisonja. Quien, como él, carece de vanidad no puede ser seducido, ni halagado, ni insidiado. Se preguntarán, al igual que yo, cómo es posible que alguien tan despreocupado, tan desinteresado en la figuración, en la búsqueda de ventajas... disponga... de los inmensos recursos necesarios para su obra. Pero no dispone de ellos: se limita a permitir que las cosas sucedan a su alrededor. Toma lo que le viene en mano, acepta lo que sus... devotos le imponen. Es como si... una frecuencia de energías históricas hallara en él un polo magnético, hecho que... a mi juicio, es lo único que lo vuelve visible.

»No me llevaron a su presencia hasta que hubieron pasado un par de días desde que recobré la conciencia. No tenía idea, no la tengo hasta hoy, del sitio donde está aquello... La luz era... siempre... artificial. Nunca vi una ventana. Observado de cerca, y tercero en una secuencia que había empezado con Simmons y seguido con Wrangel, Sartorius se me apareció, con sus aires modestos, como el simple médico de cabecera de Augustus Pemberton, un sirviente, uno de esos médicos cuya práctica se limita a uno o dos pacientes ricos.

»Visto así, yo sentía que mi ira era de todo derecho. A fin de cuentas, era el hijo de Augustus, poseedor de todo el desdén de mi linaje. Fui vulgar y severo. Exigí saber si se me había maltratado por orden expresa de mi padre.

»—¡Es tan suyo interponer a otros! ¿Todavía se asusta ante la perspectiva de verme? ¿Todavía se asusta de responder a mis preguntas? —esto decía.

»Sartorius se mostraba sereno. Me preguntó, como si solo tratase de satisfacer su propia curiosidad, cómo había llegado a saber que mi padre estaba vivo.

»—Lo he visto, señor. No se haga el fatuo conmigo. Lo he visto todo. He visto la sepultura de Woodlawn, en la que un niño descansa en su lugar.

»No se acobardó, sino todo lo contrario. Se inclinó hacia delante y me miró a los ojos. Le conté cómo había llegado a Woodlawn y cómo había desenterrado el ataúd. Entonces, sentí la necesidad de contarle por qué había consumado aquel... acto desesperado y empecé con mi visión del ómnibus blanco, el día de la tormenta de nieve, en el arca de agua. No cabía del todo en mi entendimiento por qué la conversación había tomado ese curso y yo, de pronto... confiaba en aquel hombre. Sin embargo, así era... y me sentía aliviado.

»Entonces, Sartorius dijo:

»—Siempre existe la posibilidad de que se presenten nociones provocativas, desde luego, aunque… pienso que usted es una excepción a la mayoría de la gente… al permitir que sus quimeras regulen su conducta. —Había un tono de aprobación en sus palabras—. ¿Cuál es su profesión, señor Pemberton?

»Que les quede claro, en ningún momento, ni entonces ni después, Sartorius tuvo la intención de negar nada, ni tampoco la de tergiversar las cosas. Jamás intentó justificarse conmigo. Mi aparición había provocado su interés, no su desasosiego. A veces, durante nuestra entrevista, me sentía un espécimen que se había deslizado hasta su campo de observación. Él es un científico. No cree que deba explicar sus actos. Carece de una conciencia que lo debilite… En una oportunidad, le pregunté por sus creencias religiosas. Su educación había sido luterana, pero no considera el cristianismo sino una invención poética. Ni siquiera se molesta en criticarlo, ni en rebajarlo, ni en desautorizarlo.

»Sartorius me dijo que, si deseaba ver a mi padre, podía.

»—Dudo de que encuentre en ello algún consuelo. Es imposible que se haya preparado para esto. Las percepciones de una inteligencia meramente moral, aun las del amor filial o las del odio, no serán suficientes. Supongo que no me concierne pero ¿qué le dirá a este… padre… al que creía muerto?

»Huelga decir que esta era la pregunta cuya formulación jamás me había permitido. Tuvo que leer la desesperación en mi rostro. Porque, en verdad, ¿qué haría? ¿Lo abrazaría? ¿Celebraría su resurrección? ¿Lloraría de alegría al saberlo vivo? ¿O solo deseaba decirle… que yo lo sabía? Que yo lo sabía… Y presentarle mis respetos porque había encontrado un abismo humano de engaño y de traición que superaba lo inconcebible.

»¿Qué propósito me movía? Todos y ninguno. No sabía si

caería de rodillas y le rogaría que arrancara de la indigencia a su mujer y su hijo... o si me arrojaría sobre él y le desgarraría la garganta por ser el progenitor de esta vida mía condenada a la contemplación perpetua de su deformidad.

»A manera de respuesta racional, le dije al doctor que siempre había creído que mi padre no era más que un canalla, un ladrón y un asesino. Pareció entenderme. Se puso en pie y me invitó a que lo siguiera.

»En mi ofuscación, iba dando tumbos. La atmósfera de sus laboratorios entró en la percepción de mi conciencia, aunque no veía que pasara nada en particular allí: dos o tres cuartos con las puertas abiertas y un desvaído olor químico en el aire. Toda la luz la daban los chorros de gas... Había vitrinas de instrumentos... vitrinas con mesas de piedra y piletas de metal... máquinas cúbicas sobre ruedas de las que salían cables y engranajes y tuberías. Recuerdo una silla de madera, de proporciones cuadradas, con correas de cuero en los apoyabrazos y una abrazadera de hierro para la cabeza... Las paredes estaban tapizadas de un material velludo de color amarronado, terciopelo o pana. Todo aquello me impresionó como el amenazador mobiliario de la ciencia.

»Tenía una magnífica biblioteca este Sartorius. Después de que llegáramos a nuestra avenencia, me permitió usarla. Pasé muchas horas de solaz entretenido en el aprendizaje más profundo de lo que él sabía... en la lectura de lo que él leía. Era una idea descabellada, en realidad, tan solo una especie de homenaje.

»Habla varias lenguas con fluidez... Los periódicos científicos y las tesis se acumulan en pilas ahí donde las haya tirado. Me impuse como tarea darles algún orden. Libros y monografías llegaban en cajas de embalaje desde Francia, Londres y Alemania. Está al corriente de todo lo que sucede en las ciencias y en la medicina, pero es un lector impaciente que busca lo que no sabe, algo que lo sorprenda... una línea de investigación, una crítica. La suya no es la biblioteca de un coleccionista. No hay placer en sus lecturas. No tiene ningún respeto por los libros en sí, ni por las encuadernaciones, ni por nada de lo que los compone; los manipula con despreocupación. Lee a los filósofos, los historiadores, los botánicos, los biólogos y hasta a los novelistas sin que, en su opinión, las respectivas disciplinas se diferencien. En busca, siempre en busca de aquello que reconocería como verdadero y útil para sí mismo. Algo que lo llevara más allá de aquello que lo había confundido, fuera lo que fuese, más allá de ese escollo en su trabajo donde su propia inteligencia se había... detenido.

»A veces pienso que, en realidad, buscaba un alma gemela. Por cierto, no se rodeaba de personas que fuesen sus pares intelectuales. Vivía en soledad. Cuando recibía, por todo lo que sé, lo hacía bajo la fuerte presión de Eustace Simmons: los invitados solían ser políticos.

»Me guio hasta el ascensor, que nos elevó en una jaula de latón. Él mismo lo manejaba, pero no se daba aires. El piso superior era una serie de cuartos y suites donde residían los clientes: los principales, la hermandad, la asociación funeraria de los ancianos. Había zonas de recreo para ellos, y cuartos de tratamiento con mesas cuyas tapas estaban cubiertas de cuero, y cuartos para las mujeres que los atendían. Más tarde, cuando hubimos acordado los términos de mi cautiverio, tuve libertad de movimientos y llegué a entender y a distinguir lo que ahora les describo. Mi primera impresión se redujo a la de un corredor al que se abrían cuartos envueltos en sombras intensas cuya particularidad era la de estar vacíos. La decoración era sencilla, como la de un monasterio o una misión.

»Pero tan solo cuando me llevaron hasta el último piso y

vi, en toda la humedad de su gloriosa verdura... ¿qué? las co-
modidades que el doctor Sartorius tenía para... la plutocracia
convertida en biología... supe que allí encontraría a mi padre.
Quedé tan pasmado que me pregunto si desde entonces no estoy bajo el influjo de la maldición que pesa sobre aquellos que
han posado los ojos sobre lo prohibido.

»Esta era la sede del experimento, el corazón de las investigaciones, el invernáculo que Sartorius se había designado.
Tenía el carácter de un gran jardín de invierno, con senderos
de grava y macizos y bancos de hierro forjado. Lo encerraba
una bóveda de cristal y acero de la que emanaba una luz glauca
que se derramaba sobre todas las cosas. El invernáculo se había diseñado con la intención de crear una atmósfera de indulgente armonía y sosiego. El centro lo dominaba una especie de
patio cubierto con pavimento de piedra arenisca y, a su alrededor, en terrazas a las que se accedía por un solo escalón, había
otras plazoletas adornadas con mesas y sillas de filigrana. De
unos inmensos vasos de arcilla brotaba una profusión de fron-
das y hojas que, decidí a primera vista, no eran autóctonas.
Una especie de vapor tibio, o de condensación del aire, sibilaba
al salir de unas portillas, o de unas válvulas, abiertas en el suelo
que hacían aquel ambiente asfixiante de humedad. A través del
suelo se sentían las vibraciones de la dinamo que lo hacía posible. La pieza central del patio de piedra arenisca era una ba-
ñera empotrada a ras del suelo, una piscina de agua color ocre
sobre la que se cernía una bruma sulfurosa. Un anciano, ate-
rradoramente marchito, tomaba un baño y dos mujeres lo
atendían. No he mencionado aún las estatuas que, aquí y allá,
unas sobre pedestales, otras lo bastante grandes como para sos-
tenerse por sí solas, abundaban en temas eróticos, en cópulas
heroicas, en desnudos de hombres y mujeres en éxtasis y que, a
pesar de todo, eran notables por su falta de gracia, por la au-

sencia de cualquier idealización… tal como nosotros somos… la clase de obra que un artista no mostraría al público sino solo a sus amigos.

»El efecto que causaba todo esto… era el de un baño romano, a condición de que Roma hubiese sido una civilización industrial. La luz glauca de la bóveda del invernáculo parecía cernirse, tamizarse, moverse, parecía latir. Poco a poco, tuve conciencia de una música. Al principio la experimenté como el pulso del aire… pero cuando me di cuenta de que era música, se apoderó de mí, aumentó de volumen y llenó aquella bóveda… Era como si hubiese dado el paso que me introducía en otro universo, en otra Creación… el anverso de un Edén. La fuente del sonido era un órgano mecánico que, como el de una iglesia, se alzaba contra una de las paredes más lejanas: una caja de música gigantesca cubierta de cristal que hacía surgir de los dientes de su lento disco giratorio los ritmos de una orquesta.

»Tuve una premonición de la verdad lamentable mientras buscaba a Augustus Pemberton entre los ancianos quietos y mimados que habitaban el lugar… estos ociosos y sus acompañantes que escuchaban en silencio, como la gente en los parques, ataviados con sus levitas negras, los sombreros apoyados sobre las mesas.

»Encontré a mi padre en un cenador verdeante, sentado en un banco… desplomado en esta glorieta placentera y neblinosa, en una especie de abatimiento vacuo, o de paciencia confiada e infinita que, como muy pronto comprendería, era inalterable… como lo era para los demás respetables que lo rodeaban en aquella residencia… a pesar de las terapias vivificadoras a que los sometían, por fuera y por dentro.

»Mi padre rústico… abrupto y poderoso en su egoísmo… estúpido, intransigente, con sus apetitos groseros y su gusto craso y su garbosa mendacidad… a quien traté de hablar y

frente a quien lloré y por quien rogué por que hubiese sido res-
taurado en todas sus fuerzas… y no transformado en esta alma
menguante que levantaba los ojos para mirarme, sin chispa de
reconocimiento, ante el apremio del doctor Sartorius:

»—¿Augustus? ¿Sabes quién es? ¿No le darás los buenos
días a tu hijo?

22

Martin recayó en el silencio. Ninguno dijo nada. Me abandoné a la brisa… pasé revista al jardín otoñal de los Tisdale… escuché los ruidos callejeros… creo que con gratitud. Martin cerró los párpados y, unos instantes después, se nos hizo evidente que dormía. Emily le arregló la bata y lo dejamos allí para entrar en la casa.

Fue desafortunado que las señoras hubiesen oído su relato. Sarah Pemberton, lívida, le preguntó a Emily si podía descansar en algún sitio. Se la instaló en una habitación y, más tarde, cuando Emily fue a ver cómo seguía, Sarah le confesó que tenía un intenso dolor de cabeza y, con sus maneras pacientes y silenciosas, le indicó que el hecho debía mantenerse en secreto… pero el dolor era tan intenso que Emily se vio obligada a llamar a un médico. Lo que recetó para el dolor no resultó demasiado eficaz y aquella noche, ante la insistencia de Emily, Sarah Pemberton se quedó allí junto con Noah… con lo que Emily Tisdale se encontró al frente de un pequeño sanatorio.

Nosotros decidimos marcharnos. Con cierta ansiedad, Donne miró escaleras arriba, pero no había nada que pudiésemos hacer excepto convertirnos en un estorbo. Mientras nos acompañaba hasta la puerta, Emily dijo:

—Estoy aterrorizada. ¿Quiénes son estas… humanas potestades del mal que se esconden en nuestra ciudad? Quisiera rezar, pero las palabras se ahogan en mi garganta. ¿Podemos seguir viviendo como siempre? ¿Qué debemos hacer? ¿Lo sabe usted, capitán? ¿Hay algo que podamos hacer que devuelva al mundo su proporción? Yo no puedo pensar en nada. ¿Lo hará usted por mí? ¿Lo hará? Se lo ruego.

Donne y yo caminamos hasta la taberna Pfaff, en Broadway. El buen talante estridente que reinaba allí me pareció irresponsable. Nos sentamos en un rincón y tomamos varios whiskies. Yo reflexionaba sobre la… insolencia desesperada de esta logia de ancianos respetables… tan insatisfechos con los hábitos de su propio Dios como para tomar el destino de sus almas inmortales en sus propias manos… Qué patético no haber confiado en su propia teología cristiana al punto de haber tomado sus propios recaudos. Qué osado y qué patético.

Donne veía las cosas desde la practicidad.

—Es algo así como una ciencia nueva, supongo… parte del conocimiento de los tiempos modernos. Pero, en apariencia, requiere sumas ingentes… para seguir adelante. Es una empresa de cierta complejidad. Onerosa. Compraron aquella mansión y la arreglaron como un orfanato. Tenían la protección de los municipales… el apoyo de los principales de la ciudad. Y hay otro instituto… el que contiene el invernáculo… otro instituto con todo su personal. Todo esto tiene que haberse costeado con los… ¿cómo los llamaríamos…?, ¿los pacientes?

—Sí, por lo menos… valían treinta millones de dólares.

—¿Es una estimación razonable?

—Digamos que veinticinco… no menos.

—Pues entonces, han de estar depositados en algún banco… a nombre de alguien. No pueden habérselo gastado todo.

—No.

—Ha de ser uno de los bancos de Tweed. He hablado con el fiscal del distrito federal. Intento que se atreva con alguna citación. Pero necesita algo más específico.

—¿Por qué suponer que los miembros del Ring no robarían ese dinero para sí mismos?

—Lo harían si fuese necesario —dijo Donne—. Pero me barrunto que esperan algo más.

—¿Algo más? —pregunté, y en ese instante comprendí lo que Donne quería decir. El Ring, con su ambición desmedida, llevaría la ambición hasta sus últimas consecuencias. No eran sino absurdos: ridículos, simplones, estúpidos, engreídos. Y criminales. Tenían todas las cualidades de los hombres que prevalecen en nuestra República.

—Mientras Sartorius esté libre, el dinero es sacrosanto —dijo Donne—. Por eso, si tenemos la esperanza de recuperar algo para Sarah, para la señora Pemberton y su hijo, hemos de encontrar las cuentas bancarias y aprehenderlas casi al mismo tiempo que los aprehendemos… a ellos. Que los miembros del Ring sean llevados a juicio tomará meses. Pero, hasta entonces, no desdeñan la esperanza de preservar su… secreto mejor guardado.

El análisis que Donne hacía de esta componenda extravagante me animaba… como si se tratara de una cuestión práctica, legal… de un problema que resolver, de una mera probatoria… mientras mi imaginación se veía asaltada por otra cosa… Las imágenes del invernáculo surgían en mí como portentos. No podía dormir, estaba poseído… no por fantasmas sino por la Ciencia. Me sentía derrotado por una realidad intolerable. Todos mis miedos se resumían en el miedo de la noche. Carecía de profesión, de mi razón de ser… de mi espolón. De una manera u otra, desposeído de los medios de dar cuenta de ellas, de mi vida y de mi época, me sentía a su merced. La vida aparecía como la enfermedad inevitable del conocimiento… una pestilencia que infectaba a quien entrara en contacto con él.

Lo peor era que la única esperanza de llegar a un trato era adquirir más, más cantidad de este espíritu muerto del conocimiento. Para instilarme coraje, supuse que todo esto no sería más que un misterio de iniciación, una especie de prueba espiritual en un mundo que, a pesar de todo, se regía por Dios… y que en el caso más extremo, en el instante del terror más sobrecogedor e insostenible, la prueba finalizaría… en algo así como una luz y una paz… en la que andaríamos dando tumbos, como borrachos dichosos, hasta nuestra muerte. Pero, en tanto presbiteriano descarriado, no podía realmente apoyarme en esta creencia. Lo que hice fue simular, simular la misma actitud práctica y prosaica que caracterizaba a Donne. Nos reunimos en casa de los Tisdale y nos concentramos en oír todo lo que podíamos de lo que Martin decía. Lo primero que debíamos conocer era la situación del invernáculo. Y quedaban otras preguntas. Martin, en apariencia, se había dejado seducir por el intelecto del doctor… al punto de haber trabajado para él. Pero nosotros lo habíamos encontrado moribundo en el sótano del orfanato. ¿Qué había pasado? Donne era renuente a someterlo a un interrogatorio severo: estaba demasiado débil como para soportarlo. El mejor recurso, aunque también el más exigente, era la paciencia.

Durante varios días, ambos nos sentábamos con él, a solas. No juzgábamos conveniente que las señoras oyeran nada más de aquella historia. Martin nos contó que, al cabo de poco tiempo, llegó a pensar en Sartorius en términos sartoriusanos; esto es, con el desprendimiento de un científico.

—Eché en el olvido lo que era personal. ¿Mi padre? Una abstracción, una criatura privada de alma, fuera del campo de mi solicitud. Solo su cuerpo, como un territorio para el experimento científico, era de algún interés… El doctor nunca trató de persuadirme; en realidad, no quería nada de mí... Una vez que hubimos llegado a nuestro entendimiento de caballeros, sentí que redundaba en mi beneficio el conocerlo mejor y oír lo que pensaba en voz alta.

—¿Cuál era el entendimiento? —preguntó Donne.

—Se reducía a que yo no intentaría la fuga ni interferiría con el trabajo. A cambio, tendría libertad de movimientos... Me tratarían como a un huésped. A Simmons no le gustaba del todo el arreglo. Aparte de la comprensión de la... delicadeza de su trabajo, Sartorius, por lo que pude ver, dependía de los demás para el análisis práctico de qué le convenía o no. Carecía de astucia... no era un intrigante. Pienso que había en aquel hombre la suficiente cuota de humanidad ordinaria como para que le cayera en gracia alguien que entendía la naturaleza de lo que hacía.

»Siete caballeros componían aquella... logia de inmortales. Un día, uno de ellos murió, murió de verdad, y Sartorius me invitó a presenciar la autopsia. Tuvo lugar en su quirófano... sobre una mesa de hierro con los bordes altos y un tubo de drenaje en uno de los extremos. Una manguera flexible, con una ducha, colgaba del techo para mantener frío el cadáver por medio de una lluvia constante de agua. Me pidió que quitara la cabeza de la ducha de su sostén y que dirigiera el chorro de agua a los efluvios... que se creaban en el curso de sus observaciones. No sé si sus procedimientos eran los de un forense; dudo que lo fueran. Abrió el tórax y examinó los pulmones y sus bronquios, le arrancó el corazón... y declaró todo aquello normal, ordinario. El cadáver parecía sereno, en absoluto perturbado por su propia disección. El rostro afeitado, sin arrugas; la expresión compuesta, incorruptible. Era un hombre de mediana edad, más joven que los demás, lo cual me sorprendió. Sartorius conversaba mientras realizaba su trabajo:

»—Cuando el señor Prine vino a verme le habían diagnosticado una epilepsia. Sufría de convulsiones y parálisis episódicas. Supe, por ciertos signos en su cuero cabelludo que, en verdad, era un sifilítico.

»Sartorius examinó el cuero cabelludo y luego lo despegó del cráneo con la ayuda de su lanceta. Luego, aplicó el trépano y separó un trozo de hueso. Nada de esto me afectó. En su compañía, uno se abandonaba al estado de ánimo de Sartorius que, en este caso, se reducía a un agudo interés por los restos mortales. Del cuerpo abierto emanaban hedores fétidos y nauseabundos... Pero, de alguna manera, yo estaba adiestrado; sentía que todo aquello no era sino un mecanismo a desarmar; a fin de cuentas, el rostro permanecía indiferente, en paz, una máscara, el disfraz de la máquina. Solo estaba ávido de conocer lo que el doctor descubriría... La cara interior de los huesos del cráneo tenía un aspecto áspero, erosionado. Señaló tres depresiones aisladas en las que el tejido óseo era más delgado, de manera que, cuando lo sostenía contra la lámpara, dejaban pasar la luz. Estas depresiones se correspondían con tres excrecencias duras e irregulares, coralinas, que aparecían en la superficie del cerebro: como si la masa encefálica hubiese absorbido por sí misma el pericráneo. Casi salmodiaba sus comentarios sobre lo que iba encontrando, aunque no estaba claro si me hablaba a mí o solo discurría para sí mismo... Aunque usaba los términos de la anatomía, cada referencia era muy específica. Yo observaba con tal concentración sus manos delicadas, de largos dedos que... por momentos, tuve la ilusión de que eran las mismas manos quienes hablaban:

»—Estas adherencias en el istmo de Silvius, fíjese cómo bridan el lóbulo anterior y el medio en una sola masa.

»Su acento era muy suave, apenas una entonación, pero allí estaba.

»—Y la duramáter, en esta zona, se adhiere a la sustancia gris.

»Veía lo que él me hacía ver... Lo más horrible fue un depósito amarillento, con la consistencia de un queso, que supuraba y tenía la forma de una pirámide; lo rebanó con destreza, lo tomó con las manos desnudas y lo colocó en una balanza pequeña a fin de conocer su peso. Dejó los instrumentos y se limpió las manos bajo la ducha de agua.

»—Habrá notado, sin embargo, que grandes partes del cerebro y del cráneo están sanas. Por desgracia, no puedo determinar hasta qué punto esto se deba a los tratamientos que recibió aquí. A lo más, como consuelo, podemos decir que el señor Evander Prine, sifilítico desahuciado, se mantuvo en vida por más tiempo del que le correspondía. Pero confirmo a Ricord, en su *Treatise on the Venereal*. Los nódulos, los tubérculos profundos, tubérculos de tejido celular... la necrosis progresiva... deben considerarse síntomas de la etapa terciaria.

»Su dicción era tan carente de emociones que, cuando hizo un comentario personal, fue una conmoción para mí:

»—Demasiado tarde —dijo—, demasiado tarde hasta para Sartorius.

»Era una víctima fácil para el malentendido... que se lo percibiera tan solo como un médico, con los intereses y los remordimientos de un médico... que se le adscribieran los motivos más corrientes... Un día me preguntó si le permitiría llevar a cabo un experimento en mi persona. Me recosté en la camilla de su dispensario y me colocó en las sienes dos ánodos de un pequeño magneto. Estaban conectados, a través de unos cables, a un par de agujas cuyas puntas se apoyaban contra un cilindro de cera giratorio colocado en una caja de madera. Me lo explicaba todo a medida que sucedía. El cilindro daba vueltas gracias a un eje unido a un pequeño motor de vapor fabricado en latón. Todo el proceso no duró más de un minuto y, tal como me había prometido, no sentí nada: ni dolor ni ninguna otra cosa. Luego me mostró, grabado en el tambor de cera, lo que describió como la representación gráfica de los impulsos eléctricos de mi cerebro... un dibujo bastante regular, parecido al seno y coseno matemáticos. Este fantástico artilugio de representaciones era de su propia invención. Me dijo que, para el propósito de sus investigaciones, asumía la hipótesis de que yo estaba en mis cabales, mentalmente sano, aunque yo mismo tuviese mis propias dudas... y luego, a fines comparativos, me mostró otro cilindro, en el que se habían grabado las actividades cerebrales de un hombre afectado por una enfermedad terrible a quien él había recogido de la calle. El hombre en cuestión nos era conocido por el nombre de Monsieur; un espástico lleno de tics, tartamudo, con el rostro deformado por muecas, gestos abruptos y miradas salvajes, un histérico permanente cuya presencia no se soportaba más que unos instantes; tan despiadado en su conducta mimética era el pobre que le devolvía a su interlocutor cada expresión fugaz de su propio rostro, incluidas, en especial, las de repugnancia y piedad que él mismo inspiraba. Cada gesto, cada uno sin excepción, que caía bajo su mirada, Monsieur lo devolvía en imitación compulsiva y no se estaba quieto un segundo: un caso de vano furor histriónico cuyo origen, para Sartorius, estaba en un defecto de la corteza cerebral... Una vez analizado, decía, no era más que la mera aceleración e intensificación de la actividad normal de un hombre. El cilindro mostraba un desorden salvaje de picos y valles, irregulares, desiguales, profusos.

»Guardaba a este desgraciado aislado en un cuarto oscuro y lo mantenía como uno haría con un caballo en un establo. Los motivos de Sartorius no eran caritativos. Me enseñó qué sucedía cuando Monsieur se encontraba en medio de la hermandad de ancianos caballeros. Se volvía sereno, plácido y hasta dejaba que las asistentas lo bañaran… pero tan solo mientras en su campo de visión tuviera a los viejos sentados de aquella manera vacua e inexpresiva que los caracterizaba, indiferentes a todo cuanto los rodeaba. Después de un rato, asumía aquella inmovilidad. Y, más pasmoso aún, ellos comenzaban, de manera misteriosa y simultáneamente, a agitarse; se mostraban irritables y uno o dos de ellos fueron atacados por temblores y parálisis de las manos o los pies… No, este no es un simple médico… Verán, aunque yo siempre haya posado de intelectual… y, de hecho, tengo una cultura y estoy bien informado en los asuntos cruciales que pueden surgir en una conversación… aun así, jamás he tenido esa vitalidad,… que es la marca de distinción de una gran inteligencia. Estoy haciendo una comparación que no carece de envidia. Nunca me hice cargo de las convicciones de mi pensamiento sino que las sufrí, como un hombre sufriría al recoger un hierro candente. Usted no podía saberlo, señor McIlvaine, porque a usted le mostraba, además de mis trabajos, una actitud… de calculada… arrogancia. Pero el espíritu de este hombre me conmovía. El doctor Sartorius no es un médico… excepto en lo que hace que la medicina se mezcle con el funcionamiento del mundo. Él piensa con pedazos de mundo. Lo ve en sus estructuras. Creo que, si tiene un método, consiste en conectarse con las energías amorales que la vida gregaria de los humanos genera… independientemente de los credos que se sostengan.

»Usted lo sabe; siempre fui un extranjero en mi propio país… apartado, un forastero de nacimiento, asincrónico con mi época… de manera que, por momentos, cada calle empedrada de esta ciudad, cada mansión hecha en piedra, se me aparecía como el ritual ptolomeico de unos dementes… lo que para ustedes eran sus moradas, el fuego del hogar incluido, para mi imaginación eran los templos de cultos crueles y bestiales... y luego, emplazaron estos templos uno contiguo al otro, en avenidas, y pusieron en marcha sus máquinas de acero en el medio, y tendieron sus cables sobre el cielo y los cables empezaron a zumbar... y yo no era más que un fantasma en esa grilla... nacido sin la fe ni el estómago para hacer de este mercado regulado hasta la obsesión, penetrabilísimo y comunicado... mi propia ciudad.

»Así pues, estaba... disponible... para su influencia. Fue como llegar a buen puerto con los vientos refrescantes de una tierra recién descubierta. Las ideas manifiestas de Sartorius fueron un centro de gravedad que me atraía a él. Lo que vi en él fue la dominación aristocrática que avasallaba a hombres como mi padre. Él era soberano... indiferente a todo cuanto no fuera su obra, tan carente de pedantería que ni siquiera se molestaba en tomar notas de sus experimentos: sabía qué eran, cómo se desarrollaban; todo estaba escrito en su cabeza y, en tanto vivía consigo como el único ocupante de su propio ser, tampoco pensaba en la Ciencia, en que contribuiría a su Historia... ni dedicaba un solo pensamiento a la posteridad, ni a que su nombre figurara en una estela cuando le llegara el momento. Su inteligencia maravillosa se distraía de sus propias proezas.

»Idea mía fue que tuviera un secretario, un historiador de su persona; fue idea mía, iniciativa mía. El doctor Sartorius, como carecía de vanidad, no se malgastaba en estas cosas.

»Y, ¿en qué consistía esta obra, al menos tal como yo podía captarla? ¿Cuál era su principio rector? Lo vi hacer transfusiones de sangre de una persona viva a otra. Lo vi inyectar tejido celular en cerebros inertes con su aguja hipodérmica. Vi envejecer a los huérfanos, primero a uno, después a otro, como hojas que amarillean en otoño. ¿Era esto la obra? Aunque veía una parte, se me tenía ignorante de los asuntos cruciales. A pesar de toda la libertad que se me había concedido, no se me admitía en el quirófano durante ciertas operaciones, que duraban horas. Y toda la vida en el edificio presumía de sana, de cabo a rabo; todo tenía un propósito, el propósito de la vida; todo lo que estaba en la mano del hombre, allí encontraba expresión.

»Pero los hábitos de Nueva York, de la misma manera que las vidas pasadas de los viejos, se invocaban, se utilizaban, como todo se utilizaba, por sus valores terapéuticos. Había cenas, bailes… Lo que deben entender de Sartorius es que nunca se comprometía con una terapia en particular; las correcciones eran constantes; era desprendido e implacable en las críticas de sus propias ideas y de las ajenas. Buscaba la aberración en las mentes y los cuerpos, como si allí los secretos de lo viviente quedasen al descubierto con mayor facilidad. La normalidad obstruía la visión científica, sugería una atribución de forma que la vida no tenía derecho a reclamar para sí. Pero allí donde la existencia estaba vejada o era grotesca, la vida se anunciaba como la verdadera sinrazón que es. De costumbre, examinaba a la gente que se ganaba la vida gracias a sus deformaciones. Iba al centro de la ciudad a visitar sus museos de maravillas vivientes, y a los espectáculos de monstruos en Broadway. Los enanos, los liliputienses, los acromegálicos, las que se declaraban sirenas, los que se decían hombres lobos. Los andróginos, esas pobres almas que participaban de manera imperfecta de ambos sexos. Les sacaba sangre. Empecé a entender el temperamento científico puro por el brillo que alcanzaba en este hombre. Producía una mente ajena a la conmoción, un hombre para quien el sacrilegio no existía, un ser cuya vida no se ataba a ninguna idea fija o inmutable que tuviese que defenderse para dar sentido a su existencia… lo contrario de lo que se podía esperar de alguien como, por ejemplo, el reverendo Grimshaw.

»Entonces… al igual que los paseos que, en tiempo tormentoso, se daban en un ómnibus municipal a través de las activas calles de la ciudad... también se organizaban bailes. Y todos subíamos al invernáculo, iluminado de verde por los candelabros industriales fijados en los muros y arreglado como salón de baile. Mientras el disco del órgano mecánico giraba y sus dientes extraían valses rígidos del cilindro, acompasados por los bajos automáticos del tambor y los címbalos, aquellas criaturas de la hermandad inmortal, ataviadas con sus trajes de etiqueta, bailaban... con sus celadoras. Lo que se oía era una mezcolanza de las melodías de los valses de moda, a cuyo ritmo los viejos, obedientes, arrastraban los pies lentos, guiados por sus suripantas... hasta mi padre hacía su danza de rigor de una manera que lo absolvía, en mi conciencia, de toda su astucia criminal. Había renunciado a la dignidad de la muerte, como todos los demás. Se había reducido al viejo distraído cuya interioridad yo podía espiar. Augustus Pemberton, aquella bestia fría y torpe de codicia... nunca se me había ocurrido que pudiese tener deseos insatisfechos, aunque fuesen megalomaníacos. Pero allí estaba: un danzarín descerebrado que ponía en escena aquel rito, aquel sacramento de una religión todavía inexistente.

»Todo era a mayor gloria de Sartorius. Y aunque cumplía escrupulosamente su parte del contrato, sus pacientes no le importaban en lo más mínimo excepto como objeto de sus pensamientos. Lo que garantizaba era, apenas, su interés científico. ¡Pero eso era todo! Y a partir de esto recomponía sus vidas pieza a pieza: los envolvía en pañales como a niños, los mandaba de paseo, los hacía bailar, los educaba en la ensambladura de los ciclos de la vida y, con sus ungüentos emolientes y sus polvos y sus inyecciones de fluidos extraídos de los niños, los reconstruía por metempsicosis hasta volverlos criaturas perpetuas.

23

Es obvio que aquí condenso todo lo relatado por Martin a lo largo de varios días, o todo lo que yo recuerdo del relato. Íbamos por la tarde y nos sentábamos a su lado. Siempre se mostraba complacido de vernos. La suya era la gratitud del inválido en recuperación. A veces se quedaba callado por mucho rato… con los ojos cerrados… hasta que empezábamos a preguntarnos si se habría dormido. Pero eran pausas de reflexión. Sarah Pemberton se cuestionaba la sensatez de un interrogatorio que hacía revivir a tal punto sus experiencias. Nos pidió que no fomentáramos su extenuación y que nuestras visitas no se prolongaran. Era el modo en que ella encaraba los asuntos… por el aturdimiento de las facultades, Donne le explicaba la absoluta necesidad de enterarnos de todo cuanto fuéramos capaces… y yo, por mi parte, los beneficios de revivir cada instante, dentro de lo posible… que Martin parecía dispuesto a hablar de lo sucedido… y que nada resultaría mejor para él, como para cualquiera, que transformar aquellos hechos en un relato que los convertiría en un objeto del lenguaje… listo para que cada uno lo recogiera y lo examinara.

Un día, Donne sintió que estaba en condiciones de preguntar a Martin cuándo y por qué había terminado su acuerdo caballeresco con Sartorius.

—No estoy seguro de saberlo —dijo—. Había una mujer asignada a mis cuidados... que se ocupaba de traerme los alimentos cuando comía solo... me proveía de lo indispensable, limpiaba el cuarto y todo lo demás. Nunca decía nada... ninguno de ellos decía nada... aunque las sonrisas y los gestos que me dispensaba eran bastante amables. Era una mujer contrahecha, vestía de gris, el color de los uniformes de todos ellos, y el pelo ralo le asomaba por debajo de la cofia de enfermera. Un día le pregunté cómo se llamaba. Le pregunté cuántos empleados había. Sentía curiosidad por todo y por todos. No contestó: sacudió la cabeza y sonrió. Las proporciones de su cara no eran las normales. Una cara ancha de facciones aplastadas que, sin embargo, parecía sobrecargada de hueso en el lado derecho. La oreja izquierda, en cambio, daba la impresión de ser más pequeña de lo debido. Hice algunas preguntas más, a cada una de las cuales respondió con discretas sacudidas de cabeza mientras esperaba, cohibida, sonriente y respetuosa, la oportunidad de marcharse... entonces me di cuenta de que era sordomuda. Todos lo eran entre el personal, sordomudos, como si los hubiesen reclutado en una de esas instituciones dedicadas a esta gente desgraciada... Me di cuenta de que la única persona capaz de habla en aquel lugar, la única a la que yo podía hablarle, era el mismísimo Sartorius. Una vez que lo hube entendido, este conocimiento se me hizo opresivo... y sospecho que Sartorius tuvo algún indicio.

»Luego, en un momento dado, me preguntó si me sometería a otro experimento. Con mi permiso, ya me había extraído sangre. Me advirtió de que lo que se proponía no sería tan indoloro... ni tampoco se parecería al registro de los impulsos eléctricos de mi cerebro y... por lo tanto, requeriría anestesia. El experimento implicaba que me extrajese médula ósea de la pierna... le dije que prefería pensarlo mejor. No fue una respuesta digna del espíritu científico… algo que él habrá captado antes que yo. Acaso el encantamiento se descomponía… pero lo cierto es que, por las noches, empecé a soñar con aquel niño ceñudo, pardo como una nuez, que había en el ataúd de mi padre en Woodlawn… Soñaba con él… pero era como si abriera los ojos… o reabriera los ojos… a las terapias específicas maquinadas por Sartorius para que los viejos caballeros se eximieran de la muerte…

»Soy incapaz de explicarme… que lo había sabido sin saberlo. ¡Qué oportunamente lo había… olvidado! Como si hubiese practicado sobre mí mismo la ablación de un trozo de mi cerebro. Pero las consecuencias… de la toma de conciencia de lo que siempre había sabido fueron aplastantes. Me sentí asqueado de mí mismo… me había denigrado a tal extremo… que el sabor de mi propia podredumbre moral… se materializaba… y me causaba náuseas. No estoy seguro de haber considerado la posibilidad de la huida… ¿de qué huiría? Pero sí se presentó la necesidad de… respirar. Como el niño del ataúd, yo también estaba sepultado. No había ventanas, la luz era artificial… el zumbido de las maquinarias, constante… y en el aire flotaba una humedad que a veces me hacía sentir… sumergido… o prisionero en una cripta submarina hermética. Acaso Sartorius haya percibido mi pesadumbre y la haya juzgado, en cierta forma, decepcionante; no lo sé. Al parecer, perdió interés en mí. No volvió a hablar del experimento. Ya no se me invitaba tan a menudo a observar o a participar. Se me abandonó a mis propios recursos… y, al final, sentí que había olvidado mi presencia… su mente había seguido adelante sin mí.

»La iniciativa, creo, le correspondió a Eustace Simmons. Vino a verme un día, acompañado por la mujer a quien yo había hecho todas las preguntas… y se sentó al otro lado de la mesa en la que yo comía. Para entonces, ya no comía escaleras arriba con el resto de la... comunidad. Pasaba la mayor parte de mi tiempo en la biblioteca. La aparición de Simmons me sorprendió: no era tan fácil verlo por ahí. Su charla era la de una visita de cortesía.

»La siguiente cosa de la que tuve conciencia fue de la oscuridad que me rodeaba; me dolía la cabeza y la atmósfera era diferente, cerrada; el aire olía a quemado, a cenizas, a hollín... Podía oír el sonido de pasos en el piso de arriba. Y, cuando me puse en pie para recobrar mi presencia de ánimo, me di cuenta de que mis manos se aferraban a los barrotes de una celda. Pensé que, finalmente, aquello era justo.

Lo habían devuelto al orfanato... y no era capaz de contarnos cuánto había durado el viaje... o desde dónde había llegado... ni ninguna otra cosa que nos diese una idea de la situación del corazón de la empresa en la ciudad.

—¿Por qué cree que Simmons no se... deshizo de usted, lisa y llanamente? —le pregunté.

—Eso es lo que él, con toda probabilidad, habría preferido. Verá, Simmons es, de alguna manera, mi hermanastro tenebroso. Mucho mayor que yo, de la misma manera que yo soy mucho mayor que Noah, pero el hijo de mi padre... en espíritu... su mano derecha... lo que yo nunca fui. Se convirtió en la mano derecha del doctor. Profesaba el mayor de los respetos por Sartorius... A pesar de toda su astucia, Simmons tiene el alma de un factótum. Necesita trabajar para alguien. El doctor quizá concibió algún otro uso para mí. Tuve tiempo de pensar en esto. Todo el que pasó antes de que empezara la... zozobra de mis facultades. Pero oía los pasos de aquellos niños sobre mi cabeza. Sabía que eran niños... nadie confunde los pasos infantiles. Grité y me desgañité... para que huyesen, para que corriesen... a sabiendas de que no me oirían. Yo era uno de ellos, ¿se dan cuenta? A pesar de todo. Lo entendí.

Más de una vez, durante estas rememoraciones, Martin estuvo al borde de las lágrimas. Creo que fue en este momento cuando ya no pudo contenerse. Se cubrió los ojos con las manos y lloró.

Como había dicho, estábamos en el corazón del otoño. Algo así como a mediados de octubre. Y entonces pasaron varias cosas, más o menos simultáneas. Una tarde, llegaba para mi charla habitual con Martin y encontré a dos policías montando guardia en la puerta de la casa de los Tisdale. Tuve que identificarme antes de que me dejaran tocar a la puerta. Me recibió Emily. Detrás de ella, la cabeza blanca de su padre, que se acercaba por el recibidor.

—¡Periódicos! ¡Policía! ¿Qué más? ¿Qué más? Soy un anciano, ¿es que no les importa? ¡No estoy acostumbrado a esto!

Emily me acompañó hasta el vestíbulo y se excusó por un instante… oí sus voces, que se alejaban escaleras arriba, la del padre más airada que la de Emily pero, al parecer, prevaleció la joven… porque pocos minutos más tarde había regresado a la planta sin él.

—Ha sido hallado muerto en Tombs el hombre al que habían arrestado. El cochero, Wrangel, ¿se llamaba así? Se colgó en su celda —dijo Emily.

—¿Dónde está Donne?

—Ha ido a la escuela, a buscar a Noah.

—¿Dónde está Martin?

—Arriba, en su cuarto. Su madre está con él.

Me bullía la sangre. Se podía asegurar que cada uno tendría su cuota de desesperación. La noche anterior se había celebrado la concentración de ciudadanos que creo haberles mencionado… frente a Cooper Union. Una reunión estridente en la que se pedía la cabeza de Tweed. Pero se conformaron con la creación de un comité de setenta… vecinos principales, que se encargaría de demandar al alcalde y a su administración en nombre de los contribuyentes. El objetivo era impedir que el Ring emitiese bonos o pagase a sus proveedores con dinero municipal hasta que no se iniciara una investigación. No se me ocurría qué juez les daría el interdicto que necesitaban, pero la noticia de que al menos se hiciera el intento era electrizante.

Esperé a Donne con impaciencia. Cuando regresó sano y salvo con Noah y lo hubo acompañado al primer piso, tuvimos ocasión de hablar a solas por unos minutos. Desde luego, no había creído que Wrangel se ahorcara. Me contó que habían encontrado contusiones en el cráneo del cochero. Lo habían dejado inconsciente a golpes antes de colgarlo.

—¿A quién le habrán encargado el trabajo?

—No es una actividad desconocida… entre los municipales… ahorrarle al poder judicial la faena de un juicio de verdad.

—¿Los Pemberton están en peligro?

—No lo sé. Depende de quién se esté ocupando de esto. Debo presuponer la posibilidad de que hayan seguido la pista de Martin desde el hospital. Aunque tal vez no. Puede que sus otros problemas los hayan absorbido por completo… Puede que Wrangel sea suficiente para ellos, por ahora. O tal vez no. Es concebible que estén entregados a una… extirpación general de la evidencia. Doy por hecho que no lo comentará con los demás.

—Delo por descontado. Aunque, al parecer, la guardia que usted ha puesto ha alborotado a toda la casa.

—Sarah y Noah deben acampar aquí si la señorita Tisdale lo permite. Pero le diré a todo el mundo que se trata solo de precauciones. Ahora estoy seguro de que Tace Simmons no ha dejado el país. Nos conviene, siempre y cuando podamos pes-

carlo… Lo de verdad curioso es que, a partir de ayer a medianoche, me han rehabilitado en todas mis funciones.

—¿Qué?

—Estoy tan sorprendido como usted. Acaso el Ring sienta
que es mejor que esté donde puedan vigilarme. Las cosas se les
están yendo de las manos.

Aparte de la gravedad acelerada de todo este asunto, era obvio que Donne estaba en su elemento. Lo envidiaba, porque yo
estaba fuera del mío. Lo que volvía las cosas peor era mi aguda
conciencia de que podía, en interés de la seguridad de Martin y
su familia… podía pasar el dato a un periodista en activo… e
incluso, como periodista independiente, podía desvelar la historia para alguno de los periódicos diarios. Si se hacía público el
encierro de Martin en el Hogar de los Niños Vagabundos… en
cuyo consejo habían estado Tweed y sus secuaces… sitio donde
casualmente el suicida, Wrangel, había trabajado… antes de ser
arrestado por el asesinato de un matón callejero… pues bien,
aun este jirón del asunto, con promesas de más trozos de la historia por venir, los habría paralizado al instante. Que la noticia
se hiciera pública no habría significado un problema para mí.
No había perdido mi reputación, solo mi empleo. Mi renuncia
se veía con mejores ojos entre los colegas, aunque no había hecho
nada por explicarla o anunciarla. Había recibido una esquela
del señor Dana, el editor del *Sun*, en la que me invitaba a hacerle
una visita informal. Y uno de mis amigos en el *Telegram* me había contado que el editor responsable pensaba que el periódico
había perdido calidad desde mi partida… y, ¿por qué había lanzado el rumor si no era para que yo lo oyera?

Por tanto, existían todos los motivos para hacerlo… excepto que… lo confieso aquí: es despreciable… yo sentía que
tenía… tiempo. Cuanto más supiese de la historia, más sería
mía. En exclusiva. ¿Quería decir que estaba dispuesto a poner

los intereses de la historia por encima de las vidas de quienes la protagonizaban? No lo aseguraría. Es posible que no se pueda argumentar... pero hay un instinto que prefiere... que el sentido no sea perturbado. Que quien sea que cuente nuestra historia moral... debe irle a la zaga, no a la cabeza como un adelantado. Que si en verdad hay sentido, no lo tañen las campanas de la iglesia sino que su existencia luminosa se padece... Acaso sintiera que si la historia se publicaba como era entonces, o como yo la conocía, constituiría una intervención... una invasión del reino de la causalidad perpetrada por el reportero... que podía trastornar el resultado. Todavía secretos, estos acontecimientos podían revelarse de manera natural o monstruosa. Si todo esto no los ha convencido, digamos que pensaba que la historia no estaba sujeta a relato, a relato fiel, hasta que no se completara. Que no había historia hasta que... yo no hubiese visto a Sartorius.

De hecho, aun cuando todos estos asuntos finalizaron y los acontecimientos concluyeron y los problemas se resolvieron y tuve mi exclusiva, nunca la publiqué... lo cual podría sugerir que tuve la premonición de que, aunque completa, la historia no era... posible desde la prensa... que hay límites al uso de la palabra en un periódico.

Cualquiera que fuese la razón, yo fui un cabrón egoísta y no publiqué nada. Era el amigo de todos en Lafayette Place... y el traidor de sus secretos. Mi ánimo era aventurero y estaba dispuesto a correr riesgos con las vidas de otra gente.

No había escapado a mi competitiva observación que Martin, a causa de algún escarmiento profundo de su dura prueba, había perdido la agudeza necesaria para el seguimiento del asunto. No nos preguntaba nada. Se limitaba a rumiar su propia experiencia. Se me ocurrió que esto demostraba la validez de mi posición.

Y fue entonces que Donne, en sus investigaciones sobre el dinero recolectado de los millonarios, se topó con algo interesante. Encontró, en los libros del ejercicio del año anterior del Departamento de Aguas de la ciudad, publicados en el *Manual of the Corporation of the City of New York*, un asiento contable por algo así como doce millones de dólares, que se atribuían a la emisión de bonos públicos para las mejoras del acueducto del Croton, en 1869. Sin embargo, tal como él mismo averiguó, tal emisión de bonos del Departamento de Aguas jamás había existido. ¿Y por qué habría dejado semejante asiento el Ring, cuando su método, durante años, había sido disimular sus entradas e inflar sus desembolsos? Donne pensaba que esa suma era, de hecho, una parte de la inversión de la hermandad. Y decidió que buscaría otros apuntes similares, disfrazados de la misma manera, en la contabilidad de otros organismos municipales.

Y luego tuvo su intuición brillante y decisiva.

Bajo los paraguas… de pie en un camino de grava, entre el gran embalse y la cabecera del acueducto del Croton… en una colina truncada, en Westchester, a unos treinta kilómetros de la ciudad; allí estábamos. Era una mañana miserable, cruda, húmeda. La lluvia espesa manchaba de listones negros la sólida construcción de granito, con torretas almenadas y catedralicias puertas de roble.

Detrás de nosotros, la lluvia graneaba de blanco las aguas negras del embalse. Se parecía en todo a un lago natural, excepto por la falta de árboles en sus márgenes. Percibí, en la orilla del agua, no demasiado lejos de donde estábamos, el naufragio de un balandro de juguete. Yacía sobre uno de sus lados, balanceado por las ondas que se rompían contra la riba bajo un tropel de nubes.

Donne solo me había dicho que estuviese listo para dejar

mi casa antes del alba. No tuve ninguna pista sobre el lugar donde iríamos. Habíamos viajado en tren, remontando el curso del Hudson, hasta el pueblo de Yonkers... y allí un carruaje había salido a nuestro encuentro y nos había llevado hacia el este, atravesando la campiña, con dirección al estrecho de Long Island. Habíamos subido por el camino que llevaba al embalse y a la cabecera del acueducto. Me quedé azorado cuando vi un contingente completo de los municipales diseminado alrededor del edificio.

Los policías habían traído dos de sus coches celulares. Además, había varias berlinas. Los vehículos estaban alineados en el camino; los caballos, las cuatro patas plantadas en el lodo, las cabezas gachas, se sentían miserables bajo la lluvia.

Mientras miraba el edificio, la certeza de Donne se duplicó en mi propia imaginación. A excepción de los tres ojos de buey abiertos cerca de la línea del tejado, la fachada no se interrumpía con ventanas. El cielo era un tumulto de nubes negras y cargadas que reflejaban un color verdoso cuando navegaban sobre el tejado. Me parecía que todo estaba en movimiento, salvo el edificio de la presa. Estriaciones de lluvia... las nubes muy bajas, muy rápidas.

Bajo mis pies, el suelo latía como un corazón. Pero eran las bombas de la cabecera del acueducto. ¿O no? No podía confiar mucho en mis sentidos porque pensé que también oía una orquesta debajo de toda aquella... naturaleza en agitación. Debajo del siseo de la lluvia, debajo del estruendo del cielo... había algo insistente, pomposo, rítmico.

Donne hizo una señal a uno de los policías y se acercó a la entrada. Lo seguí. Esperamos a que el policía llamara a la puerta con fuertes golpes. Abrieron un minuto después. Ningún hombre del Departamento de Aguas, sino una mujer que vestía el uniforme gris de las enfermeras. Abrió los ojos con asombro, no de encontrarse con la policía, pensé entonces, sino ante la estatura de Donne más su paraguas, en quienes los mantenía clavados. No pareció que le entendiese cuando él le preguntó si podíamos entrar... pero después de pensarlo por un momento, abrió la puerta de par en par y nosotros pasamos.

Como sabrán, en circunstancias en que nuestra atención se agudiza tanto que resulta dolorosa, percibimos cosas secundarias... como si nos reafirmáramos en nuestra irresponsabilidad fundamental. En cuanto estuve dentro de ese vestíbulo de piedra... apenas iluminado, como una mina, por unas lámparas de queroseno... sentí el escalofrío del aire sepulcral y oí la potencia del agua apresada en acequias que siseaba y rugía en su caída... y fui consciente del taconeo de nuestros zapatos en la escalera de hierro, que subía en espiral alrededor de un gigantesco eje giratorio cubierto de grasa... pero lo que más poderosamente atrajo mi atención, mientras las seguía en sus movimientos, fueron las nalgas de esta mujer sin corsé bajo la falda de su uniforme de enfermera: una mujer corriente, de mediana edad, sin belleza ni posición.

Donne y el policía se tomaron su tiempo para subir, como si memorizaran cada escalón que pisaban. Por fin, llegamos a lo alto: un puente angosto que atravesaba una cámara cavernosa... al fondo de la cual se abría una alberca interior de aguas sulfurosas... que en su agitación producían una niebla mineral, un quinto elemento... y pude ver que, por todas partes en los negruzcos muros de piedra, crecían limares de moho y líquenes y barbado légamo.

Atravesamos aquel... atrio y llegamos a un corredor iluminado por farolas de gas... y atravesamos otra puerta, que la mujer mantuvo abierta para nosotros... y daba a una habitación digna de ese nombre. Pero la transformación fue descorazonante, como el truco de un prestidigitador. Estábamos en una antesala, en una antecámara como cualquier otra: las paredes pintadas de blanco; los suelos cubiertos de madera; espejos y mesillas y hasta una urna decorativa. La mujer señaló un grupo de butacas con un gesto que era una invitación a sentarnos. Pero Donne, en cambio, la dejó atrás en un par de zancadas, porque sabía que en algún sitio, allí arriba, encontraría al doctor Sartorius.

A esta altura —¿el tercer piso?, ¿el cuarto?— se podía oír la orquesta… como uno oye la música de un desfile a una manzana de distancia. Donne, con su paso de zancuda, amenazaba con dejarme atrás en el corredor. No hizo caso de las puertas cerradas de varios cuartos. Una de las puertas que logré ver en mi precipitada carrera estaba entreabierta… y capté… una imagen… que sugería una pared cubierta de libros; un tapiz ornamental en el suelo; una lámpara de gas; un hombre que leía, sentado en una silla. Durante algunos minutos no registré esta información… sino que seguí mi carrera detrás de los policías.

Los seguí por una escalera ancha de madera barnizada cuya barandilla era de talla. En lo alto había un descansillo… y unas puertas de acero de doble hoja que se cerraban por medio de una rueda. El policía que nos acompañaba la hizo girar, abrió las puertas y la música se abalanzó sobre nosotros como una ráfaga de viento.

Las sombras de las nubes tormentosas aparecían y desaparecían en el techo translúcido como el desfile de una armada. Las nervaduras de acero de la bóveda se proyectaban como arbotantes. El órgano mecánico de roble y cristal, monumental como el de una catedral, se estremecía al son de su propia música. El gran disco giratorio dorado que golpeaba el tambor y sacudía las campanas y tañía las cuerdas de un vals de autómatas.

En la terraza central, unas mujeres de uniforme gris bailaban entre sí.

Nuestra presencia no interrumpió nada. Aquí y allá, reclinados en los bancos o desplomados sobre una mesa del jardín o, en un caso, atravesado en el sendero de grava bajo un árbol cercado, había ancianos en traje de etiqueta. Donne, metódico, se acercó a cada uno de ellos y les tomó el pulso. Eran cinco y, con la única excepción de uno que resollaba sus últimos estertores, todos estaban muertos.

Las enfermeras... venéreas enfermeras... daban vueltas al compás del vals. La tristeza de sus rostros era inconmensurable. Pensé que tenían las mejillas anegadas en lágrimas, pero cuando miré con más atención vi que era la humedad de la atmósfera condensada sobre la piel de aquellas mujeres, y sobre la mía, como comprobé al tocarme la cara... la atmósfera que producían los orificios en la pizarra del suelo... una suspensión de gotas ínfimas que se adherían al rostro como si fueran de aceite.

Sentí la opresión de un universo de agua, dentro y fuera, abatido sobre los vivos y los muertos.

Los viejos estaban apergaminados, perversamente oscuros y demacrados, como las vainas de una legumbre. Me fijé en la cara de cada uno de ellos, pero en ninguna reconocí a Augustus Pemberton.

Registramos las habitaciones en las que los viejos dormían y las salitas donde se los había sometido a... cirugía, o a tratamiento médico; registramos el dispensario. Todo estaba vacío.

Le dije a Donne que, en el piso de abajo, había visto a un hombre que leía en lo que parecía ser una biblioteca.

La expresión de Donne fue de perplejidad. No era que la música me hubiese ahogado la voz sino que mi propia voz, a la que podía oír, había adoptado la curiosa calidad sonora de una gárgara. Repetí la información y él se inclinó para escucharme. No pasó un instante y se precipitaba escaleras abajo. En mitad del corredor, aquella puerta seguía entreabierta. El sargento la empujó con fuerza y dio un portazo contra la pared.

Sartorius apartó la vista de su lectura. Cerró el libro, se puso en pie, se arregló el nudo de la corbata y tiró de las puntas de su chaleco... De estampa esbelta, no era alto aunque militar en el porte, sosegado, transmitía una autoridad suprema. Vestía una levita negra y llevaba una traba en la corbata de buen tono, ancha y de nudo flojo. El pelo oscuro, muy corto; el rostro severo, bien afeitado a excepción de unas patillas que le enmarcaban los maxilares, continuaban debajo del mentón y le cubrían la garganta y el cuello como un pelaje. Los ojos negros, implacables, con algo que describiría como la desolación del saber... la boca, de labios finos, era la de un abstemio... Nos observaba... con esa impersonalidad rigurosa que lo distinguía... sacó su reloj del bolsillo y lo miró... como para comprobar si nuestra llegada coincidía con el momento que él había concebido para ella.

¿Por qué no había intentado la huida? Lo he pensado durante muchos años. La sociedad, como he dicho, le tenía sin cuidado. No se sentía atado a ella. Ni, por cierto, a sus leyes. Había marchado, a pie y a caballo, a través de lo peor de nuestra Guerra Civil, invulnerable... a los cañones, a las balas y a las controversias. La masacre, en apariencia interminable, terminaba sobre su mesa, en la tienda de cirugía del hospital de campaña... como un único cuerpo... fascinante, sin solución de continuidad... maravillosamente roto y destrozado y agonizante... y necesitado de arreglos incesantes... Acaso pensó que, quienquiera fuese que lo había apoyado en la ciudad, lo protegería ahora y se cuidaría de que se lo restituyese a su trabajo... de manera que, aunque sus experimentos se hubiesen interrumpido... se reanudarían. Acaso no pensó nada de todo esto.

Pero lo diré ahora para ustedes... es inherente a la vileza el ausentarse, aun cuando se cuadre delante de uno. Uno cierra sobre ella y cierra sobre nada. El puño se estrella contra el espejo. ¿Quién le devuelve a uno la mirada? Acaso ya estén enterados de la elusiva condición de mis villanos. Esta es una historia de hombres invisibles, de hombres muertos o de hombres vivos, pero indeterminados... de hombres furtivos, parapetados tras los gruesos muros de piedra arenisca de Nueva York, en un reino de su propia creación... No los han visto, salvo en sombras; ni han oído su habla, salvo en voces ajenas... Han estado escondidos en mi idioma... hombres que no son sino nombres en los periódicos... hombres poderosos, ausentes.

Recuerdo que, cuando nos alejábamos del edificio de la cabecera del embalse del Croton, yo fui el único que volvió la vista atrás y miró a través de la ventanilla ovalada de la berlina... chorreante de lluvia... para obtener una última imagen de aquel monumento industrial horrible... tan utilitario y que, sin embargo, contenía un ático adecuado a una conciencia voluptuosa. Se había dejado una guardia de unos pocos policías. Convertimos nuestra partida, torpe y empapada, en un desfile: uno de los coches celulares, detrás de nosotros, ocupado por las venéreas enfermeras y por los demás miembros del personal de la estación; y el otro... convertido ahora en carroza fúnebre... En sus carruajes, los policías encabezaban y cerraban... una procesión en nombre del crimen y el castigo... aunque de Sartorius, sentado entre Donne y yo, se habría dicho que estaba conversando con amigos y admiradores durante una cena de honor.

—Cuando el joven Pemberton llegó por primera vez a mis laboratorios, estaba escandalizado... ya porque yo había mantenido a su padre en vida, ya porque no lo había mantenido con la vida suficiente; me fue imposible determinarlo. En cualquier caso, su moralismo lo cegaba. Pero, al cabo de un tiempo, empezó a entender. No había integridad en las vidas de mis pacientes, ellos mismos se habían encomendado a mí para que los usara. Si algo los distingue es tan solo el que me hayan probado la naturaleza terriblemente membranosa de la mente: qué fácilmente se la puede herir con una droga, con un haz de luz, con cierto grado de calor o de frío… No aceptaron, como comprenderán, entregarse a mis cuidados en condiciones uniformes. Las enfermedades variaban, también las edades y los pronósticos. Pero todas eran mortales. Y sin embargo, logré adaptarlos a un cierto estadio de la existencia que podía intensificar o moderar con mis tratamientos, como la llama de una lámpara de gas se aviva o se ahoga con un giro de la muñeca. Solo alcancé esta etapa primitiva en la que podía mantenerles la función biomotriz; esto es, que no dejaran de respirar, hasta el punto de que no los reforzaba con energías de sostén. Está claro que esto no era lo que habían soñado para sí mismos. Pero, como contrapartida, mientras estuviesen en ese estado tenían todo el tiempo del mundo por delante, ¿verdad? Todo el tiempo del mundo…

—No encontramos a Augustus Pemberton —dijo Donne.

—Conjeturo que el señor Simmons lo sacó de allí… cuando se hizo evidente que… el experimento no continuaría. Aparte de mis terapias vitalizantes —dijo, con una voz que sorprendía por lo infantil— lo interesante de verdad es la comprobación de las grandes pérdidas que es capaz de soportar la vida humana sin transformarse en muerte: la individualidad del carácter, el habla, la voluntad. Uno lo aprende por primera vez como cirujano, cuando se entera de todo lo que es posible cercenar. No descarto que el trato cotidiano con los mecanismos del cuerpo humano engendre cinismo. Pero más que eso, limpia de sentimientos nobles al científico nato, de piedades que no nos enseñan nada. Las viejas categorías, las viejas palabras para lo que es, a fin de cuentas, una criatura de físico bastante modesto, aunque soberbia.

Iba sentado codo a codo con Sartorius... y sentí su propia modestia física a través de la tela de mi abrigo.

—Entonces, ¿está vivo?

—¿Quién?

—El señor Pemberton.

—En este momento no puedo asegurarle si está vivo o no... Sin tratamiento, su tiempo está contado. Su preocupación me hace gracia.

—¿Qué importancia tiene, después de todo? —le dije a Donne.

—Cualquiera que fuese el estado de sus existencias —replicó Sartorius que, al parecer, me había malinterpretado— era difícil que fuesen más patéticos que la gente que se encontrarán paseando por Broadway o de compras en Washington Market... Todos ellos dominados por costumbres tribales y una estructura de fantasías a la que llaman civilización... La civilización no fortifica la corteza cerebral, ni altera nuestra sujeción al momento, al momento que carece de memoria... La persona que se hace vieja, no tiene pasado a los ojos de los demás... El soldado valiente un día en el campo de batalla es, al siguiente, el pordiosero mutilado en una esquina, de quien desviamos la vista.

»Vivimos esclavos del momento de acuerdo con ciclos de luz y oscuridad, de semanas y meses. Nuestros cuerpos tienen mareas que fluyen con impulsos eléctricos cuyo magnetismo es mensurable. Sería posible que viviésemos tensados, como los cables de nuestro telégrafo, en campos de ondas electro-

magnéticas de todas clases y frecuencias, ondas visibles y ondas invisibles, y que lo que sentimos como vida, la animación,
no fuese sino la variación periódica de las vibraciones que pasan
a través de nosotros... A veces me cuesta aceptar que estas in-
quisiciones imperiosas de la verdad no impulsen a todos... por
qué yo y unos pocos más somos la excepción a una multitud
de hombres tan contentos con sus limitaciones epistemológicas
que hasta algunos de ellos logran convertirlas en poesía.

Y así fue que desanduvimos nuestro camino bajo la lluvia,
de vuelta a la ciudad.

24

He aquí a Sartorius tal como se me aparece en sueños…

Estoy en la riba de un embalse, una vasta masa de agua cuadrada en un cráter cavado en una alta meseta que domina la ciudad. El terroso terraplén se yergue desde el suelo en un ángulo que sugiere el artificio de una civilización arcaica, acaso egipcia, maya quizá. La luz es mala, pero no es de noche; es la luz de la tormenta. El agua es como el mar; oigo el golpe violento, el insistente embate de las olas contra la riba. Observo a Sartorius; lo he seguido hasta aquí. Se destaca como una estela en el día enfoscado; mi capitán de barbas negras mira algo en el agua; porque lo concibo así, como un hombre de mar, el amo de una nave. Se sujeta el ala del sombrero. El viento carga contra el borde de su abrigo y se lo ciñe a las piernas.

Sabe que lo observo. Actúa como si diera por sentada la connivencia, como si su vigilia preservase nuestros beneficios mutuos. Lo que atrae su atención es la maqueta de un balandro de juguete que, con las velas izadas, sube y baja en la marejada violenta; desaparece y vuelve a aparecer en un alarmante ángulo de escora; la cubierta chorrea agua. El velero se monta en una cresta, se sumerge, resurge otra vez. El ritmo de sus tremolantes subidas, de sus rápidos y oblicuos descensos, me adormece. Pero entonces, cuando espero verlo reaparecer, acontece que el balandro no resurge. Ha desaparecido. La catástrofe me encoge el corazón como si, desde un acantilado, hubiese visto un velero tragado por el mar.

Ahora lo persigo a toda carrera por un foso de tierra apisonada que lleva hasta el corazón del embalse. Dentro, siento el escalofrío del aire sepulcral y oigo el agua que sisea y ruge en su caída. Los muros son roca. No hay luz. Sigo el sonido de sus pasos. Llego hasta el tramo de una escalera de hierro que asciende en espiral alrededor de un gigantesco eje giratorio. En espiral también voy yo, me elevo hacia una luz mortecina. Y me encuentro en un puente angosto suspendido sobre las aguas agitadas de una alberca interior. La luz se abate desde un techo de cristal translúcido. ¡Estoy a su lado! Está inclinado sobre la barandilla y hay en él un rapto de intensidad suma y pavorosa...

Abajo, en la embestida amarilleante de corrientes espumosas y de aguas que se precipitan en su arnés mecánico, un cadáver humano y diminuto se fatiga contra el mecanismo de una de las compuertas; la ropa está enganchada en algún gozne y el niño, porque es una miniatura, zozobra al igual que el balandro en el embalse; hacia aquí ahora, luego hacia allá, tiembla y se sacude en una protesta muda que en su revulsión anima a la muerte de la cual ya es presa.

De pronto, estoy gritando. Enseguida veo tres hombres en equilibrio en un bordillo más bajo, como si se hubiesen segregado de la roca o de ella se hubiesen fabricado a sí mismos. Son los obreros del agua. Lanzan una cuerda tensada por una polea fijada en el muro más lejano y, por medio de ella, elevan una sirga conectada al muro por debajo del puente, donde no alcanzo a ver. Pero entonces, en mi campo de visión aparece otro obrero del agua, suspendido de una cuerda por los tobillos, las manos extendidas en tanto espera que lo bajen, de manera que pueda librar la corriente de aquello que la obstruye.

Y ya lo tiene, salvado de las aguas por la camisa: un golfillo de cualquier edad, diría que entre los cuatro y los ocho años, lívido y ahogado; y luego lo toma por los tobillos y los zapatos y así, suspendidos ambos, como dos trapecistas, se columpian rítmicamente en su regreso sobre las aguas borboteantes hasta que se pierden de vista debajo del puente.

Fuera, en las puertas de entrada del corazón del embalse, observo a Sartorius que carga el cadáver amortajado en un ómnibus blanco, salta al pescante y descarga sobre las caballerías un golpe de riendas ondulante. Por sobre el hombro, me lanza una mirada furtiva mientras el carruaje se aleja a la carrera, los lucidos rayos negros de las ruedas convertidos en un borrón por la velocidad. Me sonríe como se le sonríe a un cómplice. Por encima de su cabeza, el cielo es un tropel tumultuoso de nubes negras perforadas por haces de rosa y oro…

Al final, se padece la historia que se cuenta. Después de todos estos años en mi cabeza, la historia me ocupa, ha crecido hasta poseer el volumen físico de mi cerebro… por lo tanto… trabaje como trabaje la inteligencia… como reportera o como soñadora… la historia consigue que se la cuente.

He aquí la conclusión del sueño: Se pone a llover. Vuelvo al interior de la presa. Allí también llueve. Los obreros del agua dividen algún tesoro entre ellos. Visten los uniformes de color azul oscuro de los municipales, pero llevan jerséis bajo las guerreras y tienen los pantalones metidos dentro de las botas. En sus pulmones, imagino el mismo hongo que crece sobre la roca. Tienen los rostros encendidos: la sangre ha afluido a la superficie a causa del frío y la llovizna les ha vitrificado la piel. Destapan el whisky y lo reparten en sus jarros de latón. Comprendo que también entre los bomberos y los sepultureros hay un fomento de los rituales semejante. Me llaman para que me una a ellos. Me uno...

O acaso haya comenzado a padecer este sueño hace mucho tiempo, años antes de que ocurrieran estas cosas que les he descrito... antes de que supiera de la existencia de Sartorius... cuando... en el parapeto del arca de agua del acueducto del Croton... lo pienso ahora... lo conjeturo... estoy convencido pero ¿es posible...? Él pasó a mi lado en una carrera precipitada, con el niño ahogado en brazos. Hay momentos de nuestra vida que son algo así como fallas o desgarrones de la conciencia moral, comparables a la cesura que rompe el verso litúrgico y, por esta brecha, los ojos ven una vida gemela, una vida que en todos sus aspectos es la misma, que se consume en un tiempo paralelo, pero en un universo aún más desconcertante que el nuestro. Es esa otra existencia desordenada... contra la que nos advierten nuestros sacerdotes... la que percibimos en los sueños.

25

Poco después de llegar a Manhattan, el capitán Donne dio con un juez a través de la comisaría local y se procuró un mandato judicial para que Sartorius fuera trasladado, en observación, al Asilo de Insanos de Bloomingdale, en la intersección de la calle Ciento diecisiete y la Decimoprimera avenida. El resto de la procesión se internó en la ciudad con dirección al sur, pero a Donne y a mí nos llevaron en coche a la Estación Central de Nueva York, en Inwood, cerca de Spuyten Duyvil, y allí tomamos un tren que nos llevaría a Tarrytown, unos cincuenta kilómetros al norte sobre la ribera del Hudson. Nos habíamos levantado antes del alba, pero Donne no daba signos de fatiga. De hecho, apenas si podía estarse quieto. Recorrió el tren de punta a punta varias veces hasta que, por fin, se detuvo a descansar en una de las plataformas abiertas entre dos vagones, donde podía inhalar el viento húmedo.

No sabía qué significaba una captura para un policía. Mi propia percepción de este asunto era que habíamos batido el monte y dado con la presa... Es una paradoja, pero la innegable inteligencia del doctor Sartorius, su brillantez, hacía que lo imaginara como un animal salvaje, un producto de la naturaleza, puro e irracional. Pero Donne no parecía dedicar ni un pensamiento a Sartorius. No hablaba de la faena de aquella mañana. Había decidido que conocía el lugar donde Simmons había llevado al moribundo Augustus Pemberton. Estaba sumamente seguro, como si pensase que no le cabía el error. Dijo:

—Hasta ellos tienen sentimientos. Sus sentimientos parodian los de una persona normal... pero supongo que, después de todo, allí reside su humanidad.

Me sentía abatido por la tristeza. Después de haber visto el interior de la cabecera del embalse, Martin Pemberton me afligía... Sartorius se le había impuesto y luego lo había repelido... y luego lo habían sometido a una muerte lenta por inanición en la soledad y la penumbra... que él había interpretado como una penitencia. Me preguntaba si no era un error esperar de él algo más que un estado de conmoción ininterrumpido y profundo.

Era media tarde y, para entonces, había dejado de llover pero las nubes seguían con nosotros; negras, cargadas, bajas, parecía que marchasen a la velocidad de la locomotora en su viaje hacia las fuentes del Hudson. En Tarrytown, subimos a bordo de un ferry rumbo a Sneeden's Landing, donde alquilamos un coche abierto y pedimos instrucciones al chico de las caballerizas... y, en un abrir y cerrar de ojos, nos pusimos en camino, cuesta arriba, atravesando el sendero poblado de árboles, para luego avanzar a lo largo de los acantilados de la orilla izquierda del río, hacia Ravenwood.

En este paraje, el Hudson es un río ancho, plateado, magnífico... y mientras recorríamos sus ásperos acantilados, con el paisaje de las aguas al sur y el cielo enorme y agitado que se precipitaba sobre nosotros desde Manhattan, pensé que aquel no era el terruño de Augustus Pemberton. En cambio, pensé en Tweed: sentí que aquellas correrías extramuros trazaban el comienzo de las campañas de Tweed contra la nación entera.

Se llegaba a Ravenwood apartándose del camino, por un ancho sendero de grava que se extendía unos cuatrocientos metros bajo un monte alto que, aquella tarde, era oscurísimo, como el interior de una caverna… Se dejaban atrás unas dependencias sombrías… y se salía a una entrada para carruajes que se curvaba y encerraba unos setos vivos gigantescos… hasta llegar a la escalera al pie del pórtico. Entonces, cuando se frenó el caballo, que se detuvo con un suave estremecimiento, y ya no oíamos el sonido de sus cascos ni el crujido de las ruedas sobre la grava, la presencia silenciosa de la mansión victoriana e italianizante se hizo sentir. Estaba a oscuras. Todas las ventanas selladas. La gran extensión de césped que llevaba al río estaba invadida de hierbajos que se desmayaban por su propio peso. La luz era escasa: no nos proporcionaba ningún detalle de la casa, solo su extensión, el largo de sus galerías e… indiferente a nuestras prisas por apearnos del coche, donde seguíamos sentados… una sensación de opulencia convincente.

Imaginé a Sarah Pemberton y a Noah en aquella residencia. Los vi aparecer en una ventana de los salones iluminados… y un instante después, en otra.

Acaso Donne pensase algo similar… no podía ignorar la energía de su búsqueda… que estaba ligada a Sarah. Era un verdadero romance el que se habían construido con esta materia impía… y vi en ello un espíritu intrépido, supongo que la resistencia de lo humano ante la oscuridad más diabólica, esa manera en que la gente aúna sus fuerzas, a través de los sentimientos, aunque tengo serias dudas de que la conciencia de sus sentimientos, por entonces, se hubiese expresado en muchas palabras o hubiese incluido una declaración de intenciones.

Donne se había puesto en movimiento y ahora andaba y desandaba la profunda galería. Oí sus forcejeos en la puerta principal. Oí sus pasos. Anochecía deprisa. Me apeé del coche del lado del río y vi, al final de la pendiente extensa y oscura, la singular insinuación de un río en la franja de claridad que lucía el cielo entre la orilla y los acantilados más lejanos. Pero entonces me pareció que había algo sobre la hierba, un poco antes de que terminara el declive.

Minutos más tarde, tenía los pantalones empapados. Las lluvias habían vuelto cenagoso el terreno. Fue algo así como un consuelo que, después de haber chapoteado hasta allí, encontrase el cuerpo de Augustus Pemberton apoyado en una tumbona de ratán que dominaba el río. Él, o eso, también estaba empapado; sus piernas huesudas sobresalían como una cresta en los pantalones; descalzos los pies grandes y azulados, con los dedos apuntando al cielo; las manos juntas, entrelazadas... un hombre en paz... que había vivido en el limbo de la ciencia y el dinero. Tenía la cabeza reclinada hacia un costado, como si hubiese caído por su propio peso, y pude ver el quiste de su cuello que, en apariencia, se había mantenido sano en medio del desmoronamiento general. No me causó repulsión, solo curiosidad, y en la luz desfalleciente pude observar que la estructura ósea de su cráneo había atesado la piel hasta forzarla... y estaba tan amoratada... que aquello ya no era un rostro humano imbuido de carácter... y no podía creer que semejante cosa hubiese provocado ninguna clase de afecto en el corazón de una mujer de la distinción de Sarah Pemberton... ni una fascinación obsesiva en el corazón del joven Martin Pemberton. Traté de captar la voluntad tiránica en estos restos, pero no estaba allí, una parte más de la herencia desaparecida.

Con la intrusión de la oscuridad, se levantó el viento. Llamé a Donne. Bajó a mi encuentro y se arrodilló al lado del cadáver, volvió a levantarse y oteó alrededor como si echase a faltar una pertenencia de Augustus Pemberton que habría debido estar allí. El viento parecía soplar la noche sobre nosotros.

—Necesitamos luz —dijo, y subió a grandes trancos por la pendiente.

Me quedé al lado del cadáver en su tumbona, como si eso fuese mi referencia en aquel... desierto. Mi campamento, mi base. Siempre había distinguido entre lo que era Naturaleza y lo que era... Ciudad. Pero tal distinción ya no tenía asidero, ¿verdad? La distinción entre la provisión perpetua y total de Dios... y la sala de redacción. Ahora añoraba estar de vuelta en mi sala de redacción, enviando la historia a los linotipistas. No en este yermo... yo no estaba hecho para el yermo.

Sentí una admiración perversa por el señor Pemberton... y por los cofrades de la hermandad fúnebre: Wanderweigh, Carleton, Wells, Brown, Prine. Para mí, a pesar de sus magníficas proezas, Sartorius no era más que... su sirviente. No había sido él sino ellos; ellos habían cabalgado por Broadway con la nueva... de que no había vida, de que tampoco había muerte... sino algo que era un punto de intersección entre ambas.

De hecho, durante la audiencia en la que se decidía si la suerte de Sartorius sería el confinamiento permanente en un asilo para lunáticos o un juicio en toda regla, esta misma idea, su servidumbre a la riqueza, fue expuesta por el doctor Sumner Hamilton, uno de los tres alienistas de la Commission de Lunatico Inquirendo. Pero ya volveré a ello. Donne regresó a la carrera con una lámpara de queroseno que había encontrado en la caseta del jardinero, cuya puerta había forzado. A la luz de la lámpara vi el pelo gris de Augustus, que se retiraba de la parte anterior del cráneo pero formaba una onda abultada en la coronilla.

—Alguien tiene que haberle cerrado los ojos —dijo Donne, y alzando la lámpara por encima de su cabeza, caminó hasta el borde del prado.

Pues bien, como ya he dicho, había un tajo oblicuo que se abría a un andamiaje de madera, con baldas de tablones y una barandilla, que hacía las veces de escalera y descendía el equivalente de varios pisos por el acantilado desnudo hasta la playa. En aquella luz deficiente, desde lo alto de la plataforma, al principio no vimos que la barandilla estaba rota en la mitad inferior. Lo que vimos fue que el viento mecía un esquife fondeado a algunos metros de la orilla y su vela desplegada que flotaba en el agua.

Mientras yo esperaba allí, Donne bajó la escalera. Observé el descenso de la luz, que se volvía más definida y brillante pero que, a cada paso de Donne, irradiaba menos claridad en mi propio provecho. Entonces me llamó y, con la recomendación de que pisara con cautela siempre apoyado en la pared del risco, me ordenó que bajara yo también… cosa que hice. Habíamos bajado dos tercios del camino hacia la playa cuando nos detuvimos en un descansillo: aquí, la barandilla había desaparecido por completo y continuaba, astillada, en la última mitad del siguiente tramo de escalones.

Bajamos hasta la playa y encontramos a un hombre de espaldas, con la cabeza semihundida en un banco de arena, junto a un cofre de marinero al que, sin embargo, seguía abrazado como quien se abraza al objeto de amor. Sin ceremonias, Donne dijo que aquel era Tace Simmons. Había una buena cantidad de sangre y humores alrededor de la cabeza, que se había golpeado contra el canto de una roca sepultada en la arena. Uno de los ojos había saltado de la órbita. Cuando le arrancamos el cofre de los brazos rígidos, las aldabillas, que no tenían cerrojo, se abrieron con un tintineo metálico. Donne levantó la tapa, que quedó pendiente de los goznes… y de bote a bote rezumaron fajos de billetes, bonos del Estado de toda laya pero con garantía en oro… y hasta calderilla y notas de crédito por valores inferiores a un dólar. Donne subrayó que, en apariencia, no toda la fortuna del señor Pemberton había ido a dar a la empresa de la vida perpetua.

—Artero hasta el final —dijo, a manera de encomio fúnebre, pero no supe si se refería a Simmons, el factótum, o al anciano que descansaba en lo alto del risco.

26

Las leyes del estado de Nueva York obligaban, y por cuanto yo sé aún siguen vigentes, a que una junta de alienistas habilitados examinara a cualquier persona que, sin mediar la decisión de un familiar directo, se recluyera en una casa de locos... para determinar si el confinamiento era adecuado. Sartorius no tenía familia en vida. Los médicos de Bloomingdale habían recomendado que se lo internara en el Asilo de Criminales Insanos del estado de Nueva York, en la isla de Blackwell; por tanto, el estado llamó a una sesión de la Commissio de Lunatico Inquirendo, tal era el nombre delicado que los mismos alienistas le daban. Todo esto en cuestión de semanas. ¡Tantas prisas eran indecorosas en el seno de la comunidad médica! La Commissio no era un jurado y no se veía en la obligación de que sus audiencias se hicieran públicas. Yo estaba fuera de mí. Hice todo lo que pude, pero no logré que me admitieran. En un momento dado, lo sé, se trasladaron a la cabecera del embalse para examinar las instalaciones de Sartorius. Citaron a Martin Pemberton para que testificara... y, de alguna manera, Grimshaw, terriblemente fastidiado ante la perspectiva de que Sartorius no tuviera que dar cuentas de sus crímenes ante la justicia, se las arregló para que lo escucharan. No citaron a Donne; ni tampoco a mí.

Sus deliberaciones no se registraron. El informe de la Commissio se selló por orden judicial y, hasta hoy, no se ha dado a publicidad. Pero déjenme que hable del pensamiento institucional. Cualquiera sea la institución... y cualquiera sea su valía y su sustancialidad... su mente no es una mente del todo humana... aunque esté compuesta de mentes humanas. Si la institución fuese de verdad humana, sería capaz de ciertas sorpresas... Si fuese del todo humana, se nutriría de todo tipo de ideas, nobles y abyectas. Pero la mente institucional conoce una sola operación: la abominación de la verdad.

El presidente de la Commissio era el doctor Sumner Hamilton, uno de los psiquiatras más destacados de la ciudad. Era un hombre animoso, con una quijada fuerte, que se untaba los bigotes con afeites y se peinaba el pelo ralo y negro a través, de oreja a oreja. Le encantaba la buena mesa y el buen vino, como llegaría a saber después de haber pagado los platos rotos de nuestra cena en el Delmonico, varios años más tarde... ocasión en la que se mostró deseoso de conversación.

—Por supuesto que me llegaron los rumores sobre un orfanato científico —la voz de Hamilton era de un bajo profundo y resonante—. Quedaba en algún sitio al norte, sobre el East River, o tal vez al norte de Central Park, o acaso en Heights... No sabía con exactitud qué querían decir con científico. Por otro lado, es de presumir que un orfanato fundado con el objeto de experimentar las teorías modernas sobre la conducta, o la salud, o el aprendizaje fuese verosímil, incluso inevitable, si se tiene en cuenta lo que ocurría en Nueva York... Todo cambiaba, la modernidad nos llevaba de las narices.

—¿Había conocido a Sartorius?

—No.

—¿Había oído hablar de él?

—Jamás. Pero le diré que, en el instante de poner mis ojos

sobre él, supe que era un buen médico. Quiero decir que uno confiaba en que haría lo que se debía. No hablo de la personalidad. No tenía el estilo de un médico de cabecera. Hablo de la calidad de su inteligencia. Muy sólida, poderosa. Solo contestaba a las preguntas que, en su opinión, merecían sus respuestas. ¡Terminamos haciendo el esfuerzo de formular preguntas que le resultasen respetables! ¿Puede imaginárselo? Pensé: «Si punzo sobre su desinterés, sobre la ciencia pura de la que parece ser… ejemplo, puede que ofrezca resistencia. Fustígalo un poco, espía allí donde él se oculta». Insinué que era uno de esos médicos que se apegan a los ricos. Son legión los que ejercen por dinero, se lo puedo asegurar. Mi descortesía fue deliberada. Le pregunté si, a pesar de todo, su profesión se reducía a la de un… paje para medicinas.

»Contestó… y no soy capaz de reproducir su acento para usted… era europeo de una manera tan leve, tan vaga, que tanto podría haber sido húngaro o eslavo como alemán… contestó:

»—¿Cabe en su imaginación, doctor Hamilton, que mi propósito pudo reducirse al mero mantenimiento en vida de unos ricachones? ¿Que ese fin era suficiente para atraer mi interés? Los mantuve en el contexto de mis propios intereses, que son más amplios, no los del médico sino los del científico. No importaba cuáles fueran sus propios deseos o sus intenciones grandilocuentes… a cada uno le expliqué con claridad cuáles serían mis esfuerzos… de los que, fortuitamente, podían beneficiarse… y eso es, sin más, lo que he hecho… Si este soñaba con una recuperación que lo volviera a la normalidad, y aquel con una vida prolongada, o este otro abrigaba la esperanza de la vida eterna, eso era asunto de sus competencias. Yo les ofrecí algo que entendían muy bien… una inversión. No merecían mi atención por su ingenio, ni porque la prolongación de sus vidas tuviese alguna importancia para la humanidad, ni por los talentos que pudiesen aportar a la sociedad, ni porque fueran buenos ni corteses… sino por sus fortunas. Este trabajo no puede llevarse a cabo a menos que haya subvenciones. Requiere dinero. Eran sujetos idóneos para mí a causa de sus riquezas y a causa de su rapacidad lo eran para sí mismos: ambas aparecían como cualidades esenciales, de las que no escasean en la ciudad de Nueva York. Pero, es más, cada uno de mis respetables caballeros era sigiloso por naturaleza, dado a la intriga; eran conspiradores consumados, estos miembros del afable corro: no solo querían lo que les ofrecía, no lo querían compartir. ✔

»Me paró los pies, se lo puedo asegurar. Sartorius era… imponente. Pasó un par de semanas en Bloomingdale. Se le notaba en el traje que estaba algo ajado por el uso. No le habían permitido afeitarse… y aun así, no importaba. Tenía esa postura erecta del hombre de a caballo. Huelga decir que no suplicó, ni tampoco trató de influirnos en un sentido o en otro. Eligió no demostrarnos, ni siquiera con sutileza (… y yo sé cuán sutiles llegan a ser estos maníacos…) su cordura ni, lo que viene a ser lo mismo, su demencia. Estábamos allí para encerrarlo… o para colgarlo. Y como ambas alternativas eran indeseables, no parecía preocupado por ninguna de ellas.

»Insistí en mi argumento… en vano, por supuesto. No era permeable al desaliento. Sostuvo que la prueba de una proposición científica era la universalidad de su aplicación. Si alguno de sus experimentos era válido, otros podrían repetirlo con los mismos resultados. Dijo que, durante la guerra, había ideado tratamientos para las heridas de los oficiales de alto rango… que ahora el cuerpo médico aplicaba de habitual a todos los miembros del ejército.

»Cuando le preguntamos, con acritud, si estaba infiriendo

que algún día sus investigaciones serían de provecho para los…
niños de la calle… sonrió y respondió:

»—No sugerirá, doctor, que yo sería una excepción a usted y sus colegas… e, incluso, a cualquier habitante de esta ciudad… observantes de las leyes de la adaptación selectiva… que aseguran la supervivencia de las especies más aptas.

—¿Cómo puede repetirse un experimento si nadie sabe de su existencia? Martin Pemberton me contó que Sartorius no tomaba notas —inquirí.

—No es cierto que no tomara apuntes. Encontramos sus cuadernos, pilas de cuadernos, cerrados bajo llave en un secreter del dispensario.

—¿Qué ha sido de ellos? ¿Dónde están?

—No se lo diré.

—¿Los leyó?

—Palabra por palabra. Escribía en latín. Lo dejaban a uno de piedra. La sola lectura de sus apuntes nos hizo posible… la comprensión de algunas de sus… capacidades. Le diré lo siguiente: era un hombre por delante de su tiempo.

—Entonces, no lo tomaron en verdad por loco.

—No. Sí. Mi profesión estaba comprometida. Había algo en todo aquello… del todo crucial para nosotros. Ocurrió en nuestro seno. La conducta en cuestión se evidenciaba, cuanto menos, criminal. Digamos que lo era. Pero lo era… sin detrimento de las proezas médicas de aquel hombre. Era un profesional brillante. ¡Perseveró! He aquí el meollo: perseveró… a través de, más allá de… la cordura, sea esta lo que fuere. O de la moralidad, sea esta lo que fuere. Pero en perfecta armonía con todo lo que había hecho antes.

»Por todos los cielos… en cuanto a qué es la cordura o la locura… le contaré hasta dónde hemos llegado en la profesión psiquiátrica: deme un anciano que escribe su testamento y déjeme hacerle un par de preguntas; le diré si es competente o no. Para eso basto. En una casa de orates, sé instruir al personal para que desista de los castigos a esas pobres almas. Para que les den buena comida y les cambien las sábanas y ventilen sus dormitorios. Sé dar instrucciones para que los estimulen en el trabajo manual: el tejido, los telares, el dibujo de sus pequeños cuadros insensatos. Hasta aquí llega el conocimiento psiquiátrico hoy en día. Lo que no me hace menos culpable por la buena vida que me doy gracias a él. La medida de la conducta de aquel hombre era... ¿qué era...?, ¿el exceso? Cualquiera que haya sido el sistema de pensamiento que la sostenía, la conducta fue excesiva. Insana en el exceso. La cuestión crucial era... ¿habríamos de dejar que el público lo supiera? La ciudad había sufrido en corto plazo varios golpes duros en su ánimo, si podemos darle ese nombre. El fiscal no nos había dicho más que... si está cuerdo, se formalizará la acusación y la maquinaria legal se pondrá en movimiento. Habrá una audiencia preliminar en el Tribunal. En el Tribunal habrá periodistas...

—Contaba con la protección de Tweed.

—Tweed ya no pintaba nada por entonces.

—Entonces, usted sabía que Sartorius era cuerdo.

—No, por Dios, estoy tratando de explicárselo. No podemos determinar algo así. ¿Usted se atreve a catalogar lo que hizo como... cuerdo? Cordura es un término tan útil como... virtud. ¿Me dará una definición clínica de la virtud? Este vino aquí en mi copa es un vino buenísimo, un vino virtuoso, virtuosamente... vinático. Un ejemplo de la mejor conducta del vino. Es un vino bueno y virtuoso y cuerdo.

—Usted fue allá arriba... a la cabecera del embalse.

—Sí.

—¿Qué impresión le causó?

—¿Impresión? Tenía aparatos que yo jamás había visto antes… que eran de su invención. Aparatos para la transfusión de la sangre. Nosotros apenas si vislumbramos ahora cómo se hace. Aparatos para medir la actividad cerebral. Métodos de diagnóstico a partir del análisis del líquido raquídeo… Operaba a aquellos hombres. Después de extirparles los órganos malignos, los conectaba a máquinas que cumplían la función de esos órganos. Ideó un método para distinguir los diferentes tipos de sangre humana; hacía trasplantes de médula para detener enfermedades perniciosas de la sangre. No era oro todo lo que relucía… Había un montón de desatinos… desviaciones hacia bagatelas metafísicas… terapias cosmetológicas… Era tal la cantidad de cosas que tenía en funcionamiento para aquellos vicios, que le era imposible saber a ciencia cierta cuál de ellas daba resultados y cuál no. No, no todos eran triunfos… Los últimos apuntes en sus cuadernos… se había entregado a experimentos con animales, pienso que… en realidad trataba de transferir el corazón de un animal a otro.

—¿Quemaron esas notas? Las quemaron, ¿no es así?

—Me preguntó por mis impresiones. Me senté en un banco en aquel jardín… interior que él había construido… y no supe si yo mismo no me habría entregado de buen grado a su… genio. Tener a una de esas mujeres a mi servicio… asistiéndome en cada una de mis necesidades… en aquel empíreo… pastoril… científico… Vivir en una especie de afasia dichosa y necia, en la convicción de que me rejuvenecían para una vida… eterna. Me senté allí, en aquel invernáculo… en ese paraíso industrial… silencioso… metódico… civilizado. Le contaré qué remembranzas me trajo… las de un café muy tranquilo, agradable, en una estación de ferrocarril de una pequeña ciudad europea… y pensé que sí, que si tuviera el coraje, yo haría lo mismo que ellos, los viejos zorros. Haría lo mismo que ellos.

—El doctor Sartorius extraía la sangre… la médula… la

sustancia glandular... de niños... con el fin de prolongar las vidas de aquellos viejos, cuya salud estaba condenada...

—Sí.

—... y que habían donado sus fortunas en la esperanza de... negar su propia mortalidad.

—Sí.

—Eran los niños quienes morían en su lugar.

—Nunca por su propia mano.

—¿Qué quiere decir?

—No morían a causa de sus procedimientos. O los recogía después de una muerte accidental... o, cuando trabajaba con... donantes vivos, como lo hizo ulteriormente... quienes morían, morían de miedo. De una incierta... fragilidad del instinto de conservación... en sus espíritus. En términos materiales, la salud de los niños nunca se menoscabó. Es lo que él explicó. Y es un asunto del que tenemos pruebas... lo bien que se los cuidaba en el Hogar de los Niños Vagabundos.

Los ojos del doctor Hamilton estaban inyectados y lanzaban miradas funestas.

—Explíquemelo usted, McIlvaine, ya que se siente tan justo. Lo que hicimos funcionó, ¿o no? La civilización ha sido vengada, ¿o no? —Se encorvaba sobre la mesa, en la que apoyaba los codos; sus brazos reventaban en los puños; tenía las manos cruzadas por las muñecas—. Me parece que usted tiene algo de historiador. ¿Se acuerda de los disturbios de los médicos... cuando la muchedumbre persiguió a los estudiantes de Columbia para lincharlos porque hacían disecciones de cadáveres en sus clases de anatomía?

—Pero hace cien años de eso.

—No me dirá que hemos avanzado tanto desde entonces, ¿o sí?

27

No se me escapa que están ustedes en su derecho de pensar que mi relato es tan solo la versión elaborada de mi propia... insania. Parece bastante razonable. Ya soy un anciano y debo reconocer que la realidad se disloca, como los engranajes de una rueda... Los nombres, los rostros, aun los de los íntimos, se vuelven extraños, bellos por extraños, y la escena más corriente, la calle donde uno vive, en una mañana soleada, se presenta como la intención monumental de unos hombres que ya no son accesibles para explicarla... Hasta las palabras tienen un sonido diferente y lo que uno sabía, vuelve a aprenderlo maravillado, hasta darse cuenta de que alguna vez le fue tan familiar que no le prestaba atención. Cuando somos jóvenes, no adivinamos que lo más prosaico que nos ofrece la vida es, justamente, aquello por cuya conservación nos debatimos cuando nos hacemos viejos... Y el tiempo nos aleja, por igual a piadosos y a blasfemos, del credo común que se nos legó: que hemos nacido para vivir, ya en el placer como en la pena, ya en la dicha como en la desesperación, pero siempre con exaltada consecuencia moral.

A pesar de todo esto, he conservado el mismo apartamento en Gramercy Park durante muchos años y el vecindario me conoce como un ciudadano cuerdo y responsable, aunque a veces difícil o gruñón. No soy dado a la falsa modestia... por cierto que no, puesto que he vivido, la mayor parte de mi vida, satisfecho de los resultados obtenidos del precario oficio de periodista. Si estuviese loco, ¿acaso no querría algo? Tengo a la locura por una porfía, un sablazo. Pongo seriamente en duda que este relato sea imputable a mi locura, si la hubiere, ya que no exijo nada de quien lo escuche. No necesito nada ni pido nada. Mi única zozobra... mi única zozobra... es que me he entregado de manera tan absoluta a la narración que poco o nada ha quedado de mi vida para cualquier otro objetivo que pudiese proponerme... y que... y es sobrecogedor este sentimiento... cuando el relato llegue a su fin, habrá llegado mi hora.

Y ahora, cambiando de tercio, diré que cuando Sartorius fue confinado de por vida al Asilo de Criminales Insanos, sentí que se había cometido alguna clase de injusticia extraordinaria... que el hombre merecía un juicio. Claro que, en parte, mi razonamiento era interesado: si se hacía público, habría tenido la corroboración de mi exclusiva... aunque por entonces pensaba en términos aún más ambiciosos: no ya en la mera revelación de la noticia, sino en contar la historia entera en las páginas de un libro. A la prensa la cobertura del juicio y a mí su amplificación con todo lo que sabía, en cada uno de sus detalles, desde el mismo principio. Los periódicos serían mi preámbulo. Pero, de mayor trascendencia que esto era... la celebración del rito por el cual podríamos... aceptarnos a nosotros mismos... por lo que éramos. Lo admitiré ante ustedes, acaso no sea sino sentimentalismo el pensar que una sociedad es capaz de mortificación espiritual... de penitencia edificante... de escalar por sí misma aunque solo sea... un peldaño... hacia el esclarecimiento moral... Que caeríamos de rodillas, como si fuésemos una congregación municipal, y uniríamos nuestro destino al de nuestros hijos. En realidad, lo que acontece es que eludimos nuestra iniquidad, encarnada en… nuestros reos, y le volvemos la espalda. Y sin embargo, sentía cosas indecorosas… hasta el punto de preguntarme si yo mismo no había caído en una disposición de ánimo, que Dios me perdone, favorable a Sartorius, un eco de la simpatía de Martin Pemberton.

También me encontré en una alianza inverosímil con el doctor Grimshaw, quien iba por ahí tratando de conseguir el apoyo de las fuerzas vivas para un procedimiento judicial. Él no se interesaba en rituales edificantes. Lo quería colgado. La dificultad residía en que… ahora, Sartorius era un interno condenado al asilo de dementes. Esa era su identidad, a eso se reducía su ser… y la consecuencia aparente era la aniquilación de cualquier otra cosa que le concerniera. Gente así carece de pasado, tan… categóricas son sus circunstancias presentes. Todo había concluido en el mayor de los sigilos… para el bien común. Los médicos y los municipales y la fiscalía, todos habían acordado, aunque cada cual guiado por sus propios motivos, que el desenlace sería este… desenlace del todo inconstitucional. Y la historia parecía desconectada de los fuegos de artificio de la política, aun para quienes la habían oído en todo o en parte: el fiscal de tasas de Tweed, Connolly, se había ofrecido a cooperar con la investigación. Otros miembros del Ring habían abandonado el país. Y se habían elegido los jurados que examinarían las pruebas y ordenarían los procesamientos.

Diré aquí que, a este respecto, el estimado capitán Donne fue una decepción para mí. Estaba otra vez en su despacho de la comisaría de Mulberry Street, y recibía a los suplicantes con las manos cruzadas sobre el escritorio, su cara longilínea sepultada entre los altos picos de sus hombros. Me uní a nuestro amigo Grimshaw en solicitar su apoyo para una petición de hábeas corpus… que habría sido el principio de un proceso en toda ley. Se negó.

—Creo que se ha hecho justicia —fue su comentario.

—Pero, señor —protestó Grimshaw—, si el hombre está con vida para perpetrar más iniquidades homicidas.

—¿Alguna vez ha visitado la isla de Blackwell, reverendo?

—No, por cierto.

—Puede que lo actuado sea inconstitucional... no hubo proceso en regla... pero esta es toda la justicia que podemos esperar.

—Olvida que se han escamoteado los derechos de la sociedad —dije.

—Si hay juicio —replicó Donne—, él ha de ser escuchado. Cualquier abogado se daría cuenta de que la única vía de defensa sería su propio testimonio. Podría argüir, en su perversidad, que nuestra interrupción de su trabajo costó las vidas de sus pacientes. Y nuestras pruebas, usted lo sabe... son bastante circunstanciales. Aun en el mejor de los casos, sus ideas tendrían publicidad... su genio... quedaría en evidencia. No veo en ello ningún beneficio para una sociedad cristiana —concluyó, con la mirada clavada en Grimshaw.

No seré yo quien diga que Edmund Donne tenía sus limitaciones. Acaso sintiera, con sinceridad, que se había honrado a la sociedad de derecho... que desde la falaz representatividad que nuestras débiles existencias se arrogan, por las buenas o por las malas, habíamos conseguido que nuestra ciudad se librara de semejante... horror. Era nuestro logro. Había cierto grado de satisfacción para el disfrute. Se había salvado la vida de un joven. Se había resarcido a una familia. Y en el curso de los acontecimientos, Donne había encontrado un rostro en el que embobarse, al que había amado antes... o que era un descubrimiento nuevo... pero al que, en cualquiera de los casos, esperaba ver cada día y cada noche del resto de su vida.

Entonces, no diré que Donne no comprendiera la gravedad

de la conjura: que no se trataba solo del concierto del esplendor, el gobierno y la ciencia sino de una profunda… inversión en el ordenamiento natural de padres e hijos. Algo más que la cristiandad corría peligro bajo aquella amenaza insondable… que me dejó los ojos secos para cualquier mirada ulterior.

Me embarqué con destino a la isla de Blackwell en el muelle de la calle Cincuenta y nueve. El ferry era tan solo una barcaza abierta a la que se le habían agregado dos ruedas hidráulicas propulsadas por un motorcito de vapor alimentado a carbón, que iba en cubierta. Apenas si mantenía el rumbo contra la corriente agitada del East River. El tiempo era crudo… estábamos en noviembre, cuando los vientos helados obligan a arrebujarse en el abrigo y dan un claro y gélido indicio de la edad de nuestros huesos. También debería decirles… ya que aborrezco mantenerlos en… suspenso, que si bien no fui el único en hacerle una visita a Sartorius… ahora pienso que, en cambio, sí fui el… último, poco antes de su muerte, unos días más tarde, a manos de uno de sus pares en insania criminal.

Llevaba una de esas batas sueltas de color gris con las que suelen vestirlos. Los ojos eran vivos y negros y nítidos detrás de los disonantes impertinentes calzados en el puente de la nariz… pero tenía la cabeza rapada, ya no llevaba barba… y, en aquellas catacumbas ateridas, tenía las piernas desnudas… todo lo cual me hizo pensar en alguna… criatura pululante… algo imberbe… puros ojos. Lo vi a través de una tela de malla adherida, del suelo al techo, a los barrotes de hierro. Se sentaba en absoluta quietud en su banco, en medio de una población de maníacos en movimiento constante, en murmuración, en gemido, en ira; algunos en sus camisas de fuerza, otros aherrojados. No los tenían en habitaciones sino en lo que parecía una sucesión de cuadras, con ventanas altas que recordaban un triforio y techos abovedados de ladrillo almagrado. En aquel enorme volumen de espacio vacío que se cernía sobre los internos, los chillidos, los gritos, los lamentos desesperados se mezclaban y componían una sonora catedral de súplicas. Pero era una institución, ¿entienden?, y por eso él parecía bastante a gusto... este doctor que había manejado hospitales de campaña y salas de operaciones e institutos de su propia creación. Estaba sentado y observaba... Aunque no hubiese sabido quién era, me habría fijado en él porque era el único que no se movía... ni se revolvía, ni recorría su celda imaginaria, ni elevaba sus ojos al cielo, ni se crispaba, ni se contraía, ni se escarnecía, ni babeaba, ni se tiraba al suelo en espasmos, ni hacía girar sus brazos como aspas... ni reía de espanto... ni lloraba a perpetuidad.

Fijada al muro del estrecho corredor donde yo estaba, había una manguera contra incendios. El olor del asilo era acre debido a los baños de amoníaco que, periódicamente, recibían los suelos y los muros. Para llamar la atención de Sartorius, el celador que me había servido de guía dio un golpe seco en las rejas con su garrote. El talante inquebrantable del médico fue lo más perturbador del encuentro. Me preguntó por qué había ido. Me sentí ridículo porque me halagó que me reconociera.

—Me gustaría, si fuese posible, darle su oportunidad ante la justicia —contesté.

—No sería más que hipocresía. Respeto la parcialidad de este recurso —dijo, y señaló las cuadras—. Se ajusta más al carácter de la sociedad. Además, no pretendo segregarme de esta gente. Pretendo, tan pronto los entienda, compartir sus ritos... así pues, si regresa por aquí dentro de un mes, será incapaz de distinguirme del resto.

—¿Cuál es su propósito?

—No me quedan otros medios de experimentación que mi propia persona.

—¿Qué clase de experimentación?

No contestó. La rejilla de la malla arrojaba sobre él unas sombras de trama cruzada, como las de un grabado a punta seca. Cruzó los brazos y me volvió la espalda, de manera que ambos quedamos mirando a todos los locos que había allí: él, desde dentro; yo, desde el corredor.

—¿Percibe la prodigalidad? La naturaleza que rebalsa por doquier, en permanente arraigo, entregada a sí misma por encima de sus propias necesidades… libertina, soberbia en su disipación y, por supuesto, habituada a las agonías de sus… especímenes. Siempre ávida de transformación, de experimento, de regalo… bajo nuevas formas, en nuevas categorías de existencia, en una mente nueva.

—Mi pretensión es escribir sobre la… experimentación que ya ha concluido —dije.

—Como quiera. Pero no será posible por largo tiempo.

—¿Por qué?

—Hasta que no encuentre la voz para contarlo. Y eso solo ocurrirá cuando su ciudad esté dispuesta a escucharlo.

—Me alegra haber contribuido a la interrupción de su trabajo, aunque mi contribución fuese pequeña. ¿Tiene algo que decir?

Hizo una mueca de desdén.

—Lo pasado, pasado.

—No creo que sepa mi nombre.

—De nada me serviría.

—¿Sabía que encontramos el cuerpo de Augustus Pemberton?

—No habría sobrevivido por mucho tiempo.

—¿Cómo se enteraba la gente de lo que usted hacía? Se guardaba en secreto. ¿Cómo llegó a saberlo el enfermo y moribundo Augustus Pemberton?

—No soy yo quien puede darle la respuesta. Están todos en comunicación, estos señores de la ciudad. Se corría la voz. El señor Simmons está bien conectado. Oyó algo, supongo.

—Simmons también murió, ¿lo sabía?

—Creo que sí. Era un hombre capaz. Se me acercó de parte del señor Pemberton. Me causó una impresión favorable. Y en aquel momento necesitaba ayuda administrativa. Los síndicos municipales sugirieron que él era la persona adecuada.

—¿Lamenta su muerte? ¿Lamenta las muertes de sus colaboradores? La de Wrangel, por ejemplo, que estuvo a su servicio durante la guerra.

—No haré comentarios sobre este tema.

—¿Me equivoco si supongo que, para usted, la moral es algo… atávico?

Guardó silencio por un largo minuto. Mientras tanto, yo oía aquella Sinfonía de la Pajarera de la isla de Blackwell, en la que se mezclaban chillidos, maullidos, trinos y carcajadas. Y entonces, soltó la siguiente parrafada:

—Tengo la convicción de que toda la vida es contingente, desde las primeras apariciones autónomas de lo orgánico, hasta los accidentes de sus formas cambiantes. Esto es lo que sabemos de nuestra historia biológica: que es accidental… que surge de una circunstancia arbitraria. Por tanto, hemos de desembarazarnos de nuestras poéticas… invenciones. Ahora tenemos la tabla periódica de los elementos, a la que no debemos considerar sino como la manifestación más cruda del inicio de nuestra comprensión de lo que es invisible en las formas de vida compuestas. Tenemos el resultado del trabajo descriptivo de los naturalistas, que siempre buscan principios organizadores… que tal criatura es igual a tal otra y que existen en grupos o en familias… con lo que se empieza ya a simplificar la aparente diversidad infinita de la vida sobre la tierra. Pero esto se corresponde, meramente, con una descripción de las limitaciones de nuestra propia percepción. Es factible que la morfología unificadora de todas las cosas vivas no sea nada más conspicuo que la célula, algo que estamos identificando en estos días y que solo puede verse en el microscopio. Y cuando nos apoderemos de su estructura y su función, todavía quedará un largo camino hasta la verdad. La verdad cala tan hondo, es tan interior, que opera... aunque no sé si este es el verbo adecuado... en absoluta ceguera, en absoluta omisión de un mundo sensible que habría de darnos algún consuelo, o en el que habríamos de encontrar la belleza o la mano de Dios... Un punto donde la vida se arquea en sus primeros temblores conscientes... a causa del choque de cosas inanimadas, demasiado pequeñas como para ser siquiera cosas... pero donde la entidad es muy caliente o muy fría, gaseosa, ígnea, insensible y sin vida y totalmente... privada de inteligencia... como lo es el negro espacio exterior. La Filosofía hace las buenas preguntas. Pero carece de la enunciación necesaria a las respuestas. Solo la Ciencia puede encontrar esa enunciación.

—¿Todo se reduce a la enunciación?

—En último análisis, sí. Daremos con el lenguaje, con las fórmulas o, acaso, con la numeración... que nos igualará a Dios.

—¿Y Dios? ¿Ni siquiera él es digno de confianza para esas respuestas?

—No, no en la composición actual de Dios.

No en la composición actual de Dios. Debería decirles que... por aquellos tiempos, la entrevista no era un género periodístico definido... No lo sería hasta algunos años más tarde... hasta que la aparición de los teléfonos hizo que los reporteros tuvieran mejor acceso a la gente y pudieran tomar nota de las declaraciones sin atravesar toda la ciudad cada vez.

Por eso, dudo de que se me haya ocurrido, mientras interrogaba a Sartorius y él me respondía, que aquello era una manera de practicar el periodismo... aunque sí fui lo bastante listo como para escribir cuanto recordaba de... esta entrevista, tan pronto como hube salido de allí. Todo cuanto había logrado oír en medio de aquella algarabía, en cualquier caso.

En cambio, ahora les contaré algo que recuerdo al pie de la letra, porque tuve la oportunidad de leerlo y lo he guardado en la memoria: era demasiado sabroso para el olvido... lo he repetido durante años en las fiestas... el testimonio que prestó bajo juramento un cubano de provincias, un pescador llamado Merced... y del que tomó nota el alférez Forebaugh, de la marina norteamericana, comandante de la cañonera *Daniel Webster*. Buscaban a Bill Tweed en la selva cubana, ¿saben...? porque Tweed se había escapado de la cárcel y había huido a Cuba.

Esto es una traducción, por supuesto: «Lo veo vadear hacia la orilla, un hombre blanco gordinflón, barbudo y desastrado. Tira de un cabo para subir su piragua a la riba. Da manotazos contra los mosquitos y anda cojeando por ahí. No tiene remo ni provisiones, tampoco zapatos, pero de su bolsillo saca un billete verde, húmedo y arrugado, un dólar americano, y pide un trago. Le doy agua. En sus ojos se revuelven las sierpes de la desesperación. Pronuncia el nombre de Dios en vano. Qué país es este, te dije un trago, eh, tú, negro ignorante y descastado. No tolero su falta de educación y me voy a mi casa y les digo a los niños que no salgan. Él se queda sentado en la arena todo el día y, de tanto en tanto, lo oímos gemir y mi mujer se convence de que es una pobre alma en pena. Ella tiene un espíritu más piadoso que yo y, después de santiguarse, le lleva un poco de pescado y arroz y habas y también del buen pan que había horneado. En sus pantalones raídos, encuentra otro dólar mojado y se lo da. Cada vez que lo atendemos, nos da otro dólar mojado.

El hombre no es cristiano. Y además, ¿qué haría yo con semejante plata verde sin ningún valor? Dice, ¿saben quién soy yo?
Se muestra interesado en nuestros pájaros. Ve la garza en la orilla, los papagayos en los árboles, los andarríos, los martinetes
que pescan en el agua y los picaflores coloridos que se cuelgan de
los pimpollos con sus picos para beber, y todo esto le interesa
mucho porque anda arriba y abajo, los llama imitando sus gritos,
aunque lo hace muy mal, tuit, tuit, dice una y otra vez, yo soy
tuit, que no quiere decir nada pero, qué importa, si está claro
que al hombre se le ha secado el seso. Es pobre de palabras, pero
grande de ideas. De las garzas dice que en su ciudad las mujeres
elegantes las usan como sombreros. No quiero que mi mujer
oiga semejante cosa y la mando adentro. Oh sí, dice, mi ciudad
es la ciudad de Dios. Y estas mujeres son hermosas, las que
usan los pájaros por sombreros. Y cuenta historias de chiflado.
Que en esta ciudad de su dios, hacen explosiones de gas ardiente para iluminar la oscuridad de la noche, así las damas con
sus sombreros de pájaros pueden andar por ahí, reclamando a
los hombres con sus gritos de pájaro.

»Y que tienen ruedas ardientes que trabajan por los hombres, y levantan pesadísimas cargas que van por pasadizos pla-
teados sin necesidad de bueyes ni mulas… y que otras hacen
la cosecha, e hilan las telas, y cosen como sastres, todas estas
ruedas ardientes. Y que las casas no son como la mía, de paja y
estacas, sino de una sustancia más dura que la piedra que fa-
brican con fuego. Y que con esta sustancia construyen casas altas como montañas y puentes sobre los ríos. Es un loco maravilloso, y dice que él es el dios de la ciudad sin noches donde
las mujeres visten pájaros. Así habla. Mis hijos juegan a su alrededor y no me da miedo, porque los ve y ríe y les hace gracias y después llora, por eso pienso que ama a los niños. También a ellos les da un dólar arrugado. No hay duda, es un pobre

loco. Dice que va a Santiago y después cruzará el mar. Antes de marcharse hace aparecer otro dólar y lo tira al agua, y nos dice adiós desde la piragua, que se va aguas abajo... que no es ese el camino de Santiago, por supuesto.

»Y lo último que recuerdo... dice que... en su ciudad de Dios han descubierto el secreto de la vida eterna... y que cuando regrese será ungido en la vida perpetua.

»Y nos saluda y otra vez dice que es el pájaro llamado tuit tuit, pero ahora el pájaro ruge como una bestia y oímos su rugido aún después de que desaparezca de nuestra vista, donde el río tuerce. Era un loco maravilloso.»

28

A fin de cuentas, he hablado de nuestra ciudad. Un día, la cabeza de Sartorius fue aplastada contra el pavimento de piedra del asilo con tal violencia —la fuerza de su atacante era la fuerza de la demencia poseída— que el cráneo se hundió como la cáscara de un huevo y el cerebro… no hay otra palabra para nombrarlo… se desparramó. Nunca se determinó cuál había sido la naturaleza de su ofensa… acaso un intento de tratamiento… pero él, al igual que su artefacto de muertos inmortales, fue acallado para siempre. Lo enterraron en el cementerio de pobres de Hart Island, en el estrecho de Long Island, frente a las costas del Bronx.

Augustus Pemberton fue sepultado en el prado de Ravenwood, en el lugar donde había muerto. Para hacerlo se necesitó el permiso de sus dueños absentes, una firma comercial dedicada a la especulación inmobiliaria… Que se lo enterrara allí había sido idea de la viuda, Sarah, quien estaba en mejores condiciones que ningún otro para comprender que la vida de brutal egoísmo de su marido era digna de compasión.

Eustace Simmons fue a dar a la fosa común, en Rockland County. Al parecer, al igual que Sartorius, carecía de familia en vida. Era también el caso de Wrangel, aquel buey leal. De una forma u otra, todos ellos eran hombres solteros, solitarios... como lo era Donne, y Martin Pemberton y hasta yo mismo.

Desconozco si se informó a las familias abandonadas de la hermandad funeraria... o si aquellos viejos fueron sepultados, ni siquiera sé si los fondos que habían contribuido para asegurarse el bienestar eterno se recuperaron alguna vez.

El cofre que había matado a Simmons contenía una fortuna: algo así como un millón y medio de dólares que se le entregaron directamente a Sarah Pemberton —y por favor, no se escandalicen— sin exagerados miramientos por la verificación oficial del testamento.

Aquel invierno fui invitado a dos bodas, celebradas con una semana de diferencia. Martin Pemberton y Emily Tisdale se casaron, por propia elección, al aire libre, en la terraza del jardín de la mansión de los Tisdale, en Lafayette Place. El doctor Grimshaw, quien durante el curso de los acontecimientos había simplificado su vida espiritual al punto de reducirla a una condenación uniforme y perpetua de todas las personas y las cosas que hay sobre la tierra, celebró la boda luciendo una gota de clarísimo líquido que pendía como una cuenta de su pequeña nariz enrojecida por el frío. La novia, a tono con su naturaleza pragmática, vestía un traje de satén blanco y un mantón de encaje sobre los hombros... de corte nítido, sin adornos innecesarios, y en la cabeza, el más simple de los velos, que reposaba como una hoja blanca caída del cielo sobre su pelo. Las hojas remanentes del otoño, las verdaderas, las terrenales, anaranjadas y amarillas y pardas, se arremolinaban a nuestros pies y la única música era la del viento que soplaba sobre el jardín durmiente. Mientras Grimshaw leía las palabras del servicio en su tenor agudo y delgado, a espaldas de la pareja, observé cómo Emily sostenía el brazo del novio, desde el codo hasta la mano apretada, lo cerraba contra sí, lo apuntalaba o... quizá se apuntalaba a sí misma, o a ambos. Tenían la misma estatura, y la misma juventud, y la misma historia compartida desde la infancia… una pareja perfecta que se consagraba en el sitio adecuado: en la terraza que se abría sobre el pequeño parque amurallado, hurtado a la ciudad… que es la única esperanza de supervivencia que tiene la naturaleza en Nueva York.

Mi evaluación de la figura de la novia fue circunspecta aunque algo irritada, acaso por anhelos que, imaginé, eran similares a los del joven corpulento y resollante que tenía a mi lado… aunque he de reconocer que, en lo que juzgué una especie de capitulación, Harry había traído como regalo de bodas el retrato de Emily que había pintado para su propia contemplación. Cuando la novia pronunció su «Sí, quiero», con la voz cascada de alegría, se me rompió el corazón para siempre… o al menos eso me gusta creer.

Sarah Pemberton, por supuesto, formaba parte del séquito y resplandecía ante el desenlace de su viudez; Donne estaba a su lado… y también la anciana Lavinia Pemberton Thornhill, ya de regreso de su anual inspección general de Europa. La señora Thornhill respondía con exactitud a las descripciones que me habían hecho de ella: una anciana fastidiosa y plutocrática que vestía un anticuado miriñaque y una peluca que no se estaba en su sitio. Había algo perentorio en ella… un rasgo de familia… y solo parecía satisfecha con la conversación del padre de Emily, Amos Tisdale, quien peinaba más o menos las mismas canas distinguidas y, por tanto, se hacía merecedor de su atención. Se descuenta que no estaba enterada de nada… y como sus relaciones con Martin habían sido, desde siempre y en los mejores momentos, bastante chirles, de acuerdo con la gran tradición de esta familia apenas nominal, se pasó todo el rato mirándolo como si tratase de asegurarse de que ese era, en verdad, el hijo de su difunto hermano.

Noah, vestido con un traje de pantalones cortos, el pelo peinado hacia atrás y los zapatos relucientes, hacía de padrino, papel que cumplió con una solemnidad ni mayor ni menor que su solemnidad habitual. Presentó el anillo a su hermanastro, en su cajita de terciopelo, sobre sus dos palmas abiertas y fue ese el momento... cuando reconocí, en la mirada que sus claros ojos castaños lanzaban a Martin, el pacto viril que se producía entre ellos... que encerró para mí la revelación de nuestros ritos... este viejo presbiteriano descarriado que tragaba sus lágrimas reprimidas... que los niños transforman en verdad sagrada.

Terminada la ceremonia, todos nos apresuramos a entrar al salón, donde se servía ponche y chocolate caliente y pastel de boda. Por cortesía, Amos Tisdale se había negado a hacer públicos sus presentimientos... y se afirmó en su decisión otorgándole a la joven pareja el beneficio de un Grand Tour por Europa de seis meses, durante la siguiente primavera. Hecho el anuncio, en medio del estruendoso aplauso de felicitación, Harry Wheelwright se sintió inclinado a rememorar, para mí, su propio viaje al extranjero. Hablaba con ese tono de reflexiva presunción al que la gente es tan dada en las bodas.

—Fui a Europa para enfrentarme a la obra de los Maestros... y así lo hice... en Holanda, en España y en Italia. Habría sido mejor... que me hubiese limitado a caer de rodillas, la frente apoyada en el suelo frío... ante ellos.

—¿No aprendió nada? ¿No se inspiró?

—Sí, tuve una inspiración. La inspiración fue gastarme hasta el último centavo, hasta que de mi capital solo quedara lo que valía un billete decente en segunda clase para volver a América... La inspiración fue que olvidara el arte... y me limitara a pintar las caras y los rasgos de mis compatriotas... siempre y cuando tuviesen dinero para pagarme. Encontrar el carácter en los ojos, en la boca, en la postura escogida: ¿después de todo, qué otra cosa habían hecho aquellos Rembrandt, aquellos Velázquez? Sería un artesano como ellos, no importaba cuán oscuro. Compartiría el intento, al menos, de pintar rostros humanos sin referencia alguna, sin nada detrás de ellos... solos en el universo... —Apuró su vino y continuó—: Pero, como usted sabe, ellos amaban cada volante de las golas, cada línea de la barbilla, cada sombra parduzca de los ángulos... no se escatimaba nada; todo era luz, de una clase o de otra, y ellos amaban la luz... era indistinto qué iluminara. No podían sino representarla. Supe que yo poseía aquel... amor de la luz. Pero si habría de llamarse arte lo que yo hacía, que fuesen los demás quienes lo decidieran; yo no lo haría... nunca jamás. Y en esto me he mantenido.

Fui incapaz de decidir si Harry merecía mis felicitaciones por haber condescendido a que... en la historia del arte occidental pudiese haber un par de pintores... mejores que él mismo. Pero habría preferido seguir escuchándolo si hubiese imaginado que Martin Pemberton iba a retenerme para expresar su gratitud. Por desgracia, otros lo oyeron y, en pocos minutos, nos rodearon... en apariencia, todos concentrados en disgustarme al extremo.

Mi colaborador dijo, con una seriedad imponente:

—Le debo mi vida, señor McIlvaine.

Juzgué aterrador el comentario, como si me confirmase su permanente decadencia mental. Era el mismo joven pálido a quien el pelo rubio le raleaba, cuyos penetrantes ojos grises conservaban una expresión intensa... pero el pensamiento era una frivolidad.

Y luego Emily, mi querida Emily, de puntillas, me besó la mejilla... Fue intolerable, aunque ninguno de ellos entendió el porqué... y después todos se rieron porque me había sonrojado.

—Fue el capitán Donne quien encontró a su novio —le dije.

Busqué a Donne con la mirada; estaba de pie, detrás de todo el mundo pero sobresaliente como una torre. Como entendía muy bien mi desconcierto, dijo:

—El señor McIlvaine se dio cuenta antes que nadie de que había algo… impropio.

¿Pueden imaginarlo? ¡Usó aquella palabra para referirse a todo lo que les he contado! ¡Impropio! Y continuó:

—Fue él quien vino a verme… fue él quien advirtió a los municipales.

—El señor McIlvaine nos ha hecho un gran servicio a todos —sentenció Sarah Pemberton, apoyada en el brazo de Donne, mirándome con esa compostura tan suya, digna de la Madre de Dios.

Ni siquiera sé por qué repito todo esto… acaso para que ustedes los perdonen. La gente, la mejor de la gente, tiene esta manera de perderse vertiginosamente cuando los acontecimientos se resuelven. Como si no hubiese memoria. No habrá ningún carruaje que suba por Broadway que no sea, por siempre, el coche blanco con su pasaje inerme de viejos de negro riguroso.

Me siento incapaz de expresarles con cuánta profundidad aborrezco nuestra costumbre de seguir adelante con tenacidad… de la manera que lo hace la gente de nuestra clase. Las mayores responsables son las mujeres. En los obituarios hablamos de sobrevivientes. «Al señor Pemberton lo han sobrevivido…» Quiero que entiendan la desolación… que sentí en aquel salón… entre los sobrevivientes de Augustus Pemberton… como si yo mismo pudiera sentirla así… como una partícula de ceniza indisoluble sobre la lengua. A pesar de todo, hice algún comentario optimista sobre el futuro. La joven pareja saldría de viaje por un año. Le dije a Martin que, a su regreso, esperaba tener un encargo para él. Había conseguido un nuevo empleo, ¿saben?, como subdirector de información del *Sun*. Martin contestó, con una sonrisa desvaída:

—Estaré encantado y disponible.

Y pienso que, a fin de cuentas, si nunca antes escribí esta historia, fue por eso… no porque no sería escuchada sino porque la historia era suya… su patrimonio… para un escritor la historia es su patrimonio… y él podía, alguna vez, reclamarla… mi colaborador. Mi colaborador.

También asistí a la otra boda, la tarde del domingo siguiente, en Saint James, en Laight Street. Estábamos en pleno diciembre. Entretanto, había nevado y toda la ciudad se había vuelto blanca… y luego, un sol radiante había caldeado el aire que, más tarde, se hizo frío y mordiente… y una capa de hielo cristalizó sobre todas las cosas.

La boda fue muy concurrida, gracias a la presencia de una buena cantidad de policías de uniforme y a que algunos feligreses de la parroquia de Grimshaw decidieron quedarse después del servicio para saber quién se casaba. La entrada de la novia los recompensó con creces: Sarah era una criatura de gracia indiscutible y, vestida con aquel traje de color azul pálido… que hacía juego con sus ojos, tenía el porte de una reina. Que yo recuerde, jamás se la vio apresurada… y ahora, mientras recorría la nave en medio de las sillerías, tomada del brazo de Martin… al compás complaciente del órgano… parecía que flotaba, esta gran belleza, sin duda una de las mujeres más hermosas que jamás haya visto… la boca generosa abierta en una sonrisa; la cabeza descubierta apenas inclinada.

Donne, aterrorizado, esperaba en las escalinatas que llevaban al altar. Frente a él, estaba el reverendo Grimshaw, que lucía su más nívea sobrepelliza y una estola blanca bordada en oro, el mentón alzado, la mirada jovial y decidida puesta en el coro vacío en el fondo de la nave. Acaso el rector pensara en la primera vez que había casado a esta mujer... un acontecimiento mucho más majestuoso, cuando Saint James era una iglesia muy diferente... concurrida por los notables de la ciudad... cuando los policías solo montaban guardia de puertas hacia fuera.

Y allí estaba... junto con la música del órgano, y las nervaduras de la bóveda de Saint James en una especie de crepúsculo perpetuo, a pesar de que las ventanas del triforio dejaban entrar la luz invernal y las vidrieras que, detrás del altar, representaban el Descendimiento parecían ascuas atravesadas por el sol... allí estaba Dios, en su composición actual.

Y Donne y Sarah se desposaron. No me quedé mucho rato... La recepción fue en la rectoría y había ponche rojo en una ponchera de cristal tallado y chocolate caliente y aquellos pastelillos redondos escarchados con azúcar rosado, que estaban tan de moda por entonces... en verdad, no era mi juerga favorita. Sarah Pemberton Donne me contó que habían encontrado una casa en la calle Once Oeste; una casa de ladrillos rojos, con un amplio pórtico de granito y ventanas afrancesadas con barandillas de hierro forjado y un pequeño jardín en el frente, donde crecía un árbol... una calle tranquila en la que todas las casas tenían su jardín y por donde pasaban pocos coches... aunque Noah tendría que cambiar de colegio. Donne se inclinó para estrecharme la mano y admitió lo que yo ya había oído en la calle: que los reformistas del Partido Republicano se le habían acercado con la idea de..., si todo iba bien en las elecciones... ofrecerle el puesto de jefe de Policía para que cumpliese la misión de depurar a los municipales.

Recuerdo el gran silencio de la ciudad mientras desandaba mi camino desde la iglesia. El día era diáfano, soleado, terriblemente frío y las calles estaban desiertas. Las aceras eran traicioneras. La capa de hielo era espesa... los tranvías de tiro se habían congelado en sus raíles... y también las locomotoras en sus vías de hielo... en los muelles, los mástiles y las velas de los barcos parecían envainados en hielo... flotaban témpanos en el río viscoso... al sol, los edificios comerciales de Broadway parecían de hielo ardiente... los árboles de las travesías eran de cristal...

Claro que era domingo, día de guardar. Pero tuve la ilusión de que la ciudad se había congelado en el tiempo. Todos nuestros molinos, nuestras fundiciones y nuestras prensas estaban quietos... nuestros tornos y nuestras calderas... las máquinas de vapor y las poleas y las bombas y las fraguas. Nuestras tiendas, cerradas... y las carrocerías y las herrerías y las fábricas de máquinas de coser y de escribir... nuestras oficinas de telégrafo... nuestros mercados de valores... nuestras carpinterías... nuestros talleres de galvanoplastia... las canteras y las serrerías... los mataderos y las pescaderías... las calceterías y las mercerías... nuestros herradores y nuestros establos... nuestros fabricantes de troqueles, de turbinas, de dragas de vapor, de vagones de ferrocarril, de collerones... los armeros y los plateros... los fontaneros y los hojalateros... los toneleros y los relojeros y los estibadores... y los hornos de ladrillos... las fábricas de tinta y las calandrias de papel... nuestros editores... las segadoras y las trilladoras y las sembradoras y las agavilladoras... todos quietos, inmóviles, aturdidos, como si Nueva York entera quedase para siempre contenida y congelada, radiante y en divino trance.

Y permítanme dejarles con esta ilusión... aunque, en verdad, dentro de muy poco nos volcaremos sobre Broadway, el primer día del Año del Señor de 1872.

ESTE TÍTULO DE MISCELÁNEA

ESTÁ COMPUESTO CON LA TIPOGRAFÍA JENSON.

NICOLAUS JENSON, SU CREADOR, DISEÑÓ ESTA MARCA

PARA ESTAMPARLA EN SUS MÁS CUIDADAS EDICIONES.

NOSOTROS LA REPRODUCIMOS AQUÍ A TÍTULO DE CURIOSIDAD.

● ● ●

IMPRESO EN LOS TALLERES DE LIBERDÚPLEX, S.L.U.

CRTA. BV-2249, KM 7,4, POL. IND. TORRENTFONDO

SANT LLORENÇ D'HORTONS (BARCELONA)

INVIERNO DE 2014

NOS GUSTARÍA CONOCER TU OPINIÓN. ENTRA EN www.miscelaneaeditores.com